U1068820

魅丽文化　飞言情工作室

小甜梨

逐心／著

江苏凤凰文艺出版社
JIANGSU PHOENIX LITERATURE AND
ART PUBLISHING, LTD

图书在版编目（CIP）数据

小甜梨 / 逐心著 . -- 南京 : 江苏凤凰文艺出版社 ,
2020.1
ISBN 978-7-5594-4334-2

Ⅰ . ①小… Ⅱ . ①逐… Ⅲ . ①长篇小说 - 中国 - 当代
Ⅳ . ① I247.5

中国版本图书馆 CIP 数据核字 (2019) 第 283660 号

小甜梨

逐心 著

出 版 人	张在健
责任编辑	张 倩 王 青
选题策划	飞言情工作室
文字编辑	张 凌
封面设计	熊 婉
封面插图	imiko 君
出版发行	江苏凤凰文艺出版社
	南京市中央路 165 号，邮编： 210009
网 址	http://www.jswenyi.con
印 刷	湖南凌宇纸品有限公司
开 本	880mm × 1230mm 1/32
印 张	9.5
字 数	203 千字
版 次	2020 年 1 月第 1 版，2020 年 1 月第 1 次印刷
书 号	ISBN 978-7-5594-4334-2
定 价	39.00 元

·目录·

一点甜 /001
偶尔，想尝尝甜的滋味

二点甜 /019
我的脑海中，唯一的你

三点甜 /036
吃醋是什么，不存在的

四点甜 /055
指间一点酥

五点甜 /067
你可知，我是为谁而来

六点甜 /082
恋人？！

七点甜 /096
谁会喜欢大魔头啊！

八点甜 /113
有一点动心

九点甜 /129
因为是你呀

十点甜 /146
换个称呼怎么样，比如……男朋友

·目录·

十一点甜 /160
你是点亮长夜的灯

十二点甜 /171
温柔告白，一场误会

十三点甜 /186
所谓心动，是一场终归要醒的梦

十四点甜 /201
老板娘特供

十五点甜 /217
这才是吻

十六点甜 /231
丢在你那里的，是这颗心

十七点甜 /244
但你有我

十八点甜 /270
他真的很“凶”

番　　外 /289
大魔头的小甜梨

一点甜

偶尔，想尝尝甜的滋味

八月的楠都，热得像蒸笼。

戏剧学院门口，几十年的老树枝繁叶茂，蝉鸣喧嚣。

因为正在暑假，学校里人烟稀少。校外则是楠都的闹市区，人来人往，几乎都是大汗淋漓。

穿着红色吊带长裙的涂莹也不例外，精心化的妆出门没五分钟就花了，热得鼻子不是鼻子，眼不是眼。

所以，她对站在自己面前，仿佛自带空调一样仍旧白皙清爽的苏白梨，真心实意地羡慕嫉妒。

“白梨，这事儿你别生我气，是导演说要换角，我也阻止不了……真不是我故意要抢你的角色。”涂莹边说边擦汗，可还是热得心烦意乱，“毕竟剧本改了，这角色变成了冷艳款，也确实不适合你。”

“我知道了……”苏白梨笑笑，推了室友一下，“那你快去吧，晚了赶不上今天的戏。”

涂莹和苏白梨同班同寝，说起来年龄大差不差，可站一块儿就跟姐姐带着妹妹似的。

尽管开学就要升表演专业大三，苏白梨却长着张十五六岁的娃娃脸，小鹿眼蒙着水雾似的，刘海蓬松柔软，内扣的发丝乖巧地伏在脸颊，看起来像个漂亮的中学生。

也正因如此，苏白梨的戏路很窄，几乎都是演一些妹妹、女儿之类的萌系角色，这次她接的也是个女N号，原本角色定位确实是萌妹，但……一个配角而已，改了剧本也不影响全局。

涂莹目送苏白梨背着包渐行渐远，不由生出几分负罪感，但很快就抛在脑后了——演员嘛，各凭本事。

这角色就算她涂莹不抢，也会有别的人去抢，起码，她不会做真正伤害苏白梨的事……

莫名其妙弄丢了戏约的苏白梨并没有回学校宿舍，而是背着硕大的行李包慢吞吞地走在街头。

暑假刚过半，离开学还有一个月，本以为去剧组刚好包吃住，她就勇敢地把学校的暑期宿舍给退了。

这下可好，夏日炎炎，她无家可归……

她打开手机银行，查了查余额，清秀的眉毛顿时揪了起来：臭老爹说到做到，为了逼她回家，不到开学坚决不打生活费！

所以，她那点儿可怜的存款压根租不起楠都的房！

苏白梨按灭了手机屏幕，气呼呼地想，她才不要灰溜溜地回家……肯定会被臭老爹笑话！

可是，作为尚未毕业的戏剧学院学生，要名气没名气，要长相没长相，临时想立刻再找个角色谈何容易？

苏白梨正愁眉不展地闲逛，忽然，路边醒目的四个大字闯入眼帘：包吃包住！

她水汪汪的大眼睛登时一亮！

片刻之后，位于市中心岔路口拐角的“大胡烧烤”终于招到了它有史以来最年轻貌美的短期工。

老板姓胡，搓着手从后院搬来一坨绿油油、软绵绵的东西递给苏白梨：“小苏啊，穿上这个到路口发传单，热了回来吹吹风、喝点儿水，可别中暑啊！”

苏白梨拎着那坨东西的一个角，将它展开，好不容易才理清了鼻子、眼睛、嘴，小脸一皱，眨了眨眼。

“怎么了，还有其他问题吗？”大胡一刀砍在砧板上的羊肉上，回头问。

“没……没有啦！那我去发传单了。”苏白梨咬紧牙关，心里想着反正她天生不怕热，应该……没关系吧？

前街。

作为楠都最繁华的街道之一，不仅学校林立，更是商业会晤的首选，毕竟，学术氛围能有效化解铜臭味。

咖啡店里冷气很足，不，可能是温度过低，所以导致有点冷。

作为著名女星何婉的经纪人，K哥自觉见过场面，百毒不侵，没想到居然会在一个“圈外人”面前束手无策。

何婉这两年势头正旺，公司有意捧她，所以对她有求必应。这次她提出出道五周年的写真要由摄影圈大神捉刀，公司也没意见，多少钱都愿意。

可是，谁能想到她属意的大神居然是止浔！

止浔是谁？

数次斩获国际风光摄影大赛金奖的摄影圣手，一张作品被拍出千万高价的旷世奇才……最关键的是，人家只拍风光，不拍人！

K哥自诩有着三寸不烂之舌，说得天花乱坠，可咖啡桌对面的男人依旧不为所动，颜色极浅的瞳仁里情绪冷淡，纤薄的嘴角噙着些许意味不明的笑。

在这样的盛夏里，这人还穿着线条考究的长袖衬衣，领口虽然解开了一颗扣，但袖口还是严丝合缝，衬衫有着隐隐约约的暗纹，禁欲之中又带了三两分不经意的风骚。

以K哥识人的眼光，认定这止浔并不是表面这么寡淡冷漠的人。

“我们是真心邀止先生您来执镜。当然，不用您亲自动手，会有其他摄影师和助手全程协助的。您只要拨冗跟团，给出指导意见……”K哥斟酌了一下用词，将一张装着支票的信封递过去，“这是订金，成片之后余款五百万可以一次性支付，也可以按您要求打款。”

止浔没接信封，修长的手指百无聊赖地在木质桌面上轻叩，嘴角若有若无的笑容越来越浅，显然是耐性即将告罄。

正在这时，一道绿油油的影子闯入了他的余光里。

落地玻璃窗外，街道上一只肥嘟嘟的绿色小怪兽正在街头向过往行人派发传单。

大概是因为里面的人太矮，小怪兽的人偶服显得有些松垮，大尾巴耷拉在地上，随着走动摇来摆去。

迎面有小孩子过来，小怪兽立刻摇摇晃晃地迈着大脚丫子蹭过去，弯下腰，将宣传单递进小孩子手里。

孩子觉得有趣，年轻的父母就问小怪兽能不能合影。

于是，它又伸出有三个白色大指甲的爪子，做了个捧脸卖萌的姿势，配合孩子照相。

末了，夫妻俩带着孩子走了，小怪兽还蹦着跟孩子挥手告别，活力满满。

“看着都热。”K哥感慨道，见止浔终于收回视线，连忙接着说，“酬劳方面还能再议，希望止先生能考虑考虑……”

“来晚了！来晚了！”一个爽朗的声音伴随着咖啡厅门铃传来。

穿着嘻哈风T恤的年轻男人笑眯眯地走过来，一只手搭在止浔椅背，扫了眼桌上的信封，笑问：“K哥，何小姐就这么想我们家止浔接这单生意啊？居然劳您亲自登门。”

K哥觉得，快被这位止先生冻结的空气终于暖和了，舒了一口气：“婉婉原本想自己来的，只是身上通告多，走不开，才千叮万嘱让我一定要请止先生出山。骁哥，你给说两句好话？”

骆骁是这间咖啡店的投资人，也是止浔为数不多的朋友之一，这次如果不是他从中撮合，K哥怕是连止浔的面都见不着。

“浔，你觉得怎么样？”骆骁热极了，伸手就想拿止浔手边的矿泉水瓶子喝水，手指还没碰到呢，瓶子就被人拿走了。

“你们聊，我先出去抽根烟。”说着，一直勉强陪着的止浔站起身，从好友身后轻车熟路地推开咖啡厅的后门，离开了，留下骆骁和K哥面面相觑。

“别介意，他就这脾气。”骆骁说。

K哥扶了扶眼镜。

对，网上都说止浔性情古怪，奈何他家何婉就认定了这个大神，不然，谁想来热脸贴冷屁股呀！

咖啡馆后门对着小巷，门一开就暑气灼人，止浔犹豫了一下，在炎热和聒噪之中选择了前者。

烟还没抽两口，就听见巷子里由远及近传来对话，先是年轻男孩的声音，焦躁里带着讨好：“你来我这儿，我不光管吃住，还不用你干活，不比顶着大太阳穿着这玩意儿强吗？”

止浔蹙眉，好不容易找个清净地，又来人了。

他刚要转身离开，忽然瞥见一小撮绿色，好像是那个小怪兽的尾巴。

说不上为什么，止浔没离开，靠在墙边漫不经心地弹了下烟灰。

“我在大胡叔那儿挺好的啊，不用去你店里，你让红红打烊之前给我留个酥心包就行。”

女声甜软，说话内容明明挺正常的，偏偏给人一种在撒娇的感觉。

止浔垂下眼睫，目光落在指间细白的烟上，怔怔出神，没再抽烟，但也没有走。

“苏白梨！”男声拔高了，“你天天往我店里跑，不就是因为喜欢我吗？现在我分手了，单身了，我接受你，你搬来我这儿住，这不是顺理成章的事儿吗？！”

止浔浓眉挑了下，忽然就失去了兴趣，将手中的烟往墙边垃圾堆一扔，踩灭了，转身就打算回去。

谁知身后立刻传来女孩的惊呼：“你……你干吗？！放开我，快松手——”

“明明天天都来找我，现在这是欲擒故纵吗？”

“我是为了去买酥心包，不是为了见你，快放开我——”

原本已经握住门把的止浔又松开了手，大步流星朝那两人的方向走去。

果然，他刚转过弯就看见怀抱着玩偶头套的小姑娘，正被个染了黄毛的大男生拉扯在身前。

女孩个儿矮，力气也小，加上穿着不合身的玩偶服，站都站不稳。

她背对着止浔，因为刚刚戴着头套，乌黑的短发有些凌乱，露出的一小截脖子雪白、粉嫩，这会儿套在玩偶爪里的小手正推搡着身前的男生。

男生发现有人走过来，顿时松手了。

“小怪兽”始料未及，正猛力推他，结果因为反作用力，自己往后仰去，脚爪子踩到大尾巴，顿时完全失去了重心。

完蛋！

苏白梨心里哀号，挣扎了一秒，终于绝望地用小爪子捂住了眼睛，听天由命地摔了下去。

“嗯——”

她预期的疼痛没有传来，耳边倒是传来男人低沉的嗓音。

苏白梨愣了会儿，慢吞吞地将两只小爪子挪开了一条缝，从玩偶爪套间的缝隙里看见了一张陌生的面孔。

怎么形容呢？浓眉、长眼、深眼窝，鼻梁挺得像……美术教室里的石膏大卫像。

这人琥珀色的眸子里没有什么情绪，正看向刚刚纠缠她的甜品店小老板。

“还要躺多久？”

“大卫”的声音低沉，就像在耳边低语。苏白梨又愣了一秒，终于反应过来对方这句话的意思，连忙起身。

柔软的身体从臂弯里离开了，止浔才发现胖墩墩的小怪兽轻得跟棉花似的。所以，这件该死的玩偶服到底有多厚，才会让她看起来胖墩墩的？

“挡着路了。”止浔把手插进西裤口袋，冷淡地说。

小老板被坏了好事，悻悻然让开路，没吱声。

止浔提步要走，在余光里看见身侧的小怪兽居然还傻乎乎地站着不动，只得拿皮鞋尖踢了踢她拖在地上的大尾巴：“这么大个儿堵在路中间，不觉得碍事？”

苏白梨被一点拨，立马弯腰拾起自己的尾巴抱在怀里，被火烧了似的撒丫子朝外跑，一边跑还一边道歉：“对不起，对不起！”也不知是在跟谁道歉。

小老板还想阻拦，奈何不知道打哪儿冒出来的男人不偏不倚地走在小巷中央，堵得他追也追不了，眼睁睁看着苏白梨逃回了大路上。

止浔走出巷子时，那女孩儿已经重新套上了恐龙头套，一蹦一跳地招揽客户，就像刚刚小巷里的一幕压根没发生过，心还真大。

他推开骆骁的咖啡厅大门，门铃响的那一瞬，那双受了惊吓又充满好奇的大眼睛不期然地浮现在脑海中。

止浔推门的动作一顿，下意识地去捕捉那抹飘忽的影子，但那小丫头的模样渐渐模糊，只剩下又呆又丑的小怪兽外套。

前台姑娘对止浔露出灿烂的笑，可他显然心不在焉，一边解开衬衣的第二颗纽扣，一边面无表情地往里走。

“不对，止先生……”前台姑娘慌忙追出来，可还是晚了一步，止浔已经一只手敛襟，一只手拉开椅子，准备落座。

而他对面，陌生男人正一头雾水地抬起头。

止浔微怔，落座的动作一滞，转身将椅子归了位，淡淡地说了句：“抱歉，走神了。”说完就往外走，迎面撞上远远看见这一幕后急忙赶来的骆骁。

骆骁看了眼座位上的陌生男人，顿时了然——这人不光跟 K 哥一个发型，居然还撞衫了。

“哎，你怎么后门出去，前门进来？我当你烟遁了呢！”骆骁对被打扰的客人道了歉，随即搂着好友的脖子，将他带走。

还在原座上等着的K哥听见脚步声回过头，哎，这大神人是回来了，可脸怎么比刚走的时候更黑了……

骆骁不在的时候，K哥说十句，止浔起码还应一句，这会儿骆老板居中调和，止浔反倒一言不发，过了会儿干脆拿起手边的单反，打开屏幕摆弄起来，就像旁边两人聊的话题跟他无关。

K哥连连给骆骁使眼色，希望他帮忙说几句好话。

骆骁是人精，哪儿能领会不到K哥的暗示？只是，他太清楚了，这时候再去招惹止浔，无异于找死，不但合作谈不成，很可能自己都受连累，便说："他也不是不想跟何小姐合作，只是真不一定排得开。这样吧，K哥您先回，晚点儿我们把档期确认好了，立马给您个准话。"

K哥虽然不甘心，但面对高冷大神也无计可施，只好答应了。

骆骁将人送走，回来的时候正好看见止浔放下单反，在低头看显示屏。

他凑近一看，着实吓了一跳——画面上那一坨绿色的是什么？

"这拍的是什么？"

止浔直接关了显示器，将单反放到一边："人。"

"人？"恕他眼拙，骆骁还真没看出那是个人，"你居然拍人？"

止浔的睫毛又长又密，每当他蓄意遮挡视线的时候，总是让人猜不透心思。

骆骁以为是刚刚的乌龙让他不快，于是安慰道："好啦，认错人也没什么。只怪那两人撞衫，还都是卷毛，认错了不赖你。"

止浔终于抬眼，冷冷地瞟了好友一眼。

骆骁顿时双手一摊，表示自己啥也不说了。

整个圈子里人人都知道，包揽了几大摄影金奖的止浔有一个怪癖——从不拍人。

前两年，止浔在尼泊尔拍了一组自然风情，构图、色调之美被一众收藏家追捧，硬生生拍出了百万天价。可没过一周，止浔就又花了更高的价钱，把其中一张照片从收藏家手中买了回来。

这张照片在碧水蓝天之中，有抹不起眼的红，堪称神来之笔。大多数人猜测，大神许是对这张照片有特别的感情，才专程单独买回来。

谁都不知道，止浔买回版权正是因为这抹人影！

“拍就拍了，反正你不认识她，她不认识你，有什么关系……”当时骆骁是这么劝说的。

可止浔压根儿不听，花了楠都半套房的价格买回版权——然后，把那照片销毁了。

他不能容忍自己的镜头中出现任何人，谁都不行。

这也是为什么骆骁发现止浔刚刚居然拍了个人，会那么吃惊。

骆骁问：“何婉这单，你怎么看？听说是跟着综艺剧组拍摄，都是外景，不光行程都有人帮忙安排妥当，连器材设备也用不着你自个儿背，就能走遍大好河山，顺便赚点小钱——我觉得，这生意挺划算的。”

止浔放下咖啡杯，半真半假地说：“行啊，我接。然后交出去的成片里，主角到底是何婉还是张婉、李婉我可管不着。反正，这些人在我眼里都长一个样。”

骆骁笑不出来了，认真地跟好友求证：“你是当真认不出何婉来？可满大街到处都是她的脸啊！”

止浔的眼睑垂了垂，目光微凉。

没几个人知道，风光摄影大师止浔，居然是有面孔识别障碍的。

人人在他眼里都是两只眼睛、一张嘴，非得熟得不能再熟了，他才能凭借各种行为习惯和言谈分辨出对方是谁。

“就是她啊！”骆骁指着街对面公交站广告画面上的美艳女郎，“红得发紫，你看得多了自然就认得了。你看，你都不会认错我啊！”

“嗯，因为美都千篇一律，丑却各有特色。”止浔抿了口咖啡。

骆骁险些被气出内伤，拍着胸口告诫自己不跟毒舌大魔王一般计较，又努力游说：“定金三，尾款五……白花花的银子够你去任何想拍的地方扎营浪几年！”

止浔微微扯起嘴角：“你是觉得我缺钱了？”

骆骁咬了下舌头，跟止某人谈理想、谈情怀、谈什么不好，他怎么会聊对方最不缺的钱呢！

骆骁卖力游说的时候，止浔的视线始终停留在公交站台。

骆骁本以为他在看广告牌上的何婉，琢磨着有戏，又絮叨了半晌，才惊觉好友压根没看何小姐，目光一直在追随着站台上那个绿油油、矮墩墩的人形小恐龙！

“啊，你拍的那个。”

“嗯。”

那小恐龙正在挨个儿给候车的人发传单，大尾巴随着她的动作甩来甩去，呆萌得很。

“你认识啊？”

“不认识。”

骆骁狐疑地打量好友，对方正一只手托腮，一只手有一下没一下地摩挲着单反的镜头盖。

终于，绿色小怪物从视野里离开了，止浔收回视线，漫不经心地继续听好友唠叨。

骆骁气急败坏：“你到底有没有听见我说什么？”

“从来也没见你对生意上的事这么上心过，你是欠了何小姐的情债还是赌债？”

“我是那种人吗？我是不忍心看你成天都孤零零的，惨！”

止浔站起身，将松开的领口重新扣好，睨了他一眼：“我倒觉得像你这样换女伴像换衣裳，肾虚肾亏才是真惨。”

“谁肾虚肾亏？你别血口喷人我跟你说！”追在好兄弟身后出门的骆骁一下撞上了止浔的背。

夕阳已沉，霞光从街道尽头投来，给藏在电线杆后的白皙少女镀上了一层金光。

她穿着蓝白细条纹的无袖连衣裙，裙摆刚过大腿一半，露出奶白色的小腿和粉嘟嘟的膝盖。

因为身材比例好，若不是旁边有广告牌做参照物，骆骁简直不能相信那是个一米六的小矮子。

止浔停在咖啡店门口，骆骁看看他，又看看二十米开外的少女，好不容易才把一句“你认识她？”吞回肚子里。

以大魔王的人脸识别功能，要能认识，那才有鬼！

少女藏在电线杆后，盯着前面的甜品店看了半晌，终于，耷拉下细弱的肩膀，垂头丧气地走开了，在转角处拐进了烧烤店。

是她吗？止浔眯起眼，漫不经心地朝前走。

“你车没停那儿吧？”骆骁跟上。

走到甜品店门口，止浔往里看了一眼，隔着玻璃门看见黄毛小老板正在和店员打情骂俏。

他推门走了进去。

骆骁一头雾水，大魔王什么时候喜欢吃小甜品了？

小老板一回头，认出了坏他好事的止浔，顿时板着脸问：“要点什么？”

止浔看都没看他一眼，压根没认出这人，目光从柜台里的点心上扫过：“哪个是酥心包？”

小老板还没开口，店员已经热情招呼：“这个，本店的特色点心，很多人赞不绝口。先生，您要几个？”

止浔看了眼，还剩六个：“都要了。”

店员打包好，止浔接过来就要离开，结果被小老板满眼挑衅地挡住了。

止浔一脸冷漠，把他当空气，直接绕过他，推门出去了。

骆骁一边说着“他就是嘴馋，没别的意思”，一边追上止浔，看了眼他手里的纸袋：“给谁买的？”

“自己吃。”止浔长指捏起个酥心包，一口咬下去，满口芝士浓汁，顿时被腻住了，顺手将袋子递给骆骁，“给你买的。”

骆骁想，他能爆粗口吗？

两人走到了大胡烧烤店门口。

大胡刚开始生火，刚刚那个垂头丧气走开的小姑娘正在帮大肚子的老板娘搬货，跑前跑后忙个不停。

可是跟大胡汗流浃背的惨样不同，小姑娘一身清爽，只有小脸上透着些许红晕。

大胡认出隔壁店老板骆骁，连忙招呼：“新宰的肥羊，新鲜还嫩，来几串？”

骆骁摇摇头：“下次吧，今天我发小在。”

“十串吧……”止浔一边说着，一边走进烧烤店，“不要辣。”

听见他的声音，弯着腰的苏白梨疑惑地回过头，这才发现客人居然是那个“大卫”，顿时眉眼一弯，露出个甜甜的笑来：“是你呀？欢迎光临！”

她直起身，刚刚好到止浔的胸口，为了能跟他对视而仰起巴掌大的小脸，一双清亮的大眼睛仿佛会发光。

那双刚刚从止浔的记忆里烟消云散的眼睛，一下就又回到他的脑海中。没错，那只小怪兽确实就是她……

苏白梨殷勤地领着止浔两人落座，这才看见他放在手边的酥心包，目光不由自主地停滞了一下，才艰难地挪开：“两位喝什么？”

“凉白开。”止浔说。

“米酒吧！大胡自酿的米酒超级好喝！要不要尝尝？”她笑眯眯的，以吃货的热情向客人推荐，丝毫不会惹人厌烦。

骆骁刚想说“不了，他开车”，就听见对面的止某人“嗯”了一声：“来一扎试试。”

苏白梨推销成功，满足又轻快地走开了。

骆骁双肘撑在桌上，睁圆了眼睛：“你……这是……转性了？”

“性别男，爱好女……”止浔面不改色，“没转性。”

骆骁啐了口：“讲认真的，你是不是‘认识’她？”

“那只小怪物啊！”

“哪只？”

“这只。”止浔伸手从桌下捞起一撮绿色的东西，搁在桌上。

骆骁拎起来一看，原来是只肥肥的爪套：“不是吧？贴满大街的女明星你记不住五官，穿成这样的小怪兽你反而认得出？”

止浔挑眉：“都跟你说了，美人千篇一律，丑人才别具一格。”

“米酒来啦！”竹筒装的冰镇酒被放在桌上，一张充满好奇的小脸贴近绿爪爪，眨了眨眼，“你们在说什么别具一格呢？”

“我是说他……”止浔瞟了眼对面嘴张成“O”形的骆骁，面不改色，“长得别具一格。”

苏白梨认真地看了看对面穿着花里胡哨的T恤，戴着大金链子的男人，点了点头：“是挺特别的。”

骆骁一口老血差点儿没喷出来，又听止浔说道：“英雄所见略同。”

得了夸奖的苏白梨笑得眼睛弯弯，抿着嘴替客人斟酒，余光却不由向甜品袋子上瞟。

“妹妹你可别被大魔王给带坏了。”骆骁不知道前情，被她的视线提醒了，顿时想起给“他”买的酥心包，说着就伸手去拿。

袋子却突然被拿走了。

“浔？”这人不是嫌甜，说给他买的吗？

止浔慢条斯理地拿出一块酥心包，端详了两眼，又抬头，果然正对上小怪兽亮晶晶的眼睛。

他挑眉。

苏白梨连忙转身走开：“呃，我去看看烤串怎么样了。”

止浔看着她逃开的小背影，漫不经心地把糕点放入口中。

“你不是说太甜了吗？”骆骁嚷嚷。

“嗯。”止浔目光没移，“是很甜。”

骆骁：这甜怎么不像在说点心呢？

止浔忽然又将纸袋推回桌中间，骆骁刚乐呵呵地伸手，就听止某人说：“太甜，你肾不好就别吃了，送老板娘吧，孕妇爱吃。”

“你才肾不好！”骆骁本要发飙，忽然意识到好友压根就没看过怀孕的老板娘，只怕是醉翁之意不在酒，转而朗声招呼：“大胡，这点心是刚在隔壁买的，送给你媳妇儿吃。”

老板娘接来看了眼，笑着对苏白梨说：“小白梨，这不是你爱买的那种吗？”

苏白梨抿嘴笑，有点不好意思。

“我不吃甜的，给你吧，晚上看书的时候垫垫肚子。”老板娘说。

推辞不过，苏白梨只好接过袋子，从止浔他们桌边走过的时候，刚好对上两道冷淡的目光。

止浔正要若无其事地转开视线，就看见小姑娘嫣然一笑，提着手里的纸袋，脆声说：“那谢谢哦。”

止浔点头，没说话。

好冷淡呀。苏白梨这么想着，把点心袋放在橱柜上，琢磨着打烊之后再吃，忽然就听见嘻哈青年调侃：“你就这么收下，就不怕里面放了东西啊？”

苏白梨想都没想就答：“不会的，大卫不是那种人。”

大卫？骆骁迷茫。

苏白梨偷笑，看了止浔一眼，耳根发红地跑了。

骆骁若有所思：“还真有点甜。”

话音刚落，就觉得面前气压骤低，他一抬眼才发现自己正被好友冷冷地盯着。

“干吗这么看我？”骆骁摸了把胳膊，“防狼似的。”

止浔抿了口小怪兽帮忙倒的米酒，果然冷冽甘甜，口味很讨喜：“别拿对付女明星那套对小姑娘。”

骆骁回头，看了眼正帮忙择菜的女孩，老板娘刚才好像叫她小白梨？真是人如其名，又白又水灵，嗯，看着就想啃一口。

“我那是爱美之心人皆有之……浔，我说你这状态不对啊，对小白梨特别上心是怎么回事？难不成……一见钟情？”

止浔瞥了他一眼，道：“钟情？出了这门，我连她长什么样都想不起来。”

这本是句实话，可好友这么说出来还是让骆骁心里堵得慌，骆骁将杯子里的米酒一口喝了，又给自己斟满。

凭止浔的个人条件，想嫁他的姑娘能从前街排到三环外。可那又怎样？回头谈起来，在止浔口中只剩下“穿红裙的”“戴绿镯子的”“说话像含着痰的”……诸如此类不痛不痒的标签。

骆骁的感情世界有多丰富多彩，止浔的感情世界就有多么空白。骆骁身为发小，说他不替这“注孤生”的死党操心，那是不可能的。

烤串被苏白梨端过来的时候，骆骁觉得眼前有点儿花，一个白生生的姑娘成了俩，咕哝了一句“有点晕，我趴会儿”就倒在桌上不动了。

苏白梨吓了一跳，指天发誓：“大胡的米酒没问题的！”

止浔倒是淡定：“不关你的事，是他酒量差。”

“酒量也太差了吧？这酒才三度……”

苏白梨弯腰查看骆骁的状态，侧身之间垂在脸颊的发丝倾泻，被风扇吹得扬起，擦过了止浔的手背，感觉有点痒，但他没有立即挪开。

她的发丝又细又软，居然让他有些想要触碰。止浔被自己的念头惊了一下，这还真是破天荒。

“小怪兽。”止浔的声音微哑。

苏白梨听见了，不过没意识到这是在喊自己，直到止浔又清了清嗓子：“小怪兽。”

“嗯？”她回头，眼里映着灯火。

止浔觉得像是有什么在这一秒钻进了自己的大脑，抽空了所有关于这双眼睛之外的思绪，以至于他脑海一片空白，在对方的注视下许久没有开口。

苏白梨问：“有什么要我帮忙的吗？”

“刚刚油沾到镜头上了……”止浔扯过单反，“麻烦拿点纸巾。”

表演专业有摄影课，苏白梨第一眼就看出这相机价格不菲，是那种会被老师千叮咛万嘱咐不许乱碰的高档货，只是不知道“大卫”为什么就这样带着它到处乱跑。

苏白梨跑去找纸巾，又小跑着送回来，迎面看见“大卫”举着单反，镜头正对着自己。

她以为他是在检查镜头哪儿脏了，凑近问：“脏得厉害吗？”

少女自带柔光的面孔出现在镜头中，止浔毫不犹豫地按下了快门，然后，不等显示器成像就直接关闭了电源。

“没事。”

苏白梨见他没打算立刻清理镜头，转身打算离开，想了想又回头：“那个……”

止浔只见她撑在桌边的手指白皙，指甲修剪得圆润可爱，透着些自然、健康的粉色。

“嗯？”

“我不叫小怪兽。”

苏白梨并没有生气的意思，只是一本正经地自我介绍：“苏白梨，白色的梨子，很好记。”

就算不这么解释，止浔也已经记得了，因为她整个人就像一个水汪汪的小梨子，清甜、柔白。

止浔点头，继而问：“所以呢？”

所以？哪儿有什么所以？苏白梨心想，她只是希望对方别叫自己小怪兽啊……

对着那双清冷的眼睛，苏白梨无力地放弃抵抗：“然后就……请您好好享用吧！”说完又逃了。

他是不是太严肃了？止浔忽然自我怀疑，不然，为什么她都没顺水推舟地问一句“那你叫什么”？这不是正常套路吗？

直到止浔优雅地消灭了十串羊肉，趴在桌面的骆少爷也没醒来的意思，反倒是哼哼唧唧越睡越香。

止浔架着骆骁起身，骆骁反手就打在他脸上，嘟囔着：“你说谁肾亏呢！”

啧，好疼。苏白梨看见了这一幕，乖巧地问大胡：“大胡哥，我能送他一下吗？呃，他一个人好像不太方便。”

大胡挥挥手：“去吧，去吧，骆老板的店不远。”

得了老板的允许，苏白梨才擦干净小手跑向止浔，伸手就要帮他扶酒鬼。

止浔不着痕迹地躲开了，没让她碰着骆骁，顺手把肩头的单反递给她：“那替我拿一下。”

这相机的价格大概够买辆车了。被信任的愉悦感油然而生，苏白梨跟在止浔身侧，轻快地说：“你朋友是我见过的第一个喝米酒喝醉了的人。”

“嗯，他肝不好，代谢差。”

苏白梨一愣：“肝也不好啊……”刚刚她好像听见说是肾不好，原来肝也不好，真可怜。

于是，她看骆骁的眼神里多了几分怜悯。

垂着脑袋的骆少爷，嘴角不为人知地抽搐了两下。

三人经过甜品店时，苏白梨不由多看了两眼。

“别看了，没有了。”止浔继续往前走。

“嗯？什么没了？”

“酥心包，最后几个被我买了。”

苏白梨疑惑地问：“不爱吃甜食，你为什么要买它？”

止浔想了想，一语双关：“偶尔……想知道甜是什么感觉。”

苏白梨没听出弦外之音，乐呵呵地给他介绍其实如果不太吃甜食，可以买提拉米苏，甜中带苦，不会腻。

止浔其实对甜食没半点兴趣，可是听她在耳边兴冲冲地推荐，居然生出了“明天买来试试”的念头。

骆骁的咖啡店离大胡烧烤不远，三人到咖啡店门口后，店员见状连忙就把老板从止浔身上接走了。

苏白梨双手把相机递过去：“好啦，那我回去了。”

止浔整了整被压皱的衣襟和袖口，没接单反：“我也喝酒了。”

“嗯？”

“拿不稳相机，摔坏修一下得不少钱。”

苏白梨低头，看看昂贵的相机，又抬眼看看毫无醉色的男人，慢吞吞地问：“那要怎么办？”

“替我拿着。”止浔简单地说，“陪我等车。”

……几分钟后，站在楠都最热闹的前街，看着面前来来往往“载客中”的计程车，苏白梨偷偷地瞟了眼身边比自己高出整整一个头的男人，犹豫着要不要建议他去坐地铁。

“在看什么？”

苏白梨连忙收回视线，他也没看她啊，怎么就知道她在偷瞟……

“你有点像一个人。”她老实承认。

止浔没说话，这感觉对他来说太正常不过，他看谁……都像同一个。

苏白梨以为他不信自己的话，又解释：“我真的好像在哪儿见过你，当时就觉得这人长得好像大卫石膏像。”

止浔想起她那句“大卫不是那样的人”，脸顿时黑了。

夸他长了张能出道的脸的人比比皆是，说他长得像石膏的，这还是头一遭。

苏白梨察觉到他的不悦，赶忙说：“不是说全部，我是说这个线条——”她一边说着，一边踮起脚，食指指着他的鼻峰。

她的指尖和止浔的鼻梁只有一丝距离，止浔几乎能闻到护手霜的淡淡果香。

他原本清浅的眸色深了些许，她却浑然不觉，收回手背在身后，笑眯眯地说：“不信，下次我带给你看，我画过的。”

二点甜

我的脑海中，唯一的你

止浔打车到家时，已亮起万家灯火，可他家院子里一片漆黑。

指纹开门，感应开灯，瞬间一室明亮。

钟点工将一切打理得井井有条，且从来不跟他碰面，他回到家就不必面对任何人——这种生活他一直觉得挺妥当的。

直到今夜为止。

但此刻他总觉得这房子里少了点什么，比如，一双爱笑的眼睛。

脑海里小怪兽的五官都如同罩着雾，小鹿一样的眼睛却十分清晰。

止浔忽然害怕下一秒，他会完全忘记她的模样，连忙在原地打开单反的显示器。

第一张相片就是那只小怪兽凑近的面孔，白皙干净的小脸上一双澄澈大眼充满好奇，一如他记忆中的那样。

止浔重新打量苏白梨的五官，就算他几乎记不住人脸，也不得不承认女娲在造这小怪兽时一定心情愉悦——不笑也带着弧度的嘴角，眼头圆而眼尾尖的眸子，眉尾微微下垂，使得她自然而然带着三分“我见犹怜”的气质。

忽然觉得室内有些热，止浔扯开了前襟的扣子，一边褪去衬衣一边往浴室走。

淋浴的凉水洒在结实的肩头，顺着肩脊紧实的肌肉一路淌下，才终于平息了他心中的不安。

转过脸迎着花洒，止浔抹了把被水打湿的脸，脑海里响起那个软萌的声音，她说暑假不能住宿舍，也没钱租房，所以在烧烤店打工，包吃住……

房都租不起，应该挺穷。

可是，止浔分明记得她那条连衣裙是C家新款，定价接近五位数。

有钱买奢侈品裙子，没钱租房吗？

这个念头一闪而过，止浔把湿漉漉的额发向后一捋，裹着浴巾快步走出浴室，弯腰拾起茶几上的单反，手指一滑，弹出了【删除：是/否】的选项框。

选项框下方，少女笑靥如花。

修长的手指落在“是”的上方，顿了一下，止浔最终换了电源，把单反留在桌面上，擦着头发，走了。

再见“大卫”先生时，苏白梨仍旧套着怪兽服在街头招揽生意，忽然被人挡住去路，下意识地递出了一张传单：“欢迎品尝，超赞的烧烤噢。”

语气虽然活泼，却隐隐约约显得乏力。

对方没接传单，她抬头，从怪兽头套的嘴巴里看向来人，顿时精神了不少：“你怎么来啦？”

“来取车。”止浔觉得她说话的声音有点不对劲，随手按了下钥匙，路边一辆深灰色奥迪闪了闪大灯。

苏白梨“噢”了一声，想起他确实因为喝了米酒所以打车离开的，慢半拍地挥挥爪子：“那，你开车慢点，再见啦！”说着，她晃晃悠悠地转身要走，又被大尾巴绊住了，跌跌撞撞地好不容易站稳，却把爪子里的传单天女散花般撒了出去。

止浔就看见绿色小怪物被定格一般，保持着奇怪的姿势僵了两秒，然后慌里慌张地弯腰去拾传单……手上戴着爪套，身后拖着尾巴，苏白梨弯腰的时候忽然觉得眼前飘过雪花，一阵头晕，就往前栽去。

还好，脸没着地，她正浑浑噩噩地想，就发现自己被人揽住了腰，眼前隐约看见那个谁伸手准备扯掉她的恐龙头套。

“别扯呀！”她想阻止来着，可惜没力气，声音跟猫咪叫似的。

止浔手顿了一下，没理睬她，刺啦一声把绿皮扯出了一条缝，小姑娘奶白修长的脖颈终于露了出来，居然清清爽爽的，没有半点汗。

他弄错了？难道这小怪兽不是中暑？

随着头套卸掉，怪兽服被剥开，苏白梨只觉得一阵清凉，堵在喉头的大石头总算松了些，又能呼吸了。

“眼前忽然就黑了，不好意思……吓着你了吧？”她一边说着一边用小爪子去抹脸，可是爪子太大，未能成功。

止浔叹气，出手帮她把贴在脸上的发丝拿开，自然免不了碰到细腻柔软的脸颊，可更让他惊讶的是手指下的那份灼热。

这小怪兽身上明明没有汗，肌肤却烫得惊人，热量蓄积在体内散不出来，可不得中暑吗？

眼瞅着她还想挣扎着站起身，止浔只觉得这小家伙怎么不仅不长个子，还不长脑子呢？他一时上火，就着扶她的姿势，径直将人给抱起来了。

苏白梨感觉身子一轻，晕头转向地发现自己被连着玩偶服一起打横抱起，依偎在对方怀里。

他换了件衬衣，但依旧是考究的面料，带着隐隐的暗纹，有一丝不易察觉的薄荷香。这会儿她正头晕犯恶心，这气味无异于清新剂，好闻得让她想哭。

忽然察觉胸前的人一阵小动作，正抱着她往咖啡厅去的止浔低头一看，就见某人小脸蹭着自己的衬衣，抓住救命稻草似的对着他胸口猛嗅。

止浔心想：这是什么操作？

苏白梨觉得舒服了许多，套着爪套的手扶上他的肩头，仍旧没什么血色的小脸仰起："我能自己走了，真的。"

止浔理都没理她，长腿将咖啡厅的门抵开，大步流星地往包厢里走，在长沙发前才把怀里的人放了下来。

服务生跟到包厢门口，一看是老板的朋友，毕恭毕敬地问道："止先生，需要点什么吗？"

止浔理了理被弄歪的领口，说："柠檬水，去冰。"

苏白梨爬起身，小爪子直摆："别，我自己有水，在大胡哥的店里。"

服务生正不知道该听谁的，止浔沉着脸吩咐："再帮忙找块毛巾，谢谢。"

眼见服务生跑了，苏白梨可怜兮兮地哼唧："这儿一杯柠檬水十块钱，我得在外面发一个小时的传单才能赚回来。而且我真的有水，就放在大胡哥的店门口。"

在空调房里，她脸上总算渐渐有了血色。

止浔站在沙发边，耐下性子问："你知道自己中暑了吗？"

"不会啊！"苏白梨一口否认，"我从小不怕热，怎么可能中暑？"

"你不是不怕热，是不怎么排汗。"就连他从外面进来，都带着一层薄汗，她穿那么厚重的玩偶服怎么可能不热？她看着清清爽爽的，可实际上热量都闷在体内，不中暑才有鬼。

"是吗？"苏白梨觉得自己不太有发言权。

毕竟她小时候出入有专车，回家就恒温恒湿，直到大学开始住校，室友们都羡慕她不怕热不花妆，她也就顺理成章地以为自己不怕热。

服务生很快送来了水，苏白梨两只爪子笨拙地抱着水杯，在某人严厉的目光监视下一饮而尽，笑了笑："好了，你看，我没事了。"

她唇瓣湿润，眼底笼着水汽，笑容明亮而心无城府，止浔疑心，这张脸他大概是忘不掉了。

可下一秒，笑容就化作了惊慌——小怪兽想起身却踩到了万恶的尾巴，笔直地往茶几撞了过去。

幸好止浔眼明手快，屈膝俯身，双手将人接住了，他的背重重地撞在茶几上，苏白梨的脸则不偏不倚地砸在他的胸口。

她又轻又软，又香，他大概是，真的应该谈谈恋爱了。

苏白梨抬起脸，被撞红了鼻子，泪眼汪汪地连声道歉。

“你压着我了。”止浔松开护着她的手臂，一只手撑在地毯上，面色不善。

苏白梨这才发现自己正跪在对方尴尬的位置上，立刻手忙脚乱地要站起身。

“你别动！”止浔后怕地制止了她，生怕她在东倒西歪之余，再误伤自己。

自知理亏的苏白梨只能任由对方把她的尾巴塞进怀里。为了不让尾巴再掉出去，她乖乖地抱住了。

见她又惭愧又委屈地低着脑袋不说话，止浔第二次对自己产生了怀疑：他是不是真的太凶了？

这小怪兽是真轻，可能还不如健身房一根空杆重，止浔轻松地重新将人抱起放在沙发上，二话不说将她的尾巴从怀里抽了出来。

“你要做什么？”苏白梨一脸茫然，看着对方像剥笋子一样将她的怪兽服扒拉下来。

“都已经中暑了，还穿着这个，你是真要钱不要命了？”止浔不由自主带了一丝责备，虽然他知道自己没什么立场。

苏白梨没想过自己会得个“要钱不要命”的评价，臭老爹要是听说了一定特别开心，他一直都觉得女儿不把他花大力气打下的江山看在眼里，很是伤心。

可止浔的动作很利索，压根没给苏白梨反对的机会，三下五除二就把怪兽服从她身上脱下了，两条白皙笔直的小腿从热裤下露了出来，还沾着一些玩偶服上脱落的绒毛。

“大胡哥让穿的……”苏白梨小手拍着腿上的绿色绒毛，“不穿招揽不来生意呀！”

止浔看着她，甜美得像个削了皮的糖心梨，就算不看脸，光凭肤色、身段也足够傲视整条前街——烧烤店老板居然觉得穿怪兽服比她本人更能招揽生意？

这世上有审美障碍的人还真不少。

苏白梨正想从他手里拿过怪兽服，就听“刺啦”一声，怪兽服的袖子和身子……分了家。

肇事者左手拎着怪兽身子，右手捏着怪兽爪，面无表情地说：“我是无意的。”

苏白梨：当她瞎吗？

服务生敲门进来时，苏白梨正抱着怪兽服默哀。

“止先生，您想点些什么吗？”

止浔见他手里空空，问：“拜托你的毛巾呢？”

“毛巾？”

苏白梨下巴搁在膝头，歪过脑袋：“刚刚来的不是他呀。”

正说话，先前的那个服务生来了，不明所以地将毛巾递过来：“先生，您要的毛巾。”

苏白梨窝在沙发里，等止浔板着脸拿着毛巾过来，才小心翼翼地问：“你是在生我的气吗？”

“没有。”他在气自己不识人的怪毛病。

“那你为什么板着脸……”苏白梨说了一半，被柔软冰凉的毛巾蒙住了脸，只能发出呜呜的声音。

暑气被沁凉的毛巾带走了大半，舒服多了，她也就仰着脸不反抗了。

止浔将毛巾拿开，只见小怪兽鼻尖微红，正跟猫咪似的看着自己，喉头一动，垂下眼睫将毛巾丢在她头顶，半遮住了那双眸子。

他带着三分笑地拖过椅子，跷起长腿悠然地看着她。

他嘴角不自觉流露的笑落进苏白梨眼中，她的心情也跟着好起来，一边拿毛巾擦着下巴和脖颈，一边闲聊：“你刚刚怎么会认错那两个小哥哥呢？明明一点也不像。”

止洵：她真是哪壶不开提哪壶。

苏白梨压根没往他对人脸识别有障碍那方面想，只是笑嘻嘻地说："明明一个像派大星，一个像胖虎，完全不同，怎么会认错呢？"

被她这么一形容，他居然有一点点明白那俩服务生的区别了。

苏白梨擦好了，起身拎起茶几上的玩偶服："那我走了噢。"

"去哪儿？"

"负荆请罪啊！"她举着阵亡的玩偶服，"得回去让胡嫂看看能不能修补——"

止浔站起身，比她高了许多："你还打算继续穿这个？"

苏白梨懵懂地反问："不然呢？"

一刻钟后，大胡烧烤店门口，大胡看着案头上的红色钞票，不确定地问："你是说，骆老板今晚要包场？"

"嗯，所以晚上不用接待别的生意了。"

大胡记得这个满身清贵的男人是骆老板带来的朋友，虽然画风迥异："成！给他留着！"

止浔点点头，转头打算离开，就听见身后小怪兽怯生生地道歉："大胡哥，衣服坏了，你让嫂子帮忙看看能不能修？不行的话，多少钱，我赔……哎，哎！"

玩偶服被止浔从她头顶上方拎了起来，她不敢用力拉扯，只好眼睁睁看着他把衣服揉成了一团。

"老板，这衣服挺好看，我跟你买了，多少钱？"止浔问。

大胡欲言又止，这种对绿油油怪兽的爱好居然还有同好吗？想了想，他大方地决定："难得有人喜欢，送你了。"

"谢谢。"止浔满意地拿着玩偶服，一只手在发愣的小怪兽后脑勺抚过，撩起几缕发丝——又软又滑。他勾起嘴角，好似漫不经心地说，"小怪兽，还站在这里干什么？今天不用揽客了。"

大胡本想说晚上包场要小白梨帮忙准备准备，胡嫂已经开口了："小白梨，给你放半天假歇歇吧，那恐龙衣服瞧着就热，别给闷坏了。"

苏白梨看看大胡夫妻，又看看止浔，后者挑了挑眉，隔着玩偶服推着她的背走了。

“去哪儿啊……”突如其来的假期让她迷茫。

止浔说：“不是说，要给我看你的画吗？”

苏白梨想起好像是有这么回事，她说人家长得像大卫石膏像，还说要拿自己画的大卫给他看，顿时不好意思：“画在学校画室呢。”

“那走吧。”

“啊？”

止浔摆弄了下车钥匙：“我载你，你带我去看。”

大卫石膏像，应该都知道长什么样吧？真的要特意去看吗？可是，话是她自己说的，臭老爹从小教育她言出必行，去就去吧……

忽然，身边的止浔停下了脚步，苏白梨才发现两人正站在甜品店门口，疑惑地问：“怎么了？”

止浔轻咳：“买点那个什么酥，什么包的。”他又补充了一句：“我想吃。”

苏白梨狐疑地盯着他，昨儿这人不是嫌太甜，才送给老板娘，结果便宜了她吗？

“要买的话，你自己去。”软绵绵的声音里罕见地带着倔强。

止浔意外：“为什么？”

“陈老板在里面。”瞥了甜品店一眼，苏白梨坚定地说，“我不想见他。”

止浔隔着玻璃门，果然看见店里有个年轻男人正靠着柜台和店员说笑。

他不太记得昨天来买酥心包的时候，店里的男人是不是同一个。可是，小怪兽这种软绵绵的性格为什么会这么排斥这个人？

难道是……“那天巷子里拉拉扯扯的那个，就是这个陈老板？”

苏白梨没料到他至今没对上号，喃喃道：“就是他。”

止浔站在原地，冷眼注视着店里那人。

苏白梨有种错觉，他就像在用眼睛给陈老板画人像……

“走吧。”片刻后，他终于收回视线，“不买了。”

“你买你的啊！这是我和陈老板的……嗯……私人恩怨。”

“不关你的事。”随着止浔的靠近，停在路边的车闪了闪灯，他补充道，“是我不想吃了。”

苏白梨看见止浔拉开了后排车门，理所当然地打算上后座，谁知道他居然侧身，从她面前把恐龙服扔在了后排座椅上。

团成团的玩偶服一下散开了，铺满了大半座椅。

止浔将后门关上，绕到副驾驶座，拉开车门：“坐前面，后面没位置了。”

她看见了。而且，她还知道半分钟前，那儿还是空的。

车内很简洁，没有合影也就算了，就连护身符之类的装饰都没有，说是4S店的试驾车苏白梨都信。

他显然是习惯整洁的人。

苏白梨从后视镜里看了眼后排歪七扭八的玩偶服——所以，他为什么会喜欢这种东西？

“哪个学校？”止浔问。

“楠戏，呃，表演系，画室从东门进。”

止浔闻言愣了下，看向她：“大几？”

“开学大三。”

居然有二十出头了？前一晚还在担心小怪兽会不会未成年的止浔，不由自主地呼出一口气，然后，开始对自己的如释重负感到匪夷所思。她多大年纪，与他何干？

楠都戏剧学院本来就离得不远，几分钟工夫就到了。

让苏白梨不解的是，门卫看见他们的车居然连问都没问就放行了，老爹每次送她，明明都会被要求留下证件交换通行证的。

“画室在哪边？”

“噢，这边。”苏白梨把安全带拉长了些许，以便侧身给他指方向，“看到那个圆顶的房子了吗？就那儿。”

她的香气又充斥鼻间，止浔握着方向盘的手指不经意地扣紧了。

车停下，苏白梨说："这里不许本校以外的人进入。外面热，你在车里等等，我去拿噢。"

怕他久等，苏白梨小跑着，很快就抱着自己的画册回来了，没想到本该在车里等着的某人已经不听话地站在大堂中央。

阳光从落地玻璃照进来，他的影子被拉伸得如他本人般修长。

衬衣挺括，更显得他肩宽腰窄，西裤裤缝笔直，一双长腿不输任何一个表演系的男同学的。

"你怎么进来啦？"她小心地看向左右，确定没有人发现，"主任很凶的，如果发现有外人进来，他会发飙。"

"是吗？"止浔低头，从她手里接过画册，随手翻开了。

没想到，这没心眼的小姑娘画起画来还有几分风骨。

她喜欢画人。

册子里大半都是线条寥寥的人物速写，寥寥数笔，人物跃然纸上。

饶是止浔难以将他们复原成原貌，也能从中捕捉到一些特征，以便记住这些人。

"要想演得像，平时就得多观察，你看……我都只画他们最突出的特征……"苏白梨快速地往后翻了几页，"在这儿，你看这个，像不像你？"

难得一张正儿八经的铅笔素描，石膏像光影略显稚气，但贵在有神。

"你看，鼻梁是不是跟你超像？"苏白梨踮起脚，指着止浔鼻梁凸起那一点。

止浔的呼吸顿了一秒。

忽然，苏白梨笑容一僵，慌忙拉起止浔的手，转头就往楼外跑。

小手柔软清爽，一如她本人。

尽管止浔不喜欢与人身体接触，但一点也不排斥被她牵着。

"千万别回头呀！"苏白梨压低嗓门，小心地叮嘱道，"我说的特别凶的那个主任来了，如果被他发现校外人进艺术中心，一定会发飙的……”

“怎么发飙？”止浔觉得她慌张的模样像只偷吃了小鱼干的猫咪，让人忍不住想逗弄一下。

“会大声地吼——”

“站住！”身后，男人的叫声浑厚有力。

苏白梨打了个激灵：“就像这样的。”

止浔忍不住勾起嘴角。

“前辈，等等！”主任嚷。

苏白梨逃得更快了——幸好主任的目标另有他人，她得赶紧撤。

“我说苏白梨，你给我站住！”

完蛋了。

苏白梨认命地停下脚步，垂着脑袋压低声音嘱咐：“一会儿你别说话，赖给我就行。”

主任气喘吁吁地追了过来，叉着腰瞪着低头认错的女学生：“苏白梨，你想把前辈拉到哪儿去？”

苏白梨以为自己拉错人了，慌忙看了眼仍旧被她牵着的手，袖口紧扣，指节修长……没拉人错啊？

“前辈，小姑娘追星不懂事，您别跟她计较，啊！”年近五十的办公室主任对止浔讨好地说完，又瞪了苏白梨一眼，低声呵斥：“还不快把止浔前辈的手放开！”

苏白梨茫然又惶恐地抬起头，缓缓看向乖乖被她牵着“逃跑”的大卫先生，正对上对方一贯清浅冷淡的眸子，此刻，那里面笑意盎然。

“前……辈？”苏白梨看看主任，又看了看嘴角微勾的某人，道：“止浔？”

主任瞪着苏白梨拉着止浔的手，眼珠子都快瞪出来了。

苏白梨麻溜地松开手，毕恭毕敬地鞠了一躬：“久仰久仰，止老师，是我激动过头，唐突了！”

止浔：这变脸速度，不愧表演系。

主任满意地点头，殷勤得双手奉上相册：“这是鄙人近一年的作品，不知道能不能耽误前辈几分钟指点一二，不胜感激！”

止浔一点都不想指点，他连这男人到底是谁都不知道！只是为了让小怪兽不至于被迁怒，他勉强地翻了几页，随便在艳俗的打卡照里选了一张：“这种光线、景深用小一些的光圈，成像会更清晰。”

苏白梨踮起脚，想看看是什么照片，可主任已经小气地合上了相册，千恩万谢之余又问：“前辈今天来学校是为什么事啊？有没有鄙人能帮上忙的地方？”

止浔淡淡地说：“一点私事。”

主任不好追问，只能热情地送人离开，看见表演系那个出了名的小可爱居然还跟在对方身后，立刻严肃制止：“苏白梨，追星要有度！不能打扰人家的正常生活。”

苏白梨一惊，二话不说地九十度转弯，往另一条岔路走，却被人擒住了手腕。

“是我有事找她……”止浔察觉到掌心的手腕细弱，不由放松了些许，“找她带路。”

主任“哦哦”地放行，转过头就开始思考人生：以止浔在楠戏待的时长，只怕比这丫头还久吧？需要找人带路吗？

他回过头，还能看见挺拔清隽的男人牵着女孩的手腕，快步离去的背影。

莫非有情况？

主任扶了扶镜框，很快否定了自己的想法。

认识止浔的人，谁不晓得这个大神清心寡欲到让人怀疑他随时要出家，为这么个丫头片子转性？不大可能吧……

直到逃出主任的视线范围，苏白梨才刹住脚步：“谢谢噢。”

止浔问：“谢什么？”

“跟主任说是你要我带路啊，不然他又要训我不懂尊重长辈。”

长辈？他莫非耳背了？

可小怪兽对给“长辈”带来的打击一无所知，怀抱着自己的画册，一本正经地道别:“止老师,谢谢你载我回学校。我打算顺路去礼堂看看,就不麻烦你送我回大胡哥那儿了。”

止浔的冷静裂了一条缝:“别叫我止老师。”

“可她们都这么叫啊!”还是说,他更喜欢前辈这种称呼?

“她们是谁?”止浔不喜欢被她推到长辈的位置上,五岁而已,不至于被划成两辈人吧?

苏白梨回忆起第一次听说“止浔”这个名字的场景——

那会儿她刚从家来楠都,头一次住校,头一次有舍友,分外激动,寝室里天天夜谈到深更半夜,她就跟着兴奋到半夜。

她第一次听说“止老师”是从舍友凌琳的口中,一片漆黑中,少女满怀期待地说着梦想:“你说,咱们的摄影课有没有可能是止老师来教?”

“别做梦了,听说摄影系主任三顾茅庐都没请得动那尊大佛,能轮到表演系?”涂莹心直口快,直接断了凌琳的念想,“开学那场讲座听说是卖摄影协会会长面子,止浔才肯来——能见一面就谢天谢地了,你还指望天天见?”

拉着被褥听得起劲的苏白梨好奇地插嘴:“你们说的止老师,是谁啊?”

寝室里另外三个全都坐起身,不可置信:“止浔啊!国内风光摄影第一人,国际摄影大奖赛冠军专业户……开学第一天,让学校礼堂挤得水泄不通的那场讲座,主讲人就是他。别告诉我,你没去凑热闹?”

苏白梨终于想起来了,当时她确实想凑热闹的,却被臭老爹拉走了:“人多的地方坏人就多,小梨子你要是不懂自我保护,不如跟爸爸回家吧,咱们找个离家近一点的学校念书。”

为了让臭老爹觉得女儿很有自我保护意识,苏白梨毅然决然地掐灭好奇心,绕道而行……所以,对让室友们集体兴奋的止老师到底是何方神圣,她一直没搞清楚。

看小丫头欲言又止,止浔眯起眼:“想说什么就直说吧。”

苏白梨认真地答:“她们是我的室友,你的粉丝,嗯……”号称“止浔的女人绝不认输”的人——这句被她吞了。

止浔问：“那你呢？”

苏白梨“噢”了一声：“前两年，你来楠戏开讲座的那次我没去成，所以一直以为止浔老师是个德高望重的老爷爷。”说着，她自己都忍不住笑起来，笑着笑着，她忽然觉得空气凝固了，慢吞吞地抬眼，才发现“止老师”的神情像生气又像无奈。

“你又生气啦？”

“没有。”带着一脸“我在生气”的表情，止浔转身四顾，“礼堂在哪里？”

“真不用送我，我可以走过去的。”

止浔没好气地说：“是我要去，不是送你去。”

“噢。”带路就带路嘛，生什么气。

苏白梨领着止浔从小路往礼堂走，严格来说这不是路，只是穿过小树林去礼堂的捷径，没灯也没路。

“你之前就认识主任吗，止老师？”

“不认识。”楠戏那么多主任、教授、辅导员，他哪能分得清哪个是哪个，不过都当成老师而已。

“可主任对你好温柔啊！”苏白梨感慨道，“我还以为他不会小声说话呢，肯定是因为你比较厉害，止老师。”

止浔的眉头跳了又跳，终于在她又一次称呼“止老师”时，打断了她，道：“我说了，不要叫我止老师。”

苏白梨愣了下，怯生生地低头：“好的，前辈。”

“就没别的称呼了？”她非得跟他拉开辈分是吧？

苏白梨委屈：“你想我叫什么？”

“止浔。”他不忍见她受惊的样子，只得替她找出路，“直接称呼名字就好。”

“主任会骂我不尊老爱幼的。”

止浔：老？

“那不然，人前我还是叫你止老师……”苏白梨笑吟吟地问他意见，

"只有我俩的时候，我叫你止浔，可不可以？"

这是止浔第一次从她口中听见自己的名字，酥酥的，尾音微扬，就像撒娇，让他很是受用。

"只有我俩的时候。"止浔若有所思地重复了一遍她的话。

苏白梨点点头："比如现在啊，就只有我俩——"

话音未落，光线幽暗的树林子里闪出两个慌张的人影，先是女生，再是男生，男生路过的时候恶狠狠地瞪了苏白梨一眼。

被瞪了一眼的苏白梨愣愣地回头："刚刚我没看到他们。"

止浔淡定："幸好你没看到。"如果她看见了，估计就不是被瞪一眼这么简单了。

"林子这么黑，在这里干吗……不怕被蚊子搬走吗？"

这丫头压根没意识到刚刚撞破了人家小情侣的亲热，难怪这么淡定，她是压根没弄清状况……这条路分明常年都是小情侣们幽会的场所，她大大咧咧地带路，止浔以为她是见怪不怪，没承想，这小怪兽压根就不知道这么回事儿。

"你这会儿去礼堂做什么？"止浔又瞥见一对情正浓时的情侣，只好一只手推着小怪兽的肩，不动声色地带着她绕开。

"常有剧组在礼堂招人，我隔三岔五会去看看，万一有合适的呢！"

"你有表演经验吗？"

"有啊，我参演过七部影视剧。"苏白梨自豪的嗓音渐低，"可别问我是什么片子……说了你也没听过。"

说完，她就听见身后的人轻笑着答应了："好，我不问。"

交谈间，两人已经从小树林里走出来，踏上水泥路。止浔刚要松开手，就听见一个略带疑惑的男声从身后传来："浔哥，你怎么来了？"

等止浔和苏白梨一起回过头，刚刚出声的男人又错愕地看着苏白梨："白梨，你怎么会跟浔哥在一起？"

这人是谁？止浔的脑海里飞快地闪过曾经接触过的楠戏学生，可还是模模糊糊，难以区分。

“徐望南！”苏白梨满脸意外，“你怎么有空回来？”

“剧组来招人，我就打算来看看你，没想到一来就遇见你……和浔哥了。”

徐望南说这话的过程中，拢共只在最后三个字的时候看了止浔一眼，其余时间目光都没离开过苏白梨。

徐望南。

虽然对脸毫无印象，但止浔记起了这个名字，是他第一次来楠戏开课时负责接待的编导系学生。

当年徐望南大四，至今又过了三四年——所以，这人差不多跟他同岁……

止浔冷冷地看向相谈甚欢的两人。

哦，明明都是年长五六岁，这会儿小怪兽怎么不喊人家前辈、老师，而是连名带姓地招呼？

“那我先去报名哦！”苏白梨和徐望南打了个招呼，往礼堂跑了几步忽然停下脚步，回头看向止浔，道：“止老师，你要来吗？”

止浔察觉到徐望南的视线，双手插在西裤兜里，云淡风轻地说：“你先去吧，我和徐导叙叙旧。”

“噢，好。”

目送小怪兽消失在礼堂的人流中，止浔才回过身，迎上徐望南探究的目光。

“浔哥，你和白梨怎么会认识？真巧。”

“认识一阵子了。”昨天到今天，二十四小时了。

“我都没听她提起过。”

“她没必要什么都说。”

徐望南浅笑：“浔哥你不知道，白梨从小什么都跟我说，我都习惯了。”

“那说明她现在长大了。”

徐望南脸上的笑容散去：“是啊，我本来还想再等两年，等她毕业的。”

止浔知道徐望南在等自己问“等她毕业干什么”，然后他好回答“告白”“求婚”或者诸如此类的答案……

但，他偏不问。

憋着吧，憋死拉倒。

三点甜

吃醋是什么，不存在的

止浔正与徐望南针锋相对，忽然听见一声惊喜的呼声：“浔大！”

下一秒，礼堂外街的人就以肉眼可见的速度聚集起来。

那些热烈的目光让止浔觉得像被剥了层皮。

“改日聊。”止浔匆匆地结束了暗藏硝烟的对话，快步走进礼堂。

学生们也追了进去，兴奋又带着克制的私语源源不断地钻进止浔耳中。

“我每天都在祈祷浔大能来，他居然真的来了，怎么办？我紧张得快要窒息了！”

“什么怎么办？想办法跟他交换微信啊，再不济……上去抱一下也好。”

面无表情的止浔打了个寒战——开玩笑，抱他？哪只手碰，剁哪只啊！

他正想着，左袖忽然被人扯住了。

还懂不懂男女有别！止浔眸光锐利地回过身，却对上了双兴奋的大眼睛。

苏白梨两眼放光，白皙的小脸透着显而易见的红晕，一只手扯着止浔的袖子：“我今天不能给你带路了噢。”

“嗯？为什么？”锐利全消。

“徐望南的那个综艺啊！来招素人和大明星一起上节目，要求有表演经验。我报上名啦，一会儿就去试镜！”

小怪兽整个人像在发光，耀眼得让止浔挪不开视线：“要很久吗？”

苏白梨看了眼排号单，估摸说：“还得等五六个人呢！止老师，楠戏学生很热情的，你要找人带路肯定有人愿意。”

是，他知道他们很热情，热情得过了头。

对她口口声声的“止老师”，止浔浑身不得劲，可又挑不出毛病，只能自己憋着火。

“浔大……”一个漂亮女生鼓足了勇气，红着脸低头走到止浔面前，“我是你很多年的粉丝，两年前你来学校的时候，我就坐在第一排正中央，你还……记得我吗？”

止浔当然不记得。

别说两年前一面之缘，就是两天前，他多半也对不上号。

苏白梨安静地看着他，兴奋的表情还在，但明显有些迷茫。

止浔按捺住不耐烦的情绪：“抱歉，有什么事吗？”

一句“抱歉”暗示不记得，一句“有什么事吗”阐明了“没什么事就再见吧”的态度。

鼓足勇气来搭讪的女孩自然能感觉到这份拒绝，咬着下唇，脸颊红得快要滴血。

见对方不说话了，止浔干脆地转向小怪兽：“在哪里试镜？”

苏白梨看看那个女生，又看看面不改色的止浔，犹豫了一下才说：“三楼。”

止浔抬步走向楼梯。

苏白梨小碎步追上：“止老师，你也要去吗？”

“随便看看。”

被晾在原地的女生眼泪夺眶而出，掉头冲进人群。

苏白梨同情地看了一眼对方的背影，追上头也不回的某人，低声嘟囔："为什么不听听人家想跟你说什么呢？学姐都哭了。"

还能说什么？这种场面止浔见得多了，当断不断，反受其乱。

"我不认识她。"他说。

苏白梨追着他的脚步上楼："我认识啊，播音主持专业的学姐，今年刚毕业的，叫——"

"不用告诉我……"止浔停在楼梯上，侧过身，目光清冷，"我不想知道。"

苏白梨一愣。其实刚开始她就知道止老师不是个和蔼可亲的人，可他又是送她来学校，又是在主任面前替她解围，所以给了她错觉。

直到此刻，她抿嘴仰望着楼梯上的男人，没来由地有些生气。

止浔也觉得胸口堵着团火似的，大概是被她一声声"止老师"给气的，但眼瞅着她刚才放光的眼神不见了，他又有些后悔，不该这样说话。

"我……我去准备试镜了。"苏白梨快步上了几级台阶，超过了止浔，"止老师，您忙您的。"

"止老师"三个字咬得分外清楚，还用上了"您"，摆明了她不开心。

止浔目送她跑上楼，自己放慢了步子，对于惹恼她有些后悔。可如果小怪兽知道，他每天要收到多少私信，而无论看到多少次她们发来的照片，他都压根记不住那些面孔……

或许，她就能理解此刻的他。

正想着，止浔上了三楼，一眼在电梯门口看见刚刚负气跑开的小丫头，正被那个徐望南拉着附耳低语。

止浔停下脚步，眯起了眼。作为一个来试镜的演员，在试镜之前和节目组的编导交头接耳，落在别人眼里还不知要闹出什么绯闻。

真是不长心眼！

为了她的声誉，嗯，止浔决定破天荒地多管闲事一回："小怪兽。"

苏白梨条件反射地回过头："嗯？"然后又懊恼，她都说了让他别叫小怪兽，而且明明已经告诉过他名字了！

"小怪兽？"徐望南回味着这个称呼。

苏白梨没空解释，努力保持严肃："止老师，徐望南替我把试镜提前了，我真没时间了。"

言外之意：您要有事儿另寻他人吧，本姑娘恕不奉陪。

止浔颔首："你去吧。"反正这两人已经分开了，他目的达成。

苏白梨走了，再度留下止浔和徐望南相顾无言。

"浔哥，你是怎么惹恼白梨的？"徐望南半开玩笑，"我认识她二十年，都没见她生过几次气。"

止浔垂下眼睫，认识二十年？示威吗？"没做什么，她不过是试镜之前情绪紧张。"

"紧张？白梨这会儿兴奋都来不及，怎么可能紧张……"

十来个楠戏的学生在候场，苏白梨坐在第一排，对着激光灯投在墙上的光斑生闷气。

亏她对他印象极好，还拿自己的画给他看，真是幻灭。

算了，这种偶像，留给其他人好了……她才不要喜欢冷漠又不讲礼貌的人呢！

直到喇叭里通知"下一个，苏白梨"，苏白梨才恍然惊觉，坐在等候室这么久，她居然连一秒钟都没用来思考试镜，全部用来想自己怎么就错把止浔当好人了。

这很不像她，她明明爱戏成痴的。

不过，这只是小规模试镜，徐望南说了，台下就节目组的副导演和摄像组长，连她加起来不到五个人。

小场面，不足为惧……

这个念头只持续到苏白梨从幕布后走出来。

只能坐下五十来人的小会场，此刻座无虚席，甚至连走道里都站满了人。

说好的只有五人呢？逗谁呢？！

苏白梨正要向第一排的导演鞠躬，却意外地看见坐在中心位置的男人。

那个才被她惦记……不，腹诽了整整一刻钟的男人。

舞台在明，评审席在暗，即便如此，穿着暗纹白衬衣的止浔依旧醒目，慵懒地靠着椅背，浓眉之下眸光清亮，不带情绪。

场下的人群，女生占了八成以上，苏白梨扫了一眼，猜也能猜到都是冲谁来的。

“不用紧张。”坐在止浔旁边的副导安慰说，“虽然，旁观人群确实是多了一点。”

哪是一点？这都快赶上小规模公演了。副导心道：就算登台的小姑娘因为紧张而发挥失常，但只要还算过得去，就录用算了——谁让这小姑娘“自带流量”呢？

可这丫头跟止浔究竟是什么关系还不好说，毕竟她登台之后，止浔连眉都没动一下……也许，大神来旁观只是偶然？

副导演正盘算，场上的灯已经熄了。

唯一的屏幕上亮着字：吃醋。

选角的试戏主题随机，目的自然是探底。

吃醋吗？苏白梨飞快地在记忆中搜索可以参照的对象，毕竟这种情绪对她本人来说太陌生了。终于，苏白梨想起邻家姐姐面对桃花泛滥的男友时的态度……她深呼吸，向着台下鞠躬：“可以了，开始吧。”

副导演低语了一句：“还挺自信。”根本没指望止浔搭腔，谁知道，他居然淡淡地“嗯”了一声。

追光打在苏白梨一人身上，她低着头捏着衣角，许久没出声，直到全场瞩目，一片安静，她才抬头，眼底的泪花在强光下闪烁。

她看着面前的虚空，就像面前真的有人，泪花始终含而不落，眉头紧拢：“她失恋没人陪，你作为朋友当然要陪着啊，我怎么会不理解？饭做多了，我自己多吃点呗，这都不是事。你去吧，她等着呢！”

一开口就是连珠炮，可情绪又都被克制着，再从含泪的眼底和起伏的胸口一一泄露。

台上的少女俨然变成了另一个人，泼辣又倔强地对“男友”发难。

副导演就着光，看了眼苏白梨刚刚填写的简历，“参演过七部戏，来应征素人不会太屈才吗？”

“不会。”徐望南轻声说，“能跟何婉同台，她开心都来不及呢。”

何婉？

止浔从舞台上光彩照人的少女身上挪开视线，看向角落的KT板（经表面覆膜压合而成的一种材料板），板子上有一行活泼的字：《亲爱的TA》节目组走进楠戏。

配图是个烈焰红唇的年轻女人。

止浔不认识那人，他挪开眼，正想给骆骁发个消息，问问K哥邀他上的那个节目叫什么来着，没想到骆骁的信息先一步进来了：止浔你浑蛋，谁说本少爷要包场烧烤店的了？！

苏白梨离开礼堂的时候，觉得众人看她的眼神有点儿奇怪。

“等等，白梨。”徐望南追了过去，将苏白梨拦在楼梯口，“这次十拿九稳，你等等我，收工了我带你去吃夜宵。”

苏白梨顿时想到大胡店里的烧烤，连连摆手：“我还得赶回打工的地方去，夜宵就算了吧。”

徐望南意外，忙问她在哪儿打工，听她说是在烧烤店里包吃住，神情变了又变：“这事舅舅知道吗？”

苏白梨慌忙比了个噤声的手势：“你可千万别跟我爸说，不然他又要嚷嚷着要押我回家！”

“那也不能放你住在烧烤店，多不安全！”徐望南蹙眉，“不行，你在这里等着，结束我带你去酒店订间房。”

“让一下。”寒冷的男声打断了徐望南的话，“挡着路了。”

止浔面无表情地从两个人中间穿过，扬长而去。

徐望南：“他什么时候出来的？”

苏白梨：“就你说让我等着，带我去酒店订间房的时候。”

徐望南无语了。

“我没看见浔哥。”徐望南挠了挠头发，懊恼地对苏白梨说，“谁让你从小非要对我直呼大名的？”

“那是因为你也没个表哥的样子呀！”苏白梨双手扒着栏杆朝下

看，只看见某人冷淡到快要结冰的后脑勺。

徐望南狐疑地靠近她：“小白梨，你跟止浔什么情况？”

这问题真没法回答。苏白梨把下巴搁在自己的手指上，口齿不清地说：“就是蛋糕店老板非让我跟他交往，止老师路见不平，我与他一见如故，所以带着他来学校看我画的大卫人像。”

不说还好，越说徐望南越一头雾水。

“路见不平？止浔？”

苏白梨点头，虽然当时他可能是觉得被挡路了。

“一见如故？你和止浔？”

苏白梨歪着头：“应该说，我单方面觉得他有点眼熟。”

徐望南以为小白梨终于开窍，懂得追星了，谁知他这没长大的妹妹居然翻开画册，指着自己的得意之作：“你看，是不是有点儿像止老师？”

徐望南看着石膏画像心想：这大概是大神被黑得最惨的一次。

大胡烧烤店。

“包场中”的烧烤店里除了老板夫妇，只剩下喝得面红耳赤的骆老板，面前放着堆积如山的铁签和啤酒罐。

“要不……骆老板，下次再来吃？”大胡夫妻实在是担心小伙子把胃给吃炸了，反正包场的钱他那朋友也付过了，什么时候来吃都一样。

骆骁一只手捏着啤酒罐，一只手挥着空签摇头：“还没完，我还想吃羊腰子。止浔那家伙老说我肾不好，我得好好补补。”

大胡说：“你今晚都吃四串腰子了。”过犹不及，吃这么多会不会反而肾衰啊？

“不够不够，再来！”

大胡还想婉拒，一个身影从他身后拐进了店里：“一打啤酒，十串羊腰子。”

醉眼迷离的骆骁揉了揉眼睛，看清来人顿时眉开眼笑：“哎哟，浔啊，你也肾亏要补了吗？”

止浔拉开凳子，坐在他对面，烧烤店的桌子太挤，长腿无处安放，不得不支出来："酒归我，腰子归你。"

"知我者，止浔也。"骆骁满足地打了个酒嗝，趴在手臂上，眼神发直。

止浔给自己开了罐啤酒，沁凉入脾，刚好化解了胸口的那团火苗，沉声说："说吧，又怎么分的手？"

骆骁有气无力地说："还能怎么？被劈腿了呗，说是因戏生情，喜欢上搭戏的男演员了。"

他说的是第N任女友，仍旧是十八线小明星，借着他的人脉混进圈，攀上枝头就分手。

这么多年，止浔都见怪不怪了，骆骁却还总是乐此不疲地投身爱情，然后隔三岔五闹失恋，拉着止浔哭诉。

"我跟你说，娱乐圈里就没一个好鸟！特别是那种刚出道的小女生，但凡有点机会就肯定攀着高枝往上爬。"骆骁从鼻孔出着气，"不管萝莉还是御姐都一样！"

止浔刚灭下去的火苗噌地又蹿上来了。

"嗝，你刚是不是问我何婉上的那个节目名来着？"骆骁晃晃脑袋，努力回想了半天，"叫《亲爱的TA》，对……是个真人秀。啊，你问这个干吗？要接女神的单了？"

不说还好，一提到这档综艺，止浔又想起徐望南来，手指硬是把啤酒罐捏走形了。

"不接。"他哼了一声，"这起的什么名字，听起来就得收视扑街。"

"怎么会！之前几季火着呢！"骆骁嘟囔着，"之前我女友，噢，前前前女友想上，挤破头都没进得去。这一期有何婉在，肯定火。"

"喝你的酒，少废话。"

难怪苏白梨和那个徐望南这么亲近，原来是为了进热门节目。

止浔脑海里闪过那双不染杂质的大眼睛——就这样一个小姑娘，居然和那些人是一丘之貉。

算了吧，他们本来也不过萍水相逢。

骆骁回过神，伸手去摸啤酒的时候，才发现连着几罐都是空的：“你喝了多少？兄弟，失恋了？”

没等止浔搭话，骆骁又自我否定：“错了错了，你压根都没恋过，哪儿来的失恋？”说着还咯咯笑，直到被对面的人森然的目光给惊到。

“难道真是失恋？”骆骁来了兴致，俯身凑上前，“给我说说，谁啊？你这是暗恋的女神跟人跑了呢，还是鼓足勇气告白结果被发了好人卡？哎哟，天可怜我，终于轮到我看你失恋了！”

大胡刚好送新烤好的羊腰子过来，止浔二话不说地拿起一串往骆老板嘴里一塞，堵住他发出欠扁怪笑的嘴。

“打扰问一句啊，这位先生……”大胡憨厚地问，“我们小白梨不是跟着你走的吗？你回来了，她人呢？”

骆骁眼睁睁地看着好友的脸由白转红，然后听见他用非常刻意的冷漠口吻说：“她是成年人，我又不是她的监护人，怎么知道她晚上去哪儿？”

大胡连忙道歉：“我没其他意思，小白梨是个乖孩子，以前来店里吃夜宵都要赶着学校门禁回宿舍的。这么晚了她还不回来，我和我家那口子有点不放心。”

“哦？这年头，大学生还有天天回宿舍睡觉的乖宝宝啊！哎，浔……”骆骁拉住忽然站起身的好友：“你这要去哪儿啊？”

止浔觉得喉头发紧，松了松领口：“酒气上头，出去走走。”说着，人就出去了。

烧烤店老板说，那小怪兽从未夜不归宿，是个乖孩子……止浔脚步越走越快，如果不是苏白梨的演技太好骗了老板，那她一定是被那个徐望南给骗了。

越想越觉得徐望南尖嘴猴腮不似好人，止浔蹙眉，后悔当时怎么就留下小怪兽自己走了。

止浔喝了酒自然没有开车，心急赶回楠戏又打不着车，不安和悔意层层攀升，对于一向不与人深交的他而言，这种为另一个人而惶惶不安的情绪分外陌生。

他由大步流星变成疾步快走，等拐过弯时已近乎奔跑起来，却又猛地停下了脚步。

街那头，一块等身高的人形立牌正在龟速移动……

路灯下立牌上明艳的女人化着浓妆，媚眼如丝，止浔挑了挑眉，有点眼熟。

是那个红得发紫的女星何婉？他不太确定。

人形立牌还在艰难地往前移，止浔不由勾了勾嘴角，站定了，目光落在立牌下方露出的白色三叶草板鞋上，薄荷色的鞋带随着主人的步伐荡来荡去。

他整了整因为奔跑而凌乱的衬衣，一边将袖扣重新扣好，一边似笑非笑地迎上前……

苏白梨怀抱着印有何婉全身像的人形立牌，压根看不见前路，所以走得格外慢，好让行人有足够时间让开道，可尽管如此，还是撞上了。

“对……对不起！”她自知理亏，连忙道歉，一边试图从牌子上方探头看看撞上的是什么人，然而，牌子一米七，足足高她半个头。

正尴尬，她忽然觉得手中一轻，立牌已经被人挪开。

“是我的……”苏白梨刚想宣示所有权，就看见了牌子背后的男人，衬衣挺括，剑眉星目，嘴角带着……笑？

苏白梨眉眼一弯，刚要笑，又想起正跟止老师闹别扭呢，连忙敛目，正色道：“你怎么在这里？”

“这话该我问你，不是要……”跟徐望南外出吗？可是对着小怪兽那双无辜又不明所以的眸子，止浔的下半句死活说不出口，临时改口了，“这是什么？”

原本还故意端着架子的苏白梨一秒破功，眉开眼笑地化身小粉丝，努力地推荐自己的偶像：“是婉婉啊！我央求了徐望南好久，他才答应活动结束让我抱回来。”

说着话，她伸手想把宝贝拿回去，可止浔居然抓住立牌不放。

苏白梨想，莫非他也喜欢婉婉？要和她抢人形立牌？！

止浔不知她在瞎捉摸，垂下眉眼沉声说：“那个徐望南，离他远一点。”

苏白梨无语了。

止浔蹙眉，补充道：“没安好心。”

烧烤店的小隔间单人床上，苏白梨翻了个身，爬起来打开手机的自拍镜头和柔光灯。

屏幕中的女孩儿头发蓬乱，小圆脸、尖下巴，眼睛又圆又亮，眼角有点儿尖，眉尾微垂，看起来有种懵懂的稚气。

她伸手，摸了摸自己圆润的脸颊，脑海里响起止某人清冷的声音“面相上看，徐望南就不像好人”，小时候，人人都说他们兄妹有三分像的！

所以，止浔一定也觉得她面相不好吧？

苏白梨沮丧地捏了捏自己的脸。

她知道在圈子里自己算不上美女，被人夸一句“小美女”都能美上半天，压根不指望走靠脸吃饭的路，所以对自己的容貌也从没这么丧气过。

看向角落里立牌上的何婉，苏白梨托腮出神，如果自己能有婉婉一半的美貌，多好。

转而一想，半个月后她或许就能跟婉婉在同个节目组朝夕相对，做不了女神，当女神的小绿叶也行呀！

天生乐天派的苏白梨立马释然了，关闭照明灯，双手合十垫在脸颊下，侧身而卧，美滋滋地幻想与偶像共度的美好时光。可是，黑暗中她的脑海里并没有浮现出明艳的女星，而是隐约浮现出一个身着白色衬衣的背影。

半梦半醒的苏白梨不满地翻了个身，试图把那个眼神幽暗的男人从梦里驱逐出去——她才不要浪费宝贵的梦境给嫌弃自己的人呢。

别靠近！嗯，别再靠近了，她耳朵发烫了……

比起还能呼呼大睡的苏白梨，凌晨才到家的止浔毫无睡意。

以他的性格从不会去管别人的闲事，这次一时没忍心羊入虎口，出声劝说小怪兽别着了徐望南的套路，结果……

躺在露台的躺椅上，止浔回想起自己劝苏白梨离坏人远一点之后，她那个表情，就像完全没想到会有人说徐望南的不是。

她是有多看中徐望南？

一个助理导演而已，她就那么看中，以至于选择性失明吗？他都诱惑少女去酒店了，说人品败坏都不为过。不过一档综艺节目而已，真需要人举荐的话，他一样能办到，为什么她不央他帮忙？起码他不会对小姑娘另有所图……

月光温柔，夏夜凉风习习，吹得止浔身上质地柔软的睡袍随之轻荡。

他想起了苏白梨暂住的那间小屋——大胡从自家辟出来的隔间，还没衣帽间宽敞。

他送小怪兽回去的时候，推开门就嗅到满室芬芳，属于少女的气息充斥着整间屋子，海绵宝宝的床单被套使得光线并不好的屋子洋溢着阳光的味道。

她的双肩包是H家的，价格过万。

她的小衬衣是L家的，定价逾千。

她的球鞋，上市价格三千八。

小怪兽身上任何一件单品的价格都足够支付楠都一个单间，甚至大平层的月租，可她居然为了一个十平方米的隔间，干着一小时十块钱的促销活儿。

止浔扶额，他大概太久不跟外人接触，都不知道如今小姑娘们已经物质到这个地步，宁可吃不起饭，也要打肿脸充胖子。

物质！虚荣！拜金！不值得上心！

可是……他的目光移向落地窗里悬挂在衣帽架上的绿色怪兽服，为什么想到这个自找苦吃的小丫头缩在没窗的小房间里，他居然会不忍呢？

还有，毕竟寄人篱下，大胡夫妻到底靠不靠谱啊？

乱七八糟的念头穿梭不息，以至于在即将坠入梦乡的那一刻，止浔脑海中清晰地浮现出苏白梨的脸。

五官柔和，惹人怜爱。

“笨蛋。”

他也不知道自己是不是在做梦。

苏白梨睡了个懒觉，日上三竿才醒，因为烧烤生意要到傍晚才开始，所以她也是下午才开始工作。

她抱着墙边的何婉立牌吧唧亲了一口，才愉快地去前场准备帮忙。

平日里这会儿店里都是没人的，可今天破天荒的，铺子里居然早早地来了客。

更可怕的是，客人居然还带着笔记本电脑，正在伏案办公，俨然把烧烤店当星巴克了。

座位狭窄，他就把长腿伸在走道上。

店内燥热，他将白衬衣的袖口挽起了，露出一截结实的小臂。

屏幕上雪山与碧空壮阔，苍鹰斜掠，气势恢宏，止浔拖动着各种复杂的软件参数，细致地调整着画面。

止浔戴着耳机，一只手握着鼠标，一只手敲着键盘，清脆的击键声络绎不绝，神情专注，以至于被苏白梨盯了许久都一无所知。

止浔手指动作终于停了，苏白梨一惊，转身想溜，却在余光里瞥见了熟悉的场景。

她狐疑地定睛看去，确定他电脑屏幕上的画面确实就是前街的公交站台，而画面四分之三分割处那抹绿色的身影……

难道是穿着恐龙服的她吗？

可是不等苏白梨惊完，画面一翻，面对镜头笑得灿烂的人是谁？

又是她！

苏白梨努力回忆，终于记起那是止浔第一次来店里，说镜头被油弄脏了，让她去找纸，她回来的时候就看见他的镜头对着自己。

那会儿苏白梨以为他是在检查弄脏的镜头，压根没想到他居然拍下了她。

她茫然地看向电脑前的止浔，他左手正落在唇瓣，若有所思地来回摩挲，浓密的睫毛下眸光专注，凝视着屏幕上的笑脸。

苏白梨有点蒙，下意识地觉得该回避，结果刚刚转身就遇见撩开帘子进来的大胡。

大胡朗声招呼："白梨起来啦？"

止浔飞快地一把合上了笔记本电脑，回过身，刚好对上苏白梨小鹿一样雾蒙蒙的大眼睛。

止浔：难道被看见了？

苏白梨：她啥也没看见。

大胡不知道这两人对望个啥，乐呵呵地走过来："止先生说了，昨儿个包场的钱骆老板没吃完，剩下的他来慢慢吃。"

慢慢吃……

苏白梨觉得眼前人的画风，和这家店铺似乎并不那么合拍……

可人家自己都不嫌弃，她又能说什么呢？

一上午，苏白梨进进出出地忙碌着，从止浔身边经过的时候，总忍不住偷瞟他的电脑屏幕。

可止浔再也没打开过任何人像照片，屏幕上永远都是或波澜壮阔或光怪陆离的自然风光。

苏白梨对摄影知之甚少，但就算不经意的一瞥也能品出好坏来，越看越想看，以至于到最后，她明目张胆地抱着毛巾站在止浔背后，看着画面上展开巨翼的雄鹰，问："这是在哪儿拍的？真好看。"

"尼泊尔的无人区。"

"你拍的？"

"嗯。"止浔回头，"不然呢？"

苏白梨心有余悸地说："无人区的环境据说都很险恶，之前徐望南跟去取景，被困了四十八小时，最后是被救援直升机带回来的……"

"那是他们缺乏经验，准备不足。"听见姓徐的名字止浔就不爽，又不便表现，只得转移话题，"最美的风景都藏在杳无人烟的地方。"

苏白梨想了想："可我觉得自然有自然的美，人类有人类的美。"

止浔的眸光闪了闪，似笑非笑地说："各花入各眼。"他反正是对人类审美无能，都是眼睛、鼻子、嘴，有什么区别？

苏白梨努力说服他："比如我们家婉婉啊！人美戏好，演什么像什么，我要有她一半好看，做梦都能笑醒。"

止浔又想不出何婉的长相了，依稀记得浓妆红唇，没什么辨识度，哪里有眼前元气少女一半的生动？

"你比较好看。"

苏白梨以为自己听错了："什么？"

止浔重复了一遍："我说，虽然风景比人美，但非要矮子里拔将军的话，我选你。"

他的每个字，苏白梨都听清楚了，绝对没耳背。

热气一点点爬上脸颊，她觉得有什么东西在自己胸口扑腾，好像要从喉头蹦出来一样。

"止老师……"她怯怯地开口。

止浔喉头微动，耳根隐约发烫，低沉地"嗯"了一声，就听见小怪兽问："你是近视吗？"语气满是同情。

"你——"止浔话到嘴边竟不知说什么。

这辈子，他自问是第一次夸女孩子好看，当然也是头一次感受到五官之美，谁知就遇见了苏白梨这笨脑瓜。

他恨恨地磨了磨牙："不，我瞎。"

苏白梨呼出一口气："我就知道，你是逗我的，比我们家婉婉好看的人还没出生呢。"

止浔看着她如释重负的轻快背影，转过头，鼠标轻点，电脑屏幕下方最小化的图片立刻弹了出来——甜软的笑容，雾气迷离的眸子，白里透红的肌肤。

他说的是真的。

这是他有生以来，记住的第一张陌生面孔，别说跟何婉比，就算再多张婉、李婉，他还是会选苏白梨。

可惜，她不信。

电话响了，是骆骁。

刚接通，骆老板咋咋呼呼的声音就传了出来："我昨儿到底喝了多少啊？为什么啥也不记得了？你怎么不送我回家，居然让我倒在咖啡店门口的地毯上？”

“昨晚我有事。”

“你能有什么事？一年不接一单，接一单管十年的……”

止浔信手按下键盘快捷键，画面上的少女被放大，圆圆的眼睛里赫然倒映出一个轮廓。

他微怔，又放大了几倍，终于看清，她清亮的瞳孔里正映着端着相机的自己。

他不由莞尔，这竟是两人的第一张合照。

“喂？喂！你能听见我说话吗？”骆老板兀自抱怨良久，都得不到回应，于是加大了嗓门对着手机吼，“止浔！你到底要不要问何婉节目的事了？！”

止浔这才回神，把手机靠近了一点，漫不经心地说：“讲来听听。”声音带着一点笑意。

“综艺真人秀你是知道的哈，不过依照我对你的了解，你一定不知道这是怎样的一档真人秀。”

“再卖关子，我挂电话了。”

“别啊！你这是求人打听的态度吗？也就我能容得下你，换个人，分分钟拉你进黑名单。”

止浔盯着屏幕上某人眼里的自己，笑着随口说：“拉黑吧，清净。”

“魔鬼！”骆老板愤愤地抱怨，“这是恋爱真人秀，看点就是大明星和素人之间的恋爱火花！”

“哦。”止浔应了声，忽然反应过来不对，正色问，“上节目的是情侣吗？”

“当然不是，情侣还有什么可看的？”骆骁就猜到好友出尘绝俗，不懂这些老百姓的乐子，“这你就不懂了，大明星和小老百姓从无到有，从陌生人到擦出火花，狂撒狗粮——这才是节目的看点！”

止浔食指在鼠标上摩挲：“除了何婉，还有什么人参演？”

“女团刚出道的神经少女阿葵，上过维密大秀的天使艾丝拉……”

骆骁如数家珍。

止浔一个也不认识，终于忍不住打断他：“我是问男人。”

对面安静了三秒，而后骆老板贱兮兮的声音传来：“浔啊……你什么时候开始对男人感兴趣的？我可先声明，为你抛头颅洒热血没问题，别的事儿兄弟我可不干啊！”

止浔忍住即将脱口的“滚”，将手机换到另一只手上：“不是说都是明星和素人配对吗？既然有普通女孩进组，应该也有男明星吧。”

“那当然。”骆骁一顿，狐疑地问，“你怎么知道有普通女孩子参加？”

“你说的。”止浔面不改色。

“我没说啊……”他还没老年痴呆呢。

“说重点。”止浔心里有种微妙的不愉快。

骆骁说：“男明星啊……前阵子仙侠剧大火的上神陆羽，WMA 格斗大赛冠军池弥。”顿了顿，他补充道：“都没你帅。”

止浔压根没注意他的补充，道：“女星有三个，男星怎么才两个？”

“还有一个没官宣，我还没得到内幕。”骆骁玩笑，“要不，你去？你去也就没陆羽、池弥他们什么事了。”

“为什么要做这种节目？”止浔问。爱情这东西虽然陌生，但他也知道应该是众里寻他千百度的机缘，怎么可能被节目组这样拉郎配，就刚好郎情妾意了？

“观众爱看啊！平凡少女期待嫁给王子，宅男做梦都想娶到女神——这多好的噱头赚人气啊！”

止浔冷淡地说：“何婉还需要用这种方式炒人气？”

“婉婉怎么啦？”

苏白梨路过，没发现止浔是在打电话，听见何婉的名字就随口问了句，然后才看见他另一只手拿着的手机，顿时不好意思地双手合十，为打扰道歉。结果，她在余光里看见了他屏幕上被放大的眸子，瞳孔清亮，映着另一个人，简直能拿来做电影海报。

只是，等等……她怎么觉得这眼形有点眼熟？

察觉到她的视线，走神中的止浔才发现被自己放大的小怪兽照片还停留在屏幕上，慌忙点击关闭按钮，结果两三下都没点中，反而把图片大小还原了。

小怪兽甜美的笑容出现在屏幕上。

止浔心想，他能说这是电脑中病毒了吗？

苏白梨愣住了，这次看得真真切切，止老师不但拍了她的照片，放在电脑上反复看，居然还放大了十倍看！

“你……你……”你这是在干吗？

“我……”我说是误会，你信吗？

“怎么又没声儿啦？止浔，再跟你说个事儿我就挂电话……”骆骁生怕好友听不见似的，扯着嗓门嚷，“甜品店那个小老板不是好鸟，听说这阵子正在追个楠戏在读的女大学生……不过，你问他干吗？你怎么老对男人好奇，不会真——”

话音未落，止浔毫不犹豫地挂断了。

苏白梨：完了，她好像听见了什么不得了的秘密！

止浔真想隔空掐死姓骆的那小子。

他合上电脑屏幕，斟词酌句，希望能给自己的一系列行为一个合理而不失体面的解释。

“照片是我无意中拍的。”

苏白梨点头。

“放大是因为……”要怎么解释？止浔甚至觉得，小怪兽搞不好会觉得他是变态。

“我知道……”苏白梨抿着嘴，怜悯又了然地说，“你在看我眼睛里的你。”

止浔合了合眼，表示认同。

“止老师，我必须得承认你本人确实又帅又有型，比我们班那些孔雀似的男同学更有星味儿。”苏白梨叹了口气，“可我爸说了，男人的脸不重要……止老师你这么自恋，会讨不到老婆的。”

止浔的心犹如坐着过山车，先是被她的赞美抚慰得妥妥帖帖，又在她苦口婆心的“自恋”“讨不到老婆”里从云霄俯冲而下……

“我不是在看自己！”这句话脱口而出。

苏白梨本已释然，闻言再度满脸狐疑：“那你……”

止浔骑虎难下，牙一咬，心一横：“我有面孔识别障碍，我刚刚……是在认人。”

苏白梨的眼睛由滚圆慢慢放松，直到半垂下眼睑，长长的睫毛微微抖动，过了许久才低声说：“对不起……我错了。”

完全不知道是哪条脑回路让她开启了道歉模式，止浔默默地看着面前楚楚可怜的小姑娘。

“难怪上次你在咖啡厅分辨不出派大星和胖虎，也认不出陈老板就是巷子里缠着我的人……”苏白梨轻声说，“原来是因为生病了，对不起，我不该哪壶不开提哪壶。”

她明明还在提！

他正因为小怪兽的脑回路而摸不着头绪，忽然感觉少女的气息靠近，下一秒，她的手已经落在他的头顶，小小的手掌怜惜地摸着他打理得完美的头发。

“这真可惜……”她的声音软软的，是真的在为他觉得可惜，“你都看不出你和大卫到底有多像。”

止浔并不想看出来。

“没关系，你别怕。”苏白梨一边揉着头发安抚他，一边说，“你呢，有脸孔识别障碍，我呢，特别擅长提取人物特征。”

顿了顿，她轻快地做了决定：“你认不出的人，来找我，包管让你过目不忘。”

止浔的面前完全被她身上柔软的少女香所笼罩，也许无论她说什么，他都一样会觉得没问题。

比如，他现在就觉得，这小怪兽的建议简直……完美。

四点甜

指间一点酥

后来，骆骁后知后觉地得知，止浔居然向那个长着萝莉脸的小美人坦白了自己的脸盲症时，惊得差点没把眼珠子掉出来。

“为什么啊？”那明明是他的大忌，为了不让人发觉，他甚至宁可离群索居。

止浔转动着咖啡杯里的金属勺：“总比以后被她自己发现强。”

“以后？”骆骁一头雾水，不就是个烤串店里的打工妹吗？哪儿来的以后？

止浔没有回答他，隔了两秒，才说：“下周《亲爱的TA》进组，其他工作一并替我推了吧。”

“进……进组？”骆骁会过意，“你决定答应何婉啦？”

“不是。”止浔淡定地抿了口咖啡，“是已经签约了，一个小时前。”

骆骁拍案而起：“你还拿不拿我当兄弟，这种大单接之前都不漏一点口风？不对啊……你为什么会接啊？你……你这是什么笑容？止浔，你……”

止魔王脸上挂着隐约的笑意，目光透过玻璃看向对面车站正在派发传单的少女。

乌黑短发大眼睛，柔白手臂小细腰……隔了几十米远，他都能一眼从人群里认出她来。

今生，他这是第一次。

那之后一连几日，止浔都在烧烤店里办公，俨然要把工作室搬来一般。

大胡每次问他吃点什么，他都随便叫几串烧烤，等苏白梨经过的时候就拿手指敲敲桌面：“趁热吃。”

一次，两次，一连五六天……苏白梨摸摸肚子，隐隐觉得被喂胖了一圈，抱怨道：“你不爱吃，干吗要点？”

止浔：“不点不好意思坐这里。”

苏白梨心想：不好意思坐，那就不坐呗！这儿又不是星爸爸，为什么非要在这里办公？

大胡夫妻也问过苏白梨：“怎么觉着这止先生就是来看你的？”

苏白梨一头雾水：“我？我有什么好看的？”

胡嫂：“你看他每天来都做什么了？”

“呃，修图，上网，打电话……”

胡嫂接话：“还有请你吃烧烤和点心。”

苏白梨一口酥心包刚咬了一半，口齿不清地问：“点心？”

“嗯，不然你以为你吃的酥心包哪儿来的？老胡那种大老粗，怎么可能买这些。”

苏白梨眨眼：“所以这是……”

胡嫂瞟了止浔一眼：“止先生买的。”

“小怪兽。”止浔像是冥冥中感觉到自己在被人议论，忽然开口叫她。

苏白梨慌忙把剩下的酥心包塞进嘴里，小碎步跑上前：“什么事？”

止浔看了她一眼，食指指着自己的嘴唇。

苏白梨眨眨眼，盯着他的嘴看，唇线刚毅，滋润微红，嗯……很好看。

止浔无奈，只好抬手亲自替她抹掉嘴角的点心渣，指下温润柔软，碎屑沾在指尖。

苏白梨过了半天才挤出一句，“你吃吗？后面还有。”

止浔目光变柔，笑了。

忘了！这点心还是他买的，苏白梨拿手背抹了下嘴唇：“谢谢。”

“不用谢。”止浔云淡风轻地说，“自家店的，随便拿。”

“自家店？”

“嗯，我开的店。”

苏白梨细细品了品，酥心包还是那个酥心包，陈老板家的点心的味道。

“我把点心师傅挖过来了。”

“你不是摄影师吗？”居然还开店？

止浔像是觉得她惊讶的模样很有趣，托着下巴看着她：“摄影师不可以开点心店吗？”

“不不，当然可以。”苏白梨笑，“只是为什么呢？你不是名气挺大的吗？”

止浔这种大摄影师，一单能赚多少钱？苏白梨发现自己对钱的概念非常淡薄。

“想开就开了，也不是什么大投资。”

苏白梨点点头，继而释怀地说：“我跟着沾光了！不用见到陈老板那张脸，也能吃上酥心包，我怎么这么走运。”

止浔若有所思地揉着指尖残余的那点酥饼碎屑，见她满心欢喜，神色也跟着变得柔和，在余光里瞟见手机上骆骁发来的微信：你是钱多吗？破点心店三百万转让费你也答应？你要嫌钱多给我啊，我缺钱！

他按灭了屏幕，轻描淡写地递了张名片给苏白梨：“以后拿这个去买，地址在背面。”

苏白梨把小卡片放在掌心，连连说好。

门帘子忽然被人掀开了，先是一个女学生探头进来，一眼看见止浔，立刻满眼放光地缩回帘子外。

苏白梨和止浔相视一眼，就听店外欣喜若狂的呼声：“真的是浔大！就在这家店里！”

之后二十分钟里，苏白梨一直蹲在店铺一角，一边择毛豆，一边拿余光瞟着万花丛中那抹绿。

在一众喝着王老吉、吃着小肉串的女学生中间，穿着衬衣西裤、对着笔记本电脑、手边还放着凉白开的止浔显得格格不入。

尤其是，所有的目光都若有若无地飘向他。

他有这么迷人吗？

苏白梨剥开一颗毛豆，心不在焉地往小箩筐里一扔。

他确实迷人，尤其是目不斜视地对着电脑，忙于工作的侧影更迷人，像西方油画里走入凡间的神祇——大多是不穿衣服的那种，可眉眼端庄，就算不穿衣服也神圣不可侵犯。

不过挺好的，大胡的生意都因为他而变得兴旺，嗯，真好。

“小白梨……”胡嫂走过来，弯腰从篓子里捡出毛豆壳，又从垃圾桶里捡起毛豆粒，“你怎么魂不守舍的？”

苏白梨这才发现闯了祸，慌慌张张地从垃圾堆里找毛豆。

动静传了过去，一直不动如山的止浔将目光投向角落，嘴角一勾，合上了电脑。

女学生们纷纷起身，打算跟着出店，止浔却单手拿起电脑，向后边角落走去。

正在收拾残局的苏白梨一见他走过来，立马把脑袋埋得很低，只留给他柔软黑亮的发顶。

止浔只好跨过箩筐，不嫌费事地弯下腰：“走了。”

“噢，欢迎再次光临。”苏白梨埋着头随意地应道。

止浔这才笑着转身准备离开，就像没看见那一道道来自迷妹的揣测目光。

他不想给小怪兽添麻烦，因为他在店里，大胡的生意翻倍，小怪兽要做的活就多了，所以他还是离开的好。可不承想，他还没走到门口，不速之客就来了。

看见穿着印有《亲爱的TA》字样T恤的男人，止浔有八成以上把握相信，来人就是那个道德败坏、妄图带小怪兽开房的人渣。

已触到门帘子的手又垂下了。

“浔哥？真巧啊，吃完要走了？”徐望南招呼。

止浔垂眸，面不改色：“不，刚来。”

周遭的女学生们都安静了下来。

徐望南趴在柜台边，一直跟苏白梨喁喁私语。

止浔坐在原本的桌边，一只手握着鼠标，一只手敲着键盘，却十分钟没翻过页：“小怪兽。”

“哎！”苏白梨随口应，然后咬唇：让你应！说多少遍了叫名字，可臭魔头就是不改口！

腹诽归腹诽，她还是尽职尽责地走过去，问：“止老师，需要点什么吗？”

“十串羊腰子。”止浔声音冷淡。

苏白梨苦着小脸，看了看左右，弯腰低声说：“点了你又不吃，全塞给我……我已经饱了，再吃不下了。”

止浔抬眼：“哦，饱了？有情饮水饱？”

苏白梨没听清，只好又凑近了一点：“什么？”

发丝间的清香扑鼻，止浔动了动嘴唇，低声说：“我跟你说过，离徐望南远一点。”

“他来找我谈综艺的事呢，明天要进组了。”苏白梨认真地说，“他问我要不要暗箱操作。”

“操作什么？”他眉头蹙起。

“给我挑个我喜欢的搭档啊！”苏白梨觉得好笑，“你说不就演戏嘛，还有挑搭档的吗？”

“条件是什么？”见她眼睛圆溜溜的，一脸不解，止浔只好补充，“帮你暗箱操作，他要什么？”

“要我陪他出去吃饭啊！”苏白梨撇嘴，“他肠胃不好，吃不了烧烤。”

止浔冷冷地看了徐望南一眼，对方冷不丁被眼锋所伤，迷茫地看向苏白梨。

“你打算去？”止浔问。

“去啊，一会儿你走了，她们都会走，店里空了，我就可以下班了。”

止浔气得笑了：“敢情是我耽误你们了。”

苏白梨觉得他口气虽平静，却像是压着怒火似的，一时误会了：“不，不是赶你走的意思，我不着急！”

止浔笑笑，合上电脑站起身，也不与徐望南打招呼就往外走。

苏白梨追上他：“羊腰子不要了？”

“你反正有别的吃……”止浔撩开帘子，“看不上这吃了要拉肚子的烧烤。”

苏白梨盯着他的背影，委屈巴巴地想，她最喜欢的是酥心包，其次就是烤羊腰子啊……而且，她肠胃好，不拉肚子的。

徐望南慢吞吞地跟出来：“浔哥怎么了？”

“生气了……”苏白梨侧了侧身，让路给追着止浔离开的女学生，撇了撇嘴，“我还没生气呢，他倒生气了。”

“他气什么？”徐望南暗叹止浔在女学生里居然这么受欢迎，“你又有什么可气的？”

“奶奶是不是一直说我俩长得像？”苏白梨答非所问。

“是啊，你小时候照着我翻版长的。”

苏白梨：“嗯，他说你长得不像好人。”

徐望南无语了。

当晚，徐望南喝了点酒，酒气上头之后对着餐厅的玻璃直瞅。

他浓眉大眼的，哪儿不像好人了？

苏白梨食欲不振，百无聊赖地挑着碟子里的菜，顺着徐望南的目光往外看，刚好瞧见一辆闪着前灯的奔驰车。

她刚看过去，大灯就熄了。那谁的车，好像也是这款。

“陆羽和池弥，你更中意哪一个？我能给你安排上。”

“我都不熟。”苏白梨托着腮，“反正有剧本嘛，跟谁搭档都一样。”

“不熟？你是不是女生啊……前阵子那什么《逆凰》收视率破纪

录了，陆羽上神还有小姑娘不认识吗？还有池弥，喜欢他的女人能从楠都排到杭城……”徐望南不信，“你说不认识，我不信。”

苏白梨嘟囔：“没见过世面，比他们帅的不稀罕抛头露面而已。”

“谁啊？”

“大卫。”苏白梨哼了一声。

徐望南推了下她的额头：“喝多了？胡说八道。”

苏白梨就势顶了顶他的手指：“干吗？！”

忽然，两道强光穿透玻璃照来，刺得徐望南眯起了眼，朝外一看，是停车位里的一辆车忽然开了远光灯，正对着苏白梨和他。

“搞什么呢，会不会开车……”徐望南抱怨着。

那车闪了闪远光，猛地从车位里冲了出来，一个甩尾后朝停车场出口驶去，带着莫名的怒气。

车身经过店前的时候，苏白梨睁大了眼睛——驾驶座上人，跟那个谁也太像了吧？

奔驰绝尘而去，可是还不等苏白梨收回视线，那车居然又快速地倒了回来！

门开了，司机迈着长腿跨下车，反手关了车门。

下一刻，餐厅门口的风铃响起，服务生热情地招呼：“先生几位？”

苏白梨还没有反应过来，匆匆进来的男人已经大步流星走来，一把拉住她的手腕。

她手腕生疼：“轻点儿，疼啊……”

止浔看也不看她，冷眼看向同样发蒙的徐望南，说：“跟我走。”

苏白梨被他拉得站起身，又挣脱不得，只好可怜巴巴地看向徐望南。

这眼神落在止浔眼里，他更气——他来救她，这小怪兽不领情也就罢了，居然还向没安好心的狼崽子求援？

这要放在以往，他多一句也不会说，早就拂袖走人了！可，谁叫这不懂事的小怪兽偏偏闯进他的眼睛里了呢。

“慢着慢着。”徐望南伸手，拉住苏白梨的另一只手腕，“浔哥，你这是做什么？”

苏白梨一只手被一个人拉着，立刻成为周遭视线的焦点，白皙的面孔浮上一层红晕：“止老师？”

止浔不想在众目睽睽之下让小怪兽难堪，无论她是不是因为单纯而受骗，这种事传出去，舆论总归是对女孩子更加不利。

他压低声音：“出去再说。”

苏白梨为难地看着桌上刚吃了一半的菜：“可我还没吃完呢。”

她的杯子里红酒已经见底，难怪满面飞霞。

灌酒，灌醉了意欲何为？止浔眼风一寒，利刃般刺向徐望南。他知道圈子里乱，但没想到有人已经把手伸到他身边来了。

徐望南还坐着，瞟着菜说：“浔哥，我和白梨刚吃了一半，你要是想吃可以一起，但是中途把女孩子带走，就不合适了。”

止浔从牙缝里挤出一声：“无耻。”

这下苏白梨和徐望南都呆住了，尤其苏白梨，她实在不知道一起吃顿饭怎么就无耻了。

徐望南到底谈过恋爱，对男人那点小心思比他这没谈过恋爱的妹妹了解多了。被莫名其妙地针对，比起生气，他反倒是觉得有趣居多。

多年前，作为楠戏的学生代表接待声名鹊起的摄影大师止浔，徐望南就很好奇，凭什么一个只比他大三两个月的同龄人，就能被冠以大师之称？

直到他见到真人。

那时候止浔比现在更冷淡一些，目光几乎不与人接触，说话能一个字绝不用词，能用词绝不讲句，在候场室里，像个浑身散发着“生人勿近”气息的大冰块。

徐望南和同学还曾议论，这真是架子比名气还大。但很快，随着止浔登上演讲台，在那个只有他和大自然作品的时空里，冷淡如他突然侃侃而谈，金句频出，判若两人。

后来徐望南才听说，这个从摄影大赛出道的年轻男人是个摄影痴，为了拍出心目中的极致，什么险峰、戈壁都去，且一待就是数月，危机四伏都是常事。

所以，他没那份闲心，也没那个必要浪费时间在无谓的社交上。

止浔的冷漠来源于他对周遭人的不在意。

徐望南忽然很好奇，是什么让他这样反常地“多管闲事”，徐望南又看了眼红着脸的表妹，难道……他喜欢他们家白梨吗？

“他说你长得不像好人。”苏白梨的话犹在耳畔，徐望南从鼻孔里呼出口气，他可是个记仇的人呢。

“算了，下次我再带你吃别的好吃的。”徐望南站起身，依旧牵着苏白梨的手腕，“今天先这样，我们出去说。”

苏白梨被左右牵着，两人都不松手，她一生气，用力把两人都给甩开了，快步往外走去。

止浔和徐望南都追上前，奈何路窄，只容一人通过，对峙了两秒，终究是徐望南退了半步——妈耶，他可听说止浔练过散打，好汉不吃眼前亏。

停车场里灯光昏暗，苏白梨停下脚步，回过身，满脸不高兴：“止老师，这会儿是我的私人时间。”

白天她在烧烤店打工，这大魔头呼来喝去也就算了，这会儿她在休息，吃个饭而已，忽然被捉贼似的逮走，算什么呀？

“我知道。”止浔说，“私人时间可以做的事很多，能交的朋友也很多，应该有所选择，远离心术不正的人。”

“徐望南他是我——”

“对……”徐望南打断了苏白梨的话，“我就是白梨的朋友，一起吃顿饭不知道有什么错，要被浔哥扣上心术不正的帽子？”

止浔冷眼：“你自己清楚。”又是邀请开房，又是吃饭喝酒，可谓司马昭之心。

徐望南问：“敢问，浔哥这话是以什么身份在质问我？”

面对苏白梨委屈的眼神，止浔垂眸：“既然她叫我一声老师，我自然不能眼看着她为梦想误入歧途。”

“老师啊……”徐望南念着，“楠戏那么多学生都叫你止老师，怎么不见你一个个亲自照拂，反而一直盯着我和小白梨？”

听见他如此亲密地称呼小怪兽，止浔的不愉快再度攀升：“别人我看不见，自然管不着。”

这是真的，其他人就算看见了他也认不出来，当然不会多管闲事。而这个小怪兽，莫名其妙地闯进了他的世界，他又怎么可能坐视不理，让她懵懂犯错？

一直听着两人针锋相对的苏白梨好不容易听懂了七八分，犹犹豫豫地开口：“止老师，你是不是那天听见徐望南说要带我去酒店了？”

“你……”止浔欲言又止。

苏白梨这下彻底明白了，原本微红的小脸一下涨红，抿着小嘴，大眼睛固执地盯着止浔，道：“然后，你以为徐望南今天约我吃饭，就是为了灌醉我，带我去酒店，而我早就知道他有歹念，还陪着他单独吃饭？”

两个男人藏着掖着不好意思说出口的话，就这么被个不谙世事的小姑娘大大咧咧地说出来了。

止浔的沉默让苏白梨忽然觉得胸口特别闷，就像被什么捂住了口鼻，呼吸不畅。

她向来过得简单，喜欢演戏就不顾老爹反对独自跑来楠戏；喜欢徐望南这个表哥就亲近，无所谓性别；喜欢止浔……不对，她只是喜欢他的长相，所以愿意与他多接触一点。

她没有目的，没有企图，坦坦荡荡。

可就是这个她刚刚觉得其实还不错的止老师，居然一直在怀疑她的人品！

“小怪兽，我不是怀疑你，是怕你单纯，被人骗了。”

苏白梨退了一步，躲开止浔的手：“没有哪个女孩子会傻到对这种企图毫无知觉的。与其说是被骗，还不如说是周瑜打黄盖，各取所需。”

止浔微怔。

他印象里的苏白梨天真烂漫，是个不谙世事的小女孩，哪会说出这种话？

“今天对不起啦，害你也没能好好吃饭……”苏白梨不理会止浔，转头对徐望南说，“进组以后我再找时间补你一顿饭。”

徐望南：“白梨，你……”

苏白梨挥挥手，打断了表哥的话：“我喝了点红酒，脸热，就走路回去，顺便吹吹风，再见。”

说完，她看也没看止浔，手背在身后，故作轻快地快步离开了。

路灯把她的影子拉得很长，止浔才发现自己就算只凭影子也能认出她来。

“我听说，浔哥你跟白梨说我不像好人，让她离我远一点。”徐望南在他身后说。

这小怪兽还真是什么都说！止浔道：“身正不怕影子斜。”

徐望南点点头：“这话我赞同，但问题就在于，你真不觉得我跟白梨有那么一点像吗？”

苏白梨是小圆脸，有着眼头圆而眼尾尖的杏仁眼，眉浓而微垂；徐望南则是微胖，浓眉大眼，戴着黑框眼镜。

见止浔看着自己，徐望南摘下眼镜，挑眉对视。

不觉得。止浔的人脸识别只在苏白梨脸上有效。

徐望南急了，指着自己的眼睛：“这里啊！一模一样好不好？算了，直说吧，我妈姓苏。”

止浔无语了。

“我管白梨的爸爸叫舅舅。”

“其实你不戴眼镜有点像好人。”

惹毛了苏白梨，并非徐望南的本意，他只是想报止浔说他不像好人的仇而已，现在止浔也吃瘪了，他觉得有必要研究下一个课题。

“所以浔哥，我对白梨的事上心，是血缘亲情，那你呢？这大老远地来英雄救美，总不会真就因为她叫你一声老师吧？”

停车场外，十字路口灯火阑珊，早已看不见小怪兽落寞离开的背影，止浔喉头发紧，不知要怎么回答徐望南的问题。

学生虽多，但他能记得的只有她一个。

女孩虽多，但能走进他心里的也只有她一个。

但这是出于“今生第一次”的新鲜感，还是别的……止浔真的无法确定。

“白梨是舅舅老来得女的心头肉，也是我最宝贝的表妹。”徐望南看着止浔沉静的眸子，一字一句地说，“在这个圈子里，有我看着，绝对不会让别有居心的人伤害她分毫。”

止浔下意识地说：“谢谢。”

“你是用什么立场谢我？”

人家是兄妹，他是什么？

徐望南目光带着探究：“浔哥你出了名的不近女色，我只希望你不要过分亲近白梨，让她有所误会后又离开。白梨单纯，这种事伤不起。”

十字路口忽然响起尖锐的刹车声，随即传来阵阵嘈杂。

有人尖叫着：“出人命了，快报警啊！”

五点甜

你可知，我是为谁而来

小怪兽正是往那个方向走的，止浔几乎一秒也没有迟疑，拔腿就朝岔路口跑去。他刚跑出不远，手机就剧烈地振动起来，他心不在焉地一边跑一边接听。

听筒里嘈杂的背景中传来一口方言：“喂！你是骆骁那小子的什么人？”

前方街道上，一辆车正在鸣笛。

鸣笛声也同时从听筒中传了出来，止浔渐渐地停下脚步，凝神分辨着手机里的杂音，终于听出一道娇软又惊恐的声音：“骆老板你醒醒啊……”

发现骆骁的时候，苏白梨刚通过十字路口的红绿灯，正因为止浔的怀疑而满心郁闷，只想逃得远远的，不要再看见那张妖孽般的脸。

没想到忽然有一群人从街边的麻将馆里冲出来，苏白梨下意识想躲，忽然看见被追着打的那人晃眼的金链子。

咖啡店的骆老板？止浔的那个朋友？

追着骆骁出来的尽是花臂男，有的手里还攥着砸碎的啤酒瓶，照着骆骁的后脑勺就夯了过去。

骆骁两眼一翻就软软倒下了，苏白梨吓得尖叫出声，浑身发抖地在包里摸手机，想报警。

谁知道骆老板都不省人事了，那群人居然还不肯放过，抬腿就要踹他……

“住手！”情急之下，苏白梨脱口而出，握着手机挡在骆骁面前。

那群小混混没想到忽然杀出个娇滴滴的小姑娘，纷纷停了手，有人开始吹口哨。

“不关你的事。”为首的大花臂斜眼看着苏白梨，“让开，不然我连你都打。”

苏白梨看了眼渐渐围上来的行人，心知这群人不可能在众目睽睽之下继续行凶，鼓足勇气举着手机：“我……我刚刚已经报警了，警察叔叔马上就会到！”

“警察叔叔，哈哈哈，你成年了吗小妹妹？”

苏白梨一本正经地回：“早就成年了！”

花臂男觉得她有趣，一边睨着她，一边弯下腰。苏白梨浑身发抖，却还挡在骆骁前面没让。

花臂男没动她，坏笑着从骆骁兜里摸出手机，直接给通话记录里的第一个人拨了过去：“喂！你是骆骁那小子的什么人？”

苏白梨没空管他给谁电话，推着倒地的骆骁，道：“骆老板，你醒醒啊！”可是手上一阵温热黏腻的触感，她小心翼翼地抬手一看，满手殷红，吓得差点没再次尖叫出来。

围观路人中有人大声呵斥，说已经报警了，让他们不要目无法纪，太嚣张。

“欠债还钱天经地义，不想挨揍，有本事别欠债不还啊！”花臂男挂断了电话，斜着眼睛顶撞回去。

“还欠多少钱？我来还。”

清冷的男声穿过尘嚣，落入苏白梨耳中，就像在一片兵荒马乱里忽然有人向她伸出了手。

她愣愣地看向逆着车灯走来的男人：“止浔……”

花臂男听见了，顿时两眼发光：“你就是那个止浔？真是踏破铁鞋找不到，得来……得来……”

“是踏破铁鞋无觅处，得来全不费工夫。”有人提醒。

花臂男说着“对对对”，然后向止浔伸手：“十万，纯利息，不含本金。”

止浔蹙眉：“他还欠多少钱？”

“不多，五万出点头。”

“三个月前，骆骁不是已经全部还清了吗？”

“哦，先还利息再还本金，他只给本金的钱怎么够呢。”花臂男龇牙，“这道上的规矩你应该是知道的吧，不然之前也不会帮骆骁那小子还……”

“明天上午十点，前街公园。”止浔面无表情地说，“十五万现金，一次结清。”

花臂男谄媚地笑着说：“早说了，骆骁那小子命好，傍上个好老大。我说，止哥，还收不收小弟？会打架的那种。”

止浔眯起眼，冷冷地看向他。

花臂男得意地叫上兄弟就要走。

“慢着。”止浔忽然拦住他，“手机。”

花臂男这才老实把骆老板的手机交出来，然后拨开人群，扬长而去。

苏白梨坐在地上，膝盖上躺着昏迷不醒的骆老板，又惊又恐，半天说不出话来。

眼看着止浔朝她走过来，她眼眶一下就湿了，唇瓣直哆嗦：“他……他流血了……”

哪知止浔居然伸腿，拿鞋尖在骆骁的肩头不轻不重地踢了两下。

这人是恶魔吗？

苏白梨正要搂住骆老板避免他受到二次伤害，骆骁却自己一骨碌爬了起来，慌慌张张地四顾，确定花臂男已走，围观路人已散，才长长地吐出一口气。

止浔看都没看骆骁一眼，向苏白梨伸出右手：“起来吧。”

苏白梨犹豫了一下，自己双手撑地就想站起来，结果踉跄了一下，最终还是被止浔扶着肩头才站稳。

“既然骆老板没事，我就回店里了，大胡嫂会担心的。”

止浔伸手，手指从她的脸颊轻轻抹过，然后给她看。

苏白梨被他手上的血红吓了一跳，低头才发现自己的白裙上血迹斑斑，是刚刚被骆老板弄脏的。

“你这样回去，胡嫂才真的会担心。”

苏白梨郁闷地搓了搓手上的血污，又听见止浔说：“跟我去店里，整理一下。”

这里就在前街的一头，离骆骁的咖啡厅不算太远，步行可达，苏白梨想了想，答应了。

止浔和她并肩朝前走，就听身后骆骁连声哀号：“你们都不管我了吗？我可还受着重伤呢。”

“不嫌地上冷，你就坐着吧……”止浔边走边随口说，“反正我有店铺钥匙。”

“我后脑勺可是挨了一瓶子！”

“还知道在女孩子腿上装死，脑子没坏，不碍事。”

“我流了很多血！”

止浔像没听见似的，脚步都没放慢。

苏白梨不忍，转身说：“我送你去医院吧。”

骆骁一听，连忙站起身摸着脑袋说：“不用了，我真没什么事，夯得不重，皮肉伤，我刚装晕呢。”

可苏白梨刚刚是真把人抱怀里的！

眼瞅着小丫头突然变脸转身就走，骆骁慌忙踉跄着追上他俩，说：“别生气啊，我可以解释的……”

“解释哪一个？是为什么装死睡在小怪兽腿上，还是为什么会从麻将馆里被人打出来？”止浔的语气冷飕飕的。

骆骁发现，两个问题都是送命题，只好乖乖闭嘴：“我得去医院包扎一下，不然留疤要秃头。”

止浔根本懒得理他，继续往前走了几步，忽然停下，头也不回地问：“医药费有吗？”

骆骁舔了下嘴唇，艰难地说：“钱包被抢走了。”

止浔取出褐色钱夹，隔空抛去。

骆骁一把接住，顿了下才问：“你认识刚刚找我麻烦的人吗？”

“不认识。”

“那你就答应替我还他钱？万一是讹钱的人怎么办？”

止浔用看白痴的眼神瞟了他一眼：“不然是看着你被打死，还是看着你继续躺在小怪兽腿上？”

骆骁捏紧钱包，慌慌张张地拦了辆车，溜了。关于借小姑娘大腿的事，第六感提醒他：不能聊，否则真会出人命。

苏白梨跟在止浔身侧，慢慢往咖啡厅走，路上有人用惶恐的眼神盯着她，她不得不低下头。

“我看起来是不是特吓人？”

“不吓人。”

苏白梨看了他一眼，问：“刚刚那群是什么人？为什么那么凶……”

止浔一边打开咖啡厅锁着的门，一边答：“坏人，离他们远一点。”

这话可真耳熟，苏白梨一边想着，一边跟在止浔身后走进咖啡厅，忽然从玻璃反光里看见自己的脸，顿时被吓了一跳。

她在不知不觉中抹过脸，手上沾着的骆老板的血被抹在了脸颊上，干涸之后血迹斑驳，再加上被染红的白色连衣裙，整个人像从恐怖片片场里出来的。

这还不够吓人？她拿干净的手指用力揩脸，可是收效甚微。忽然，止浔伸手拦住了她的动作：“别揩了，皮肤都红了，用水洗才行。”目光柔和，毫不闪躲，完全没有厌恶之色。

苏白梨跟着他穿过漆黑的走廊，打开盥洗室的顶灯，又被镜子里的自己吓了一跳，慌忙打开水，认认真真地清洗。

可是没有毛巾，到底洗不干净，她几次抬头凑近镜子去查看发际线是不是清理干净了，过了好久，才突然发现止浔不知何时从盥洗室门口来到了她身边，拨开她的手，一只手接了水以后细致地替她清洗血污。

苏白梨仰着脸，迎向他，正看见他漆黑的瞳孔里倒映着的自己，他眼窝很深，这样的眼睛很容易藏心事，也更显忧郁。

止浔的呼吸轻轻地落在苏白梨的额头，她的脸不知不觉中就红了，大眼睛不躲不闪地盯着他，任由他一遍一遍地拿沾了水的手指抚过她的脸颊。

“止老师……”

止浔挑眉，看了她一眼。

苏白梨不知怎么就反应过来，改口：“止浔……”

“嗯。”

“骆老板是借高利贷了吗？”

止浔手指顿了一下：“和你没有关系。”

“可是和你有关系，你明天不是还要给他们钱吗？”

止浔静静地看着她，澄净目光里的担心掺不了假，他哑声说：“你这是关心我？”

苏白梨眨眼：“是……是啊！”

某人眼底闪过一抹喜色，松开了手，退开一些，狭长的眸子凝视着她。

苏白梨的心脏突突直跳，慌张地转开话题：“还好没有回店里，胡嫂怀孕了，万一吓着她……”

止浔仍是沉默。

苏白梨只好再接再厉，继续转移话题：“刚刚我真的以为骆老板被砸死了，呸呸呸，不是死，是晕了——”话没说完，她就被环住肩，脸靠在他胸前。

“看见你的时候，我以为那些血都是你的。”他的声音从头顶传来，又低又哑，语速很慢，“我当时在想，为什么要让你生着气离开？如果送你回去，你就不会被卷进这种事里。”

苏白梨这才想起，她之前确实是在生闷气呢！

她伸手推止浔的肩，没能推动，反倒察觉到手底下结实有力的肌肉。

“小怪兽，我追去找你，不是因为怀疑你攀附权贵，而是因为……”止浔顿了下，带着自嘲的口吻说，“只要想到你有一丁点被欺负的可能，我都如坐针毡。”

“欺……欺负？”苏白梨听见止浔心跳如雷，比她更甚，“你担心徐望南欺负我？”

“嗯。”

苏白梨幽怨地说：“你担心得没错，他的确经常欺负我！”

止浔心头一惊，松开她的肩膀，与她对视：“你说什么？”

“我说徐望南确实经常欺负我啊！”苏白梨掰着手指一一枚举，“小时候他成绩好，我考试九十九分还没来得及邀功，他就带着一百分的卷子回来了。上大学之后，他又是拿奖学金，又是学生会主席，十项全能，而我什么都拿不出来，被压得死死的。这还不算，我让他别臭显摆，他偏说不这样无法激励我天天向上……”

苏白梨细眉揪起：“从这点来说，其实你看人的眼光挺准的——徐望南确实不是好人，从小欺负我。”

止浔哽了一下。

苏白梨：“你怎么啦？”从刚刚开始，这大魔头就奇奇怪怪的，先是心跳加速，现在是直出气。

完了，她又说错什么惹恼他了吗？

止浔严重怀疑自己二十六年的中国话白学了，从小怪兽负气离开，直到刚刚为止，他否定了无数种口吻，才组织出这样一句不会吓着她的剖白。

结果，她是这样理解的。

他只觉得太阳穴突突地跳，想找小怪兽她的爹娘问问这笨孩子到底是不是真有二十岁。

苏白梨哪儿知道这短短一分钟他内心经历了什么样的起伏，只没心没肺地在他胸口拍了一掌，大人大量地说：“看在你是为我着想，我就不生你气了，大魔头。”

止浔以为听岔了：“你叫我什么？”

“大……”苏白梨机智求生，一秒改口，“大师，摄影大师。”

止浔心想：骆骁那家伙都跟她说了什么？

苏白梨的手机响了，是徐望南，她看了眼神色复杂的止浔，按下接听键。

“你安全到烧烤店了吗？”徐望南问。

苏白梨犹豫了一下：“到……到了。”她为什么要撒谎啊？！

“那就好，刚刚在停车场我看见路口那里好像有闹事的，不放心，打电话来问问你。没事就好。”

“你还有事儿吗？没事的话，我睡了哦。”苏白梨又偷看了大魔头一眼，他还在看着她，就像在看什么值得研究的新鲜事物。

徐望南说：“我还有件刚听说的事要告诉你。”

苏白梨急着挂电话：“什么事儿？”

“说之前，我得先问你个问题。”

“问吧。”

“浔哥是不是喜欢你？”

咖啡厅今日打烊，本就没别人，加上盥洗室又小，手机听筒里徐望南的声音清晰如外放，就差没回音了。

苏白梨一听，眉毛都要打结了，慌忙捂住手机，转身对着墙角，压低声音：“你瞎说什么啊，为老不尊的！”

“哎，这会儿承认我是兄长了？”徐望南调侃她，“算了，那我换个问法，你喜不喜欢浔哥？”

苏白梨心想：这个哥哥是哪里来的，麻烦来个人把他带走好吗？

“你晚上到底喝了多少酒？没事我挂电话了。”脸发烧，头发晕，苏白梨只想赶紧跟她不着调的哥哥划清界限。

谁知那头徐望南大声嚷着：“别挂！有重要的事。”

苏白梨连头都不敢回，后脑勺对着止浔，压低嗓门：“给你一句话的机会，徐望南你要是再说些奇奇怪怪的话，我俩今天就断绝兄妹关系。”

“浔哥加入节目组了。”

苏白梨愣住，不确定地问：“你是说《亲爱的TA》？”

“对啊——”

徐望南一句话还没说完呢，就被魂游太虚的苏白梨给挂断了电话。

她也不知道自己在高兴个什么劲儿，但就是觉得……挺开心的。

回过身，苏白梨才发现大魔头正环臂靠在墙边，似笑非笑地看着她。

他……听见了？

苏白梨把手机藏在背后，眨巴着大眼睛：“是徐望南的电话。”

“嗯……”止浔点头，“我听见了。”

苏白梨心想：换手机！必须换个不漏音的手机！

止浔：“你知道我为什么加入《亲爱的TA》吗？”

“因为婉婉在！”她很兴奋，毫不迟疑。

止浔无语了。

见大魔头脸色又阴沉了，苏白梨心想，哪儿又说错了？这魔头可真容易生气，她都大人大量不怪他了，他就不能稍微和蔼可亲一点吗？

“之前一季的节目，你看过吗？”止浔问。

“看过一些。”苏白梨老实承认，“没看全，我其实不是特别爱看综艺，而且上一季也没有婉婉在。”

婉婉，婉婉，怎么三句话离不开何婉？

止浔的火气无处发泄，他只能假装没听见：“所以你应该知道这是什么样的综艺。”

“知道啊，恋爱真人秀嘛。”苏白梨坦荡荡地说，“都是有剧本的，和演戏一样。”

她坦荡荡，止浔终于意识到，自己可能在对牛弹琴。

“你报名参加就因为何婉在？”

“对啊！我崇拜她好几年了，别说综艺，就是刀山火海我也跟着去。”苏白梨说完，又好奇地问，“那你呢，你为什么参加？”

止浔没有立刻回答。

他静静地看着小姑娘还湿漉漉的小脸，刚刚洗过，什么妆也没有，白皙的肤色下透着刚刚生出的红晕，眼角、面颊和耳朵都粉嘟嘟的，像个精巧又天真的娃娃。

她一直背着手，把手机藏在身后，仿佛这样就不会被他发现刚刚徐望南在电话里说过什么。她傻乎乎的，脸蛋红扑扑的，可爱至极，让人情不自禁想摸一摸，看是否火热。

还没等他动手，苏白梨已经自己拿手心贴着面颊，拍了拍，又扇扇风，显然也觉得脸正发烫。

“我去参加是因为……”止浔的声音极为低沉，一边说一边慢慢地向她走近。

苏白梨愣在原地，机械地拍着脸，忽然觉得有些呼吸不畅。

呃，是因为大魔头太高了，抢了她的氧气吗？她感觉缺氧，脑袋一片混沌，脸上的水都快要被蒸发成水汽了。

“你。”他吐出最后一个字。

苏白梨慢慢睁大眼睛，扇风的手停在颊边，两秒后才终于把被他断开的句子连起来。

大魔头说，他参加节目是因为她。

为了她？

四周安静极了，静得能听见彼此的呼吸声。

苏白梨先是整理了一下被水打湿的头发，然后发现越理越乱，终于放弃挣扎，眼睛东瞟西瞟，最后目光停在大魔头脚边的地砖上：“我……我要回去了！胡嫂等我回去才能锁店！”

止浔看着她翘起的头发和通红的耳朵，“嗯”了一声。

苏白梨要往外走，可门被某人挡住了，她垂着脑袋站了会儿，意识到他没打算让开，只好硬着头皮抬眼，目光从他解开了最上面一颗纽扣的衬衫一路向上。

他喉结微动，下巴的弧线很硬朗，就像碳素笔一笔勾勒出来的线条，嘴角竟带着笑！

苏白梨懊恼地发现，大魔头正笑着低头看着她，明显是故意挡道的。他不是说“嗯”吗？为什么还不让她走？

四目相对，止浔终于满意地退开了。

苏白梨像落跑的小动物，刚见到缝就小跑着逃了出去，却听见身后某人带笑的一句“明天见”。

明天见？明天在哪儿见啊……一直跑出咖啡厅，被夜风一吹，苏白梨才想明白了。

明天要进组了，大魔头也在。

苏白梨慢慢地走在路灯下，察觉到心头有一丝突如其来的喜悦。

为什么呢？大概是因为明天她就要见到婉婉本尊了。对！盼星星盼月亮，终于让她等到面见偶像的这天，能不高兴吗？

苏白梨脚步越走越轻快，开心得几乎想哼歌，完全没有注意到，在咖啡厅的阶梯上，靠在墙边的男人一路目送自己，直到她被胡嫂迎进店。

她蹦蹦跳跳的背影，被止浔看得清清楚楚。

虽说他的剖白被曲解了，虽说这小怪兽对感情的事没开窍，但也不是无动于衷不是吗？听说要在剧组共事，她显然与他一样，甚是愉快。

这就够了，其他的，徐徐图之吧。

止浔收回视线，看向没有营业的咖啡厅，眸光渐沉，当务之急是在他进组之前，把骆骁那小子捅出来的娄子给摆平。

“人在哪儿？”止浔刚拨出去，电话就接通了。

骆骁在那头自知理亏，垂头丧气地说：“刚从医院出来，没事，皮外伤——”

“谁关心你的伤？”

骆老板更蔫了：“是我活该，我闯的祸不该连累你，店暂时不开了，我找个地方避避风头。”

“利滚利，你躲出去，想过回来的时候要被追多少债吗？”

“那我能怎么办？我是借过三百万，可早就还完了，他们就是讹诈，抢劫……”

“所以躲不过的……”止浔语气沉静，“你别总想着息事宁人。”

骆骁：“我……”

“只能除掉。”

因为要进节目组，苏白梨在烧烤店的打工只能暂时告一段落。

胡嫂恋恋不舍地拉着她的小手：“真希望你能留在店里，都说胎教重要，我多想天天看着你，将来生个女娃像你一样甜得像梨。”

“那哪儿行，白梨丫头是要当大明星的，天天在这烟熏火燎的怎么行？”大胡笑眯眯地对苏白梨说：“等你有空再来啊，我给你加工资。哦对，我在网上订了件新的怪兽服，无敌可爱……哎哎，老婆干吗揪我的耳朵啊？！”

胡嫂咬牙切齿：“你那对绿色怪兽的爱好给我收敛收敛，我们白梨漂亮又可爱，哪不比你的怪兽服更能招揽客人？你说对吧，白梨？”

可苏白梨压根没听见他俩说什么，她盯着墙上的网络直播怔怔地出神了许久，忽然放下收拾了一半的行李往外跑：“我去一下前街公园啊！”说完，小姑娘就拼命地跑远了。

“这是咋的了？”胡嫂看向屏幕，那是本地的直播平台，画面上一个穿着白衬衣，背影有点眼熟的年轻男人，刚刚才把一个花臂小青年掀翻在地。

“这不是小白梨的男朋友吗？”大胡说。

“什么男朋友，是追求者，懂吗？”胡嫂一边看新闻一边哼了声。

“什么都行，先放开我耳朵吧……老婆……”

前街公园是老人们晨练聚集的地方，每天清晨人来人往，日上三竿之后，人就少了。

苏白梨逆着人流向公园里跑，险些撞上老大爷的拖车。她慌忙帮对方扶好小车，口中说着“对不起、对不起”就又要离开。

大爷好心提醒：“别过去了，刚那边才出过事，警察来抓人的！”

“人呢？”苏白梨连忙问，“人在哪里？”

大爷下巴一抬：“喏，开走了。”

苏白梨顺着对方视线看去，刚好看见一辆警车鸣笛而去，她追了几步，就看见直播镜头里的那个女记者正一边和人说话一边迎面走来。

“出那么多血，不会出人命吧？”

“难说，要看有没有被击中要害的。”

苏白梨指尖发颤，想也没想就拦住女记者，问：“对不起……刚刚，在现场的那个穿衬衣的高……高高的男的，他在哪儿？”

对方一脸茫然，听完对视一眼：“你是说腹部受伤的那个吗？刚刚警车把人送去医院了。”

“哪个医院？”苏白梨嘴唇发抖。

“市立医院……”

苏白梨站在路口，头昏脑涨，压根判断不出该从哪个方向去医院，又想着既然警车往那边走的，那她也走那边好了……

打定主意，她就攥着衣襟要跑，却被拉住了肩。

“就看你一直跑，干什么呢？”熟悉的清冷嗓音从身后传来，苏白梨不敢置信地慢慢转身，正看见止浔站在那里。

他果然穿着镜头上的那件白色衬衣，只是袖子被卷到手肘上方，露出结实的肌肉和淋漓的……血？

苏白梨的嘴唇颤抖着，伸手抚上他腰部的衬衣——那里血迹已经洇开，雪白的手指碰到衣料，眼泪就扑簌簌地落了下来。

止浔连第二句话都没来得及说，就看见面前垂着脑袋的小怪兽浑身颤抖，再一看，胸前衣襟一片濡湿，她竟已泪如雨下。

他心一慌，就听见哭成泪人的小家伙带着鼻音说：“你怎么能就这么死了呢，我……我还等着你一起进组呢……”

止浔哽了一下。

“你嘴是坏了点，人也凶了点，不太和蔼，但也还算是个见义勇为的好人啊……”

“小怪兽。”止浔清了清嗓子，伸手抬起她的下巴，满手湿润，顿时心软，“我没事。”

苏白梨的视线被泪水模糊，不得不揉了揉眼，定睛看他——眼睛明亮，眼角带着一丝哭笑不得的情绪。

苏白梨小心翼翼地抬起手，食指顺着止浔鼻梁的弧度一点点往下，最后落在他温热的唇瓣。

“真的是你啊……”她泪还未干，慌忙回头指着来路，“可是她说你受了重伤，也许会死，已经被警车送去医院了！”

止浔看她哭得鼻尖通红，觉得又好气又好笑：“她是谁？我被送走了，那你面前的是谁？”

“记者啊……”苏白梨脱口说道，“我以为——”说着顿住了，眼珠一转，不敢看他。

止浔顿悟，抬手扳她头，让她看向自己：“你该不会以为我是……魂魄吧？”

苏白梨抿着嘴，露出一个不好意思的笑。

止浔松开她的下巴，顺势在她额头弹了下：“你脑袋瓜里到底都是些什么？”

苏白梨拍了拍刘海，吸吸鼻子：“那你怎么一身血……”

“不是，不是他的血！”脑袋裹着纱布的骆骁喘着粗气追来，弯腰撑腿，看向苏白梨，“是那群人内斗，他拉架的时候蹭上的。”

拉架？她明明在直播上看见场面失控，他几乎是在被围攻啊……

骆骁上气不接下气：“黑吃黑你懂吗？”

苏白梨眨眨眼，三个字她都懂，可连起来就似懂非懂了。

止浔擦拭着手背上的血，轻声说：“别跟她说这些乱七八糟的。”

骆骁回头，摊手：“他不让我跟你说。”

苏白梨终于冷静下来，才察觉满手都是汗水，赶紧藏进裙子兜里，清了清嗓子：“那，没事就好……我就回去啦……”

“等等。”止浔问，“你为什么会在这里？”

“路过……”苏白梨想了想，又画蛇添足，“晨练，对，我在这里晨练，看到有警车就过来凑热闹。”

骆骁说：“不对啊，刚明明看见你从公园门口一路狂奔，浔老远就看见了，才会折返来找你。”

苏白梨心想：看见了还问！

止浔笑笑，一边往苏白梨来时的方向走，一边问：“行李收拾好了吗？”

“还没。”

“那走吧，我陪你回去。刚好，载你去报到。”

苏白梨“哦”了一声，紧接着反应过来：“你载我去？”

“反正我也要去报个到。有什么不妥吗？”

六点甜

恋人？！

到烧烤店的时候，胡嫂正忧心忡忡地等在门口，看看一行三人平安归来，终于松了一口气，把苏白梨迎进店里：“可真吓死我了，小白梨，都没受伤吧？”

苏白梨摸摸手臂：“没事，没事……”

胡嫂这才有空去看跟着她进来的止浔和骆老板，这一看不打紧，也被止浔身上的血污吓了一大跳：“止先生，这是受伤了？老胡！快来啊，送医院！”

大胡闻声立刻跌跌撞撞地冲了出来：“要生了？！”

胡嫂说：“不是，是见义勇为的英雄受伤了！”

苏白梨：“不是的……”

“怎么不是？”胡嫂抢白，“你刚跑出去了，没看到新闻！止先生这次可不得了，一口气协助警方捣毁了两个高利贷团伙，还制止匪徒伤害无辜群众，绝对是英雄，没毛病！”

苏白梨眨巴着大眼睛，她想说的是，受伤的人不是大魔头……

“让胡嫂担心了，我没事，血不是我的。”止浔问，“这样子是有点吓人，能不能借洗手间用一下？”

洗手间的门关上后，胡嫂回头看见苏白梨还站在不远处，上前怜惜地摸了摸她的小脸："瞧把你给吓的，没事啊！嫂子看了，你家那位身手好着呢，伤不着。"

"他不是我……"不是她家的呀！

"别害羞，这儿就我俩……"胡嫂用过来人的口吻说，"女孩子矜持点好，但别太端着。毕竟止先生这样好的男人啊，不多见，可得把握好。"

苏白梨刚跑过，脸红扑扑的："胡嫂，我跟他真不是你想的那样。"

奈何胡嫂压根听不进去，又追问："这么好的身手，止先生做什么工作的啊？"

"摄影。"

"那不是文人的工作吗？"

苏白梨想了想，慢吞吞地解释："他是风光摄影师，背着器材在深山老林、荒漠戈壁取景都是常有的事……"

胡嫂了然地点头，满含深意地笑："那体能一定很好。"

苏白梨正发蒙，就听见洗手间门内传来止浔的声音："小怪兽。"

"在！"啊，又条件反射。

"能帮我借一件衣服吗？衬衣太脏了。"

胡嫂忙说："小白梨，跟我来，你大胡哥有干净衣裳。"

"那你等等哦……"

苏白梨跟着回去取衣裳，再回来的时候洗手间的门打开了条缝，里面一点声音也没有，只好小声问："你在吗？"

"在……"止浔声音闷闷的，"拿给我。"

苏白梨刚拉开门，一秒就又想退出去，可来不及了，原本弯腰冲洗头发的止浔已经直起身，一只手捋着头发，一只手搭在门框挡住了她的去路。

脏衬衣被随手丢在洗手台边，他正赤裸着上身，从头发上滚落的水珠一滴滴顺着结实的肩滑过线条硬挺的胸肌，一路向下，滚入西裤的腰口。

苏白梨倒吸了一口冷气，眼睛都不知道该往哪儿看，只好高举起大胡的T恤，挡住了自己的视线：“衣服！”

止浔轻笑，顺手接过衣裳。

没了东西遮挡视线，苏白梨不得不正视眼前的男人，幸好……他已经背过身去了。

可还没等她庆幸两秒，就听背对她的某人问：“我背后还有血吗？把人家的衣服弄脏的话，不合适。”

苏白梨只好硬着头皮看向他。

她从来没有这样近距离地打量男人的背影，尤其，还是这样年轻而充满力量的身体。

臭老爹虽然自诩锻炼不辍，但腰腹到底有些松垮。可大魔头不同，不仅腰腹毫无赘肉，甚至还能清晰地看见肌肉线条，棱角分明，凌厉而有力。

“有吗？”

“有什么？”苏白梨迷茫，肌肉吗？

止浔回过身，眼眸半掩住了情绪，手里拿着衣裳稍稍向苏白梨走近了些，低头，凑近她绯红的小脸，声音低哑地问：“有血吗？”

苏白梨大气都不敢喘，拼命摇头：“没……没有！”

“看仔细了？”

“看仔细了！”

止浔嘴角慢慢勾起，抬手在她头顶一揉，懒洋洋地说了句：“乖。”

苏白梨进楠戏以来，一共参演过七部戏，其中五部都是演男主或女主的妹妹，一部是女主的童年，还有一部是童姥。

总之，都是表面上的“未成年”。虽说作为演员，难免有与异性亲密接触的时候，但苏白梨还没遇见，她一直被当成小女孩看待。所以，回想起来，眼前这一幕几乎是她有生之年看到的最“香艳”的场景，脑海里只剩一个念头：原来男女真的是完全不同的生物。

被小怪兽用失神的目光盯了良久，止浔早晨被骆骁那档子糟心事弄坏的心情一点点地好了起来，他不疾不徐地套上衣服，动作像开了慢速播放。

“刚你在外面和胡嫂说话，我听见了。”

苏白梨脑海一片空白，她说什么了？

“你怎么知道我戈壁沙漠都去过，而且都是独自去？”

苏白梨老实回答：“我在你微博上看到人家说的嘛！还说你为了拍照去考了登山证、潜水证，还有急救证书……”

说着说着，她停了下来，被止浔专注的目光看得心慌气短，蹙起眉头：“干吗这样看着我？”

止浔拽了下衣摆，嘴角一弯：“查我查得挺详细。”

苏白梨刚觉得窘迫，忽然眼睛一亮，嫣红的唇瓣翘起，渐渐浮上止不住的笑容，眉眼弯弯，甚是可爱。

止浔在她亮晶晶的笑眼中低头，这才看清自己身上这件来自大胡的 T 恤上神奇的图案。

XXXL 号的白 T 恤胸前，一条穿着水手服的绿色小恐龙正在卖萌。

苏白梨笑得眼都眯起来了——从认识止浔开始，他一直是西装革履，像是刚从金融中心走出来的新贵，几时见过大魔头穿这种幼稚到让人喷饭的衣服？

大胡有啤酒肚，所以虽然身高不如止浔，但衣服尺码比他的还大一号，此刻 T 恤松松垮垮地挂着，那只比心的小恐龙也显得更傻。

苏白梨忍了又忍，还是憋不住地笑出了声，道：“这衣服跟你真是绝配！”

头发上的水珠滴在止浔的睫毛、鼻梁上，他眯起眼，嘴角勾出一抹挑衅的笑容，故意用嘶哑的嗓音问：“是吗？”

又被抽走氧气了！苏白梨想朝后退，可是退无可退，背靠在墙壁上，她对自己不识时务的嘲讽表示万分后悔。

砰！

半掩的门忽然被人用力推开了，骆骁大大咧咧地闯了进来，正好看见穿着傻萌T恤的好友，顿时瞪大眼睛，憋笑憋成了河豚，然后破功，哈哈大笑起来：“哇！有二十年没见你这模样了！我手机呢，来拍一张照啊！”

他刚把手机拿出来，就被止浔劈手夺了过去。

止浔脸色铁青，一字一句地从牙缝里挤出声音：“皮痒了？”

骆老板连忙一只手捂嘴，一只手指天表示认输，这才看见被止浔堵在墙角的苏白梨，顿时来了精神：“小白梨，你在这里干什么？”

“我正要走！”苏白梨无限感激骆老板的出现，几乎是夺门而逃。

骆骁扒着门框看着小姑娘落荒而逃的背影，摸着下巴问：“你对人家干什么了？”

骆骁回头，正对上止浔阴森森的眼神，愣了下，终于明白自己这是坏了好事，顿时笑着打哈哈：“你们马上就进同一组了，不在乎这几分钟的，对吧！”

止浔眯起眼。

“我忽然想起来还有点事，先撤，先撤！”骆骁拍了拍止浔的肩，努力憋住笑转身离开了。

止浔长长地呼出一口气，忽然又听见脚步声，心头一喜，回头却看见是骆老板探了半个脑袋进来：“还有句话没讲完。”

止浔睇了他一眼。

骆骁就当没看见，一本正经地说：“谢谢你，今天要不是你，我还得继续无家可归。”

没人理他。

骆骁只好走进来，像个闯祸的小男孩，垂着脑袋：“我知道你不稀罕我道谢，但我不能不谢，没有你，我恐怕早就在局子里蹲着了，不说谢，对不起我的良心。”

“你要还有良心……”止浔冷淡地说，“就彻底把赌博的毛病给戒掉。”

“我不是为了赌！我只是想赚一笔，把本金利息都还了，从此桥归桥，路归路，做个干干净净的咖啡店老板。”

“用不干净的手段，走不上干净的路。”

骆骁一愣，点了点头：“我发誓，再也不会赌博了，以我下半辈子的幸福做赌。”

止浔眼风一扫，骆骁顿感失言，转头就跑。

身后，冷着脸的止浔面色一点点和缓下来，转过身对着镜子理了理 T 恤，胸口的水手服小恐龙随之抖了抖，眼巴巴地卖着萌。

其实，这衣服也还好吧？

骆骁刚从洗手间跑出来，没承想就撞上了靠在墙边的小白梨。

“哎哟，吓我一跳，小白梨你站这儿干吗呢？”

苏白梨问：“早上那些坏人真的是被大魔头给抓住的吗？”

“我也很吃惊啊，这事他谁都没说过，默不作声就把两家死对头凑在前街公园，狭路相逢哪儿还有工夫管我那点小钱，为抢地盘争得你死我活。”骆骁感慨地说，“别说你骆哥没有提醒你，招谁都行，千万别招惹止浔这大魔王，否则包管死无葬身之地。”

苏白梨润了润嘴唇，胆战心惊地说：“那么可怕的吗？”

“骗你做什么……”想到刚刚止浔那家伙把人家小姑娘困在斗室居心叵测，骆骁决定帮好友一把，故弄玄虚地说，“你知道上学的时候，老师提问什么叫王道，他怎么答吗？”

苏白梨眨眨眼，摇头。

“他说，对手不听话，就碾压过去。”

苏白梨朝后躲了躲。

骆骁朝前半步：“老师又问，那什么是霸道？”

“他说什么了？”

“他说，就算对手听话，也碾压过去。”

这压根就是大魔王啊！苏白梨心想：看来自己对止浔魔头的评价还不够到位，非“魔王”不足以概括。

“这还没完呢……”骆骁满意地看着小丫头受惊的表情，“老师又问，那什么是孔孟之道？”

苏白梨背贴着墙，小心翼翼地接话："碾压之前先打声招呼吗？"

骆骁一愣，继而捧腹大笑，几乎要笑出眼泪来："你怎么知道他会这么答？我的妈，居然还真有人能跟这大魔王的脑回路重叠！"

"他真这么说吗？"苏白梨随口接的，没想到当真说中了。

"对啊！"骆骁笑得前仰后合，"我总算知道他为什么对你特别有兴趣了，小白梨，你真是个宝。"

苏白梨躲开骆老板故意伸过来的兰花指，嘴角抽搐，她真不太理解骆骁和大魔头两个画风迥异的人到底是怎么成的兄弟。

骆骁正戏精附体，伸出的手忽然被人一把打落，嗷嗷叫着转身，才发现止浔不知什么时候出来了，正黑着脸盯着自己。

"我真有事。"骆骁对一脸无辜的小白梨说，"撤了撤了。"说完跑得比兔子都快，哪里像个头上有伤的病人。

走道狭窄，苏白梨觉得，人还是不能太高，太高了就会给人压迫感，比如，止浔。

"你真那么凶啊……"苏白梨怯怯地求证。

"骆老板满嘴跑火车，你不用当真。"止浔慢条斯理地说。

苏白梨呼出一口气，她就说嘛，好歹也是楠戏的客座教授，怎么可能跟山大王似的！

"我比他说的凶多了。"

"啊？"

止浔低头，凑近她，哑声说："不信你试试？"

不……不用！苏白梨快步从走道里脱身，跑进前厅，阳光灿烂，窗明几净，她顿觉安全。

止浔闲适地踱步出来，仿佛身上不是件可笑的卡通服，而是考究的西服一般淡定。

其实，衣服好不好看，完全看什么人穿。苏白梨终于明白，为什么世界上有模特这个职业的存在。

"东西收拾好了吗？"他靠在墙边，惬意得像在自己的地盘。

苏白梨其实并没有多少行李，本就是以素人身份参加节目，穿着打扮自然都是剧组说了算。

推了推身边的行李箱，她歪头说道：“好了。”

“那刚好，陪我去个地方。”止浔从她身边走过，顺手拉走了她粉色的小行李箱。

苏白梨只好追上：“去哪儿啊？下午还要去节目组报到！”

“买衣服。”止浔头也没回，“你不会要我穿这身去吧。”

苏白梨忍着笑跟大胡夫妻道别，然后跟在止浔身边沿着街道走，一路上回头率喜人。

“要不，就穿这个吧？”苏白梨笑着说，“上镜之后一定特别抢眼，说不定另辟蹊径，就一下红遍半边天了。”

止浔侧脸，面无表情地说：“我还不够红吗？”

当然不够！红应该是婉婉那样啊！苏白梨心想，原先她可连止老师是男是女、是老是少都不知道呢！

“不，止老师您已经够红了。”苏白梨夸张地弯着嘴角。好女不吃眼前亏，既然知道他是大魔王，还是顺着他比较好。

看着小怪兽一脸“其实你真不红”的表情，止浔哭笑不得地抬手，本想拍拍她的小脑袋，却又收回了手，还是克制一下吧。今天的药够猛了，他怕用力过猛，把这单纯的小怪兽给吓跑了……

止浔的车还是上次的那辆，干净整洁，不带半点个人元素，苏白梨仍旧坐在副驾驶的位子上，随口说了句：“我爸说，车上得挂个护身符才安全。”

“那就买一个。”

“要买那种中国结系起来的玉佩，效果最好了。我爸自从用上从来没剐蹭过。”

“那就交给你了。”

苏白梨一愣：“我？”

止浔侧目，看了她一眼：“既然你这么在行，自然是交给你来买了。”

“哦，好……你想买什么形状、颜色、纹理的？”苏白梨认真地掏出手机准备记录，“告诉我，我去替你挑。”

见她郑重其事的模样，止浔莞尔："都听你的。"

都听她的？苏白梨耳朵一热，莫名被他的四个字扰乱了思绪，可人家说得如此坦荡，她越发觉得是自己奇怪了。

因为是工作日的午后，百货公司的客流并不多，尤其还是定制及高端品牌聚集的楠 mall。苏白梨刚和止浔并肩走进商场，就吸引来无数目光，当然，一方面因为俊男靓女，一方面因为这家商场十年九不遇，才能看见一个穿着这种卡通文化衫来逛街的男人。

止浔腰背挺直，手插在裤兜里，和他平素穿着华贵时无异。苏白梨则压根不清楚，楠 mall 这种场子里是绝不会有"普通人"来闲逛的，所以也不觉得大魔头这身有何不妥。

两个人大大方方地走在平均定价接近五位数的商场里，还挑挑拣拣地嫌这个太显眼，那个太老气……留下柜姐在身后吹胡子瞪眼。

"有了！去这家吧，我妈喜欢给臭老爹买这个牌子。"总算看见一个眼熟品牌的苏白梨兴奋地指着白底黑色的品牌名，丝毫没有因为那家金碧辉煌的软装而却步。

止浔扫了眼她指的门店，商场正中位置，两层小楼挂着珠帘，店员们穿着考究而烦琐的制服，宛如中世纪石堡中的年轻贵族。

这恐怕是整个楠 mall 奢侈品店中的奢侈品，当之无愧的 NO.1。

止浔看了眼兴冲冲往前走的苏白梨，几乎毫不怀疑，她压根不知道让自己倍感亲切的这家店，吊牌价足够让九成九的人望而却步。

店员先看见穿着简约但品位不俗的小女孩，尚且笑容可掬，下一秒就见她回头招呼同行的年轻男人，嗯，穿着看起来十元一件都未必有人买的文化衫，却还有种天人下凡的气度。

这着实是奇怪的一对。

"这件吧？小立领，我爸就喜欢这种，虽然我一直觉得立领显胖。"苏白梨轻快地拎起一件米白色中式布衫，在止浔身上比了比，"你脸型好看，比我爸合适。"

止浔顺手接过来，递给店员："先拿着。"

苏白梨以为他不满意，又拨着衣服往前走，终于看见模特身上黑色的暗纹衬衣，与大魔头之前穿的一件似乎除了颜色不同，其他都一样，于是她很高兴地对店员说：“这件吧，这件在哪里？”

“这是设计师的概念款，黑白两色各一件……”店员为难地说，“而且白色款已经售出了。”

苏白梨沉吟，比对着模特的身材和背后的大魔头，好像……差不多吧：“没事，就这件吧，应该可以穿。”

店员心想，她不是这个意思，她其实想暗示，他家衣服本来就贵，限量概念款更是天价，加上只有模特身上一件存货，小姐你就别兴师动众的了，反正也不会买。

止浔不远不近地站着，刚好能将店员藏在笑容下的一抹不屑纳入眼中，他缓步上前，微笑着将苏白梨带到身边，低头轻笑：“没想到你我审美这样一致。既然白色的我已经收了，黑色这件也一并收了吧。”

苏白梨这才反应过来，原来不是相似，根本就是同一款，她顿时心安不少，这下尺寸没问题了。

“止先生！”从二楼扶梯下来一个端庄的女销售，惊喜又克制地打着招呼，“您怎么会亲自来店里？您吩咐一下，我会把目录给您送上门的。”

苏白梨看了眼止浔，嗯，从他平静到冷漠的表情上看，她合理地怀疑……大魔头压根没认出来者何人。

果然，止浔并没有寒暄的意思，直到对方走到面前，目光自她的胸牌扫过，他才面色稍霁：“刚好顺路。”

见经理都如此客气，店员再不敢怠慢，忙小心翼翼地从模特身上褪下衣物。

苏白梨轻轻碰了下止浔的手臂，他微微弯腰，只听她附耳轻声说：“原来你也喜欢这牌子，跟我爸一样啊！”

止浔无语了。

可是看看她愉快的笑脸，他又觉得和老先生撞了审美，说明他成熟稳重，没什么不好，于是他接过店员递来的衣裳和先前的小立领进了更衣室。

苏白梨耐心地坐在沙发里等，忽然听见楼梯上传来一个既熟悉又陌生的女声："今天就这些，替我直接送到剧组吧。"

她简直不敢相信自己的耳朵，又听刚刚还在和止浔寒暄的经理已经迎上前，恭敬又不失亲热地应承："何小姐放心，熨烫妥当之后就给您送过去。"

苏白梨猛地站起身，倒把其他人都吓了一跳，尤其是正从她身后走过的何婉。

棕色波浪卷发被桃色墨镜别在耳后，瓜子小脸上明艳动人的眼睛令人过目难忘，更别提她还有双不输模特的长腿，她从出道开始就是媒体追逐的对象，是天生的艺人，金字塔尖的造物主宠儿。

何婉意外地看向突然站起来的年轻女孩，只当是又遇见粉丝了，并没有太往心里去，一边和助理 K 哥低语，一边准备离开。

苏白梨也果真是小迷妹一般忘了言语，双眼放光地目送偶像，只觉得何婉浑身都在发光。

"小怪兽，你过来。"

清冷的男声不仅唤回了苏白梨的注意，也同样吸引了何婉回头，原本踩着高跟鞋已经行至门口的何婉停下脚步，把戴上的墨镜又摘了下来。

正站在落地镜前等着那个小粉丝过去的年轻男人眼角眉梢都是宠爱，等她走近了，他还略显孩子气地转了个圈，以便她看清衣裳的全貌。

"止浔？"

助理 K 哥扶了扶眼镜，也很怀疑自己的眼睛，这个笑如春风的男人真的是那个难缠又冷漠的止大魔王吗？

止浔察觉到小怪兽心不在焉，抬手解着领口的扣子，微微蹙眉："这件不行就换一件。"

"不是不是，你天生丽质，穿什么都比臭老爹帅……"苏白梨低头捂着脸，然后忽然抬头，红光满面，杏仁眼里耀动着兴奋的光，"刚刚婉婉她看了我一眼，真的，她和我对视了。"

止浔心想：既生浔，何生婉！

“她也在这里？”止浔漫不经心地问。

苏白梨连连点头，喜滋滋地说：“刚刚走。没想到臭老爹的审美这么好！婉婉也喜欢这个牌子。”

能不喜欢吗？这几乎是楠都能买到的最上档次的品牌，娱乐圈、文化圈、政界……都爱拿它装点门面。

止浔不想打破小怪兽对缘分的误解，只是再次跟她确定：“那就这件了？”

“嗯！”她的脑袋里现在只剩兴奋，兴奋！

止浔拿她没有办法，正欲去付账，却听见高跟鞋的脆响接近，一回头便看见高挑瘦削的年轻女人正袅袅婷婷地走向他身边，媚眼如丝，一个眼波递来：“好久不见，止浔。”

似曾相识，可止浔真的没有认出她是谁。

直到衣袖被人轻轻扯了扯，他低头便看见小怪兽兴奋得快要哭出来的表情，总算福至心灵，平淡地打了声招呼：“何小姐。”

何婉虽然觉得他冷淡得厉害，但毕竟对这人离群索居的淡泊早有耳闻，并不意外，莞尔道：“我真的很怕你会拒绝，止浔，有你在，我心里就有底多了。”

止浔手插在裤兜里，腰背挺直，有种拒人千里的疏离：“何小姐放心，我会尽力而为。”

“我并不担心，掌镜的是你，我有什么可担心的呢？”何婉微笑，不经意地撩过卷发，暗香萦绕，“只等你的大作了。”

止浔颔首，居然也不谦虚，就这么接受了对方的夸赞，而且并没有一丝半点继续寒暄的意图。

K哥连忙打圆场：“婉婉，我们进组之前还有个采访，不能和止先生再多聊了，下次吧。”

“也好……”何婉伸出柔白的右手，“止浔，预祝我们合作愉快。”

止浔略一犹豫，勉强伸手与对方轻握，很快就松开了。直到何婉转身离去，他才注意到小怪兽正在用如饥似渴的表情盯着他的右手。

止浔哽了一下。

苏白梨抬眼，眨巴着大眼睛：“可以吗？”

止浔认命地抬起手，下一秒，刚与何婉握过的手就被小姑娘双手包住了，像是要把手上来自何婉的仙气全都蹭走，久久不放。

已经离开店的何婉刚好看见了这一幕，微微眯起了眼：“那小女孩是什么人？”

K哥自然不认识苏白梨，摇头：“没见过。”

“止浔的女朋友？”

“不可能。”K哥斩钉截铁地否定，“你知道微博上管止先生叫什么吗？止孤生，说他注定孤独一生。”

这男人在摄影上的造诣有多高，在人情世故方面就有多糟，糟糕到迷妹们虽然自称止浔的女人，却也都表示不想嫁他：谁想嫁给一个拿相机当老婆，而且总是一声不吭就去大漠戈壁，三五个月生死不知的男人？

K哥这边还在为自己的幽默发笑，那边已经顺着女明星的目光，看见店里正握着彼此手不放的两人。

难道，江湖传闻有误？

“一个小丫头而已，搞不好是表妹、邻居，什么都有可能。”就是不可能是女朋友，他实在不相信在圈子里声名鹊起多年，都没传过绯闻的顶级摄影师，会喜欢这种没长开似的黄毛丫头。

“嗯。”何婉戴上了太阳镜，在保镖的簇拥下从贵宾通道离开了。

店员保持着得体的微笑，看着跟着大佬一起进店的小女孩挂在对方的手上，对方走哪儿，她就跟到哪儿，形影不离，直到大佬结账离开，她也小跟屁虫似的跟着走了。

“见得多了，傍大款的吧。”店员见怪不怪地说。

经理冷笑：“傍大款，谁能傍得上这尊大佛？刚刚何婉说什么你没听见吗？这种量级的女人，他都爱搭不理。何况，他成SVIP这么多年，都是我们送目录上门，他隔日电话订购，从未面对面沟通……这种生人勿近的男人……”

“那你说他们是什么关系？”

“能让这种男人心甘情愿被拖着手走路的，只有一种人。”

店员嘴巴张成“O”形：“恋人？”

七点甜

谁会喜欢大魔头啊！

直到重新上车，苏白梨才恋恋不舍地松开男人的手，爱惜又满足地两手放在胸前，沉浸在“与偶像隔空握手”的幻想中。

止浔只觉得女孩子的手柔若无骨，又小又细，像是稍一用力就会折断似的，只能任由她握着，自己半点不敢用力，直到她把手抽走了，掌心空了，他才觉得失落。

早知道他应该握紧，这样她就抽不走了。

察觉到念头不受控，止浔连忙转移注意力，问：“为什么对何婉这么着迷？”

“当然是因为她演技好……”苏白梨此刻只恨自己不能把双手给装裱起来，放哪儿都不放心，“你知道吗，我第一次看到婉婉演的白发魔女，简直被迷得课都不想去上，就在家拿着床单当披风，缝纫尺当长剑……”

“什么时候的事了？”想到圆滚滚的小小怪兽呆头呆脑的模样，止浔神色变得温柔起来。

“初中毕业那会儿……”苏白梨不好意思地抿嘴笑，这些事也就徐望南知道一二，她从没对别的人说起过，丢人是丢人，但也见证了她对何婉从一而终的倾慕。

止浔点点头："我以为只有小学生做得出这事，你还真……晚熟。"

苏白梨愤愤地看向窗外，早知道就不说给他听了，平白招人嘲讽。

看着阳光下女孩子白皙的侧脸和微红的耳朵，止浔对自己加入《亲爱的TA》的决定非常满意。

"是这边，你走错了。"苏白梨特意又打开剧组发来的通知，确定报到地点是酒店的瑶光厅，连忙喊住走向相反方向的止浔。

"我和你不在一处。"

苏白梨想了想，了然地说："你们明星有特别待遇是吗？那好，再会。"

"谁说我是明星组？"

苏白梨被他问得愣住了，迷茫地问："你不是说加入节目组了吗？"

"浔哥，你来了！"徐望南从酒店里迎了出来，在苏白梨头顶一拍，先跟止浔打招呼，"摄像组都在浮华厅，何小姐专用的摄影师在楼上，你打算先跟哪边碰面？"

摄像组是节目组的工作人员，楼上则是何婉的专属摄影师——止浔就是被何婉重金邀来做摄影顾问的。

止浔说："先去浮华。"说完，看了眼还处于茫然状态的苏白梨，说："晚点见。"

等人走远了，徐望南在脸色变幻的表妹眼前晃了晃手："丫头，回魂了。"

"你不是说大魔头也参加了吗？"

"对啊！"人不是来了吗？

"你不是说一共三个男明星，除了什么上神，还有个什么武术冠军之外，第三人一直没定吗？"

"这事我正想跟你说——"

苏白梨想起在店里的时候，何婉说的那句"怕你会拒绝"，她终于明白那是什么意思了。

“所以止浔来是作为摄影顾问……”顿了顿，她犹豫地补充，“被婉婉邀请来的，对吗？”

徐望南不知道小女孩在纠结什么，推着她就往瑶光厅走，边走边说：“有件事我也是刚刚知道的，你听我说，听完以后答应我不要激动。”

苏白梨恍恍惚惚地“嗯”了一声。

“之前不是跟你说了，第三个男星人选始终未定吗？我也是今天到现场才知道第三个人是谁。”

苏白梨心不在焉地点头：“嗯。”

“你这是怎么了？怎么无精打采的……”徐望南拍了拍她的头顶，还真是不习惯这个元气满满的小丫头这么蔫。

苏白梨恍然，问：“你说什么？第三个人是谁？”

徐望南犹豫了下，毕竟再瞒也瞒不住，进去就得见面了：“是石屿。”

苏白梨顿在原地：“石……屿？”

“对，就是那个石屿……”徐望南叹了口气，“你想到的那个。哎，白梨，你站住……往哪儿跑？”

被拉住的苏白梨一副要哭出来的表情：“不行，他在，这节目我绝对不能上！”

“合同都签了，违约金你能付得出来还是打算跟舅舅要？”

徐望南一句话正中红心。

落荒而逃的苏白梨意识到，她已经无处可逃了。

“你放心，我努力暗箱操作一把，绝对不会让你跟石屿一对。”

苏白梨双手合十：“真的吗？全靠你了，表哥！”

从小到大，只有生死攸关的时刻，她才会喊徐望南一声“表哥”，可见她是真怕了。

“包在我身上。”徐望南打着包票，连哄带骗才把苏白梨领进瑶光厅。

那是酒店的会议厅，椭圆形会议桌前已经坐了不少人，随着苏白梨和徐望南推门进去，视线都投了过来。其中一个正站在落地窗边与人闲谈的男人，嘴角带着温煦的笑容看向门口，又在看见苏白梨的那一瞬笑容凝固。

可不过是眨眼间，那种失神的状态就消失无踪了，取而代之的是温柔又妥帖的微笑："这就是素人小妹妹吗？确定不是哪个女团的成员吗？"

"石屿，哄女孩子开心这种事，真是无人能出你右。"正与他交谈的高大男人有双深情的眼睛，说起话来像低音提琴，勾人心弦。

苏白梨原本并不知道演仙侠剧中上神一角一炮而红的陆羽，但上学期舍友凌琳一直在寝室里外放，这低音炮的声音苏白梨早就听熟了，顿时认出这人正是陆羽。

而石屿站在被称赞为"宛若谪仙"的陆羽身边也毫不逊色，可见是真的貌若潘安。

见苏白梨站在门口，陆羽招呼说："进来等吧，其他女艺人……怕是要多等会儿了。"

徐望南推着苏白梨，在她耳边说："放松点，石屿表现得就很好，跟他学。"

苏白梨从牙缝里挤出一句："如果我跟他一组，我就解约，立刻。"

以何婉为首的三个女艺人迟迟没来，三个男明星除一直在交谈的石屿和陆羽之外，还有个麦色肌肤、线条冷硬的男人始终将帽衫的帽子戴在头上，抱着手肘坐在角落，一言不发。

苏白梨推测他应该就是徐望南口中喜欢他的人从前街能排到三环的拳坛黑马池弥。

可是，这种浑身都是近身者杀无赦之气的男人……到底为什么来参加恋爱真人秀？

苏白梨想不明白，也懒得去想。

她此刻觉得心情糟透了，而且是在接二连三的打击之下越来越糟，糟糕到，她连社交的欲望也没有，懒洋洋地趴在会议桌前发呆。

"苏白梨。"男人声音温润带笑，三个字被念得好似情话。

苏白梨一个激灵，没抬头，干脆闭上了眼睛假寐，谁知对方非但没有走，反而拉开椅子坐在她身侧。

无计可施，她只得起身，假模假样地寒暄："石屿老师，您比电视上看起来还要气色红润有光泽。"

被一顿恭维的石屿笑容不改："怎么想起来报名参加这个？我看见名字的时候还以为是同名同姓。"

他太心无芥蒂，导致苏白梨觉得自己再拒人千里显得多耿耿于怀似的，只好顺着说："我念的表演系，徐望南介绍我进组的。"

"你最终还是念了表演，苏叔叔果然是拦不住你的。"石屿托腮望着她笑，"几年不见，你长高了。"

苏白梨不想叙旧，尤其不想在这种场合和这个人叙旧，摆弄着手指不吭声。

"还是老样子，一紧张就掰手指。"

苏白梨心想：徐望南呢？快把石屿带走！

幸好，虽然徐望南没来，却有其他人进了会议室，那是两个截然不同的女孩子，却同样带着满脸愠色。

苏白梨认识其中小麦色肌肤、厚唇浓眉的女孩，她俩曾在一个电视剧组中有一面之缘。

这个叫阿葵的女孩有张带着异域风情的面庞和充满磁性的烟嗓，不拘小节之余又脾气暴躁，和苏白梨本应是水火不容的，却偏偏相处和睦，惺惺相惜。

此刻阿葵正对挤在自己前面进会议室的模特艾丝拉横眉怒目，俨然势同水火。

苏白梨趁着阿葵经过时，偷偷戳了她一下，她这才发现坐在石屿旁边的居然是熟人，顿时眉开眼笑，道："怎么会是你？你怎么会作为素人来参加节目？"

苏白梨轻快地自嘲："以我的知名度，不，我没有知名度……可不只能当素人吗？"

阿葵看了石屿一眼，拉着苏白梨跟自己坐到会议桌的另一边，附耳轻声说："你怎么跟石屿坐一起？他那绯闻体质，你可别把自己给搭进去。”

苏白梨苦笑，她才不想呢！这亏她许多年前就莫名其妙吃过一次，再也不想重来一次了！

正当两人喁喁私语，忽然听见高跟鞋踩地的清脆声响，节奏又快又稳，苏白梨几乎立马分辨出是何婉来了，她的婉婉就这样女神味十足。

可她没想到的是，止浔会和何婉一同进来。

何婉穿着白色立领小衫配长裙，复石风十足。止浔则穿着苏白梨挑的那件小立领布衫，领口微敞。乍一看，两人就像穿着事先配好的情侣装。

何婉笑吟吟地向众人介绍止浔，最后又添了句：“为了请他做摄影顾问，我真是费尽力气，从前他可是从不拍人像的。”

以苏白梨对何婉的喜爱，这种时候本该目不转睛地盯着何婉，可是为了不会顺道将何婉身边的止浔纳入视线，她只有忍痛割爱地低下了头。

何婉看了眼会议桌的位置，并没有能让她和止浔坐在一起的空座。

“我让给浔哥好了。”石屿起身，让出空位，在众目睽睽之下走到苏白梨身边，“我可以坐在这里吗？”

苏白梨抬眼，立刻从众多视线之中捕捉到属于止某人的目光，可她刻意地躲开了。

“坐吧。”苏白梨在余光里看见大魔头果然在何婉身侧落了座，只觉得胸口憋着闷气，不吐不快。

节目组的负责人在寒暄，苏白梨蔫头耷脑地伏在桌边，满脑子都转着一个让她特别不痛快的问题——

大魔头明明是为了婉婉来的，偏偏要骗她说是为她而来……

更闹心的是，她居然还真信了！

由于《亲爱的TA》前一季明星素人的情侣档意外受欢迎，所以新一季仍保留了这个看点。

嘉宾中明星三男三女，素人一男一女，苏白梨是其中一个，另一个正太长相的男生，和她画风如出一辙。

“我倒觉得别配什么明星素人了，白梨和莫侨凑一对，金童玉女刚刚好，连明年的年画都有现成的了。”听见自己的名字，蔫巴的苏白梨才勉强打起精神看向陆羽口中的莫侨，听说也是从大学里招来的，舞蹈专业。

那人看起来尤其干净，有女孩一般纤长的脖颈与遗世独立的气质，总之，和在场众人都不同。

导演宋川开玩笑地说：“谁想看普通人谈恋爱？那不如去看相亲节目。”

众人莞尔。

苏白梨心想：谁说普通人谈恋爱就不好看了？臭老爹就特别喜欢看什么诚勿扰的，一看一下午，股市都能丢一边。

她正想着，就听宋川说起正事：“关于CP（情侣）组合问题，之前签约时候也和各位沟通过——毕竟是恋爱真人秀，还是得讲究一点缘分，在相处之中找到感觉了，再确定不迟。”

还有这种操作？

苏白梨一直以为这节目就跟演偶像剧一样，导演分一个搭档给她，照着剧本走就行了。

这么听起来，居然还要真情实感地临时谈一场恋爱？

这未免也太强人所难了！

沮丧中的苏白梨忽然听见一声轻笑，她侧目，只见石屿正一边摩挲着杯沿，一边浅笑。

这有什么可笑的……

石屿看向她，四目相对，用嘴型说了句什么。

苏白梨没看明白，他又比了下口型。

还是不懂，苏白梨用极低的声音问：“你说什么？”

石屿单手撑桌，凑近她耳语：“都是剧本，早安排好了。”

苏白梨错愕地抬眼，石屿耸了耸肩，笑笑。

“所以接下来的三天时间，各位将在旅途中自由相处，我们的摄影摄像老师会全程跟拍——别担心，播出时候的剪辑会根据三天后的实际CP（情侣）来定。”宋川半开玩笑地说，“我看石屿和小白梨相处得就很不错，这是个很好的开始。”

忽然被点名，苏白梨吓得正襟危坐，向宋川看去，目光却在半路被截住了。

坐在何婉身边的大魔头漠然地靠在椅背，仿佛会议桌上发生的一切都跟他无关，唯独苏白梨才是他留在这里的意义。

她怎么会有这么奇怪的错觉？

苏白梨摆弄着手指，又看见大魔头的目光从石屿的脸上飘过，神色冷淡。

他真是跩。

苏白梨撇撇嘴，忽然察觉到一道视线从止浔身边投过来，居然是何婉。

婉婉在看她！

刚刚失落的心突然就复苏了，苏白梨面色红润地挺直了腰，像个争取在老师面前好好表现的小孩。

何婉眉头微蹙，觉得这个白皙的小姑娘仿佛在哪里见过，直到她杏眼发光，何婉才终于对上号——正是在楠mall遇见，陪止浔买衣服的那一个。

居然被带进剧组来了？何婉不动声色地打量了苏白梨几眼，除眼神清澈、皮肤白皙、看着显小之外，并没有过人之处。

苏白梨默默地感受着来自偶像的视线，激动得恨不能从椅子上蹦起来，尖叫三声。

在场的众人，除了苏白梨和莫侨，其他都是圈内的“老人”，这种初次见面的场合正是察言观色的时候。

何婉在观察苏白梨的时候，石屿也在观察何婉。

在场这么多俊男靓女，何婉的视线唯独在苏白梨身上停留最久，石屿微微眯眼，视线中身边柔白的小丫头正腰杆挺直，心无城府地抿嘴微笑。

这么多年了，她怎么还是这副没心没肝的样子？

说是让嘉宾在旅行途中培养感情，可事实上真正出发的时候，就出现了三六九等。

剧组加上嘉宾，人数也不过几十，包机自然不可能，全部头等舱更是不可能。

工作人员刚刚跟助理们沟通完航班，艾丝拉就率先反对："这是怎么安排的？七点飞，十点到，进酒店得半夜了吧？这怎么可能保证好状态？我不管，这个时间的航班谁爱坐谁坐，反正我明天再飞。"

K哥将工作人员拉到一边，道："这行程不行啊，我们家婉婉怎么能坐这种航班？还不得被粉丝烦死。别说培养感情了，连补个眠都办不到。"

"可何小姐已经是安排的头等舱了……"

"头等舱也没用，这么多人一起出行，摆明了让粉丝发现。"K哥看了眼还在各自议论的人群，"婉婉情况不同，我们明天自己安排行程，不劳费心了。"

短短一刻钟，苏白梨就站在角落眼睁睁地看着工作人员被各家助理拉来扯去。

看起来，想和婉婉同行没什么希望了，但求……她飞快地瞟了眼正优雅地与助理交谈的石屿，只求别跟这个大哥待在一处。

石屿像是察觉到她的目光，看了过来，微微一笑，向她招了招手。

苏白梨触电似的，立刻装作没有看见，转身就逃，谁知刚转身就一头撞进结实的胸膛。

她手里的一杯咖啡一滴不落地落在对方平整无瑕的衣襟上。

这件衣服有点眼熟，好像是不久之前被她选中的……她慢吞吞地抬起头，对上某人古井无波的眼睛。

苏白梨哽了一下。

今天大魔头出门一定没查皇历，今天多半是忌出行！

眼见大魔头眉毛挑了两下，转身就走，苏白梨摸着贴身钱包，心想：要不然，去机场的路上再给他买一件吧……

大魔头走了一半忽然又停下了，回头看她。

苏白梨攥紧了钱包，这可是她在烧烤店里挥汗如雨才攒下的小钱，还没焐热就要交出去了吗？

“还不快过来。”

苏白梨愁眉苦脸地小步追上前：“等会儿去机场路上，我给你再买件。”

止浔不说话，只大步往走廊尽头的洗手间走。

“别生气了，我不是故意的……”苏白梨伸手拉住他衣裳后摆，一本正经地说，“我会对你负责的！”

止浔哽了一下。

“真的，虽然我现在就两千块，但你别客气，随便挑，我不会心疼的。”

连被她泼脏这件的零头都不够，止浔停了下来，等她松开小手，他伸手，掌心向上。

“嗯？”苏白梨愣愣的，犹豫着把自己的手放在他的掌心。

她的手又小又软，指尖粉嘟嘟的，放在他宽大的掌心里刚刚好。

止浔喉结动了动，还没感受到她的温暖，就被她一把握住了——握手言和。

真没想到，大魔头原来这么大方，这么简单就让她避免破产了！苏白梨正沉浸在意外的感动之中，就感觉某人似乎并没有主动握手。

好像……她弄错了什么……

止浔嘴角微勾，看着小怪兽犹豫地松开手，小心翼翼得像只小兔子，他仍旧维持着掌心向上的动作，简单地吐出两个字：“钱包。”

苏白梨几乎要哭出来了，可从小老爹教育她一定要对自己做过的事负责，既然衣服是她毁的，大魔头要索赔也是情理之中……

只是……苏白梨看着自己海绵宝宝造型的钱包落入了某人骨节分明的大手之中，还是难过得像弄丢了孩子。

止浔瞥了眼幼稚到没谱的钱包，顺手放进裤子口袋，一抬眼就看见小丫头撇着嘴，目不转睛地盯着自己的口袋。

止浔轻咳一声，苏白梨这才抬头，蔫巴巴地说：“那你自己拿去买，合适就买，别替我省钱。”——她都想哭了。

眼看她转身要回去，止浔沉声说：“去哪儿？”

苏白梨心说当然是归队啊，她又没有助理替自己沟通，所有行程当然要自己问清楚。

“跟我过来……”止浔说完，见她迟疑，只好又补了一句，“不是要负责吗？就这样负责？”

片刻后，苏白梨手里拿着沾了水的擦手纸，对着胸前一片濡湿的止浔一筹莫展。

咖啡刚泼上去的时候倒像中式衣服上的水墨画，而现在在她的努力下，那衬衣已经成了后现代风格的透视装。

大魔头形状完美的胸肌若隐若现，嗯，其实……身材好，穿什么都行。

苏白梨干笑着将擦手纸丢入纸篓：“是你让我负责的。”

“是你说要负责。”

苏白梨无奈地道：“好，是我要负责的，可我只能弄成这样，你就勉强——”

“为什么害怕那个人？”

忽然被打断，苏白梨茫然地问：“谁？”

“那个乐队歌手。”止浔脑海中闪过白衣男人模糊的样貌，“石屿。”

听见石屿的名字，小怪兽明显眼神闪烁了一下，继而忙着澄清：“我才没有害怕他，我为什么要害怕他？我又不认识他。”

“原来你在这里。”

苏白梨被忽然从帷幕后传来的儒雅男声吓了一跳，毫不犹豫地拉起大魔头的手臂，躲到了他的背后。

这是位于盥洗室外的公共区域，由一架水墨屏风与外界隔离，石屿就站在屏风边，单手插在裤兜里，脸上挂着清浅的笑，看见止浔略显意外。

“止老师。”他微微颔首，客气得很，是对待前辈的态度。

止浔并没有寒暄，而是静静地观察石屿，尽管，去记忆一个初次见面而且“没有什么特色”的男人实在不是件容易的事。

倒不是止浔眼光太高，也不是石屿不够英俊，而是他身上有太多似曾相识的东西，比如遮盖住眉毛的额发，比如染成浅麻色的卷发，比如与几个同期小鲜肉如出一辙的鼻梁与唇线……

对止浔这种本来就面孔识别困难的人来说，这简直就是地狱难度。

被人打量的石屿居然也不恼，微笑问：“白梨怎么不过去？刚刚工作人员还在找你。”

止浔感觉攥着他衣摆的小怪兽下意识地缩了一下，这小家伙一向没心没肺，从没见她这样明显地畏惧过，这是怎么了？

“是我请苏小姐来帮忙。”止浔不动声色地为苏白梨挡下了提问。

苏小姐……

苏白梨回忆了一下，这是他第一次这么称呼她吧？这人总是一口一个小怪兽，从相识至今，她甚至疑心他究竟知不知道她的大名。

可听起来，还不如小怪兽亲切呢。

石屿玩味着苏小姐这个生疏的称呼，视线瞥向止浔身前被水和咖啡弄湿的衣襟——可他要白梨帮忙做的事可不像称呼那么疏远。

“不少人不愿意今晚动身，所以主要是工作人员先行，你人不在，就被安排在今晚出发了。”石屿就像没察觉到苏白梨在躲着自己一样，温和地建议，“如果你不想，我可以替你去协调。”

止浔微垂眼睫。

果然，他就觉得这两人绝对不是刚刚认识的陌生人，姓石的如此明显地示好，难道这个小笨蛋居然还有追求者？

他正想着，一直躲在他身后的小怪兽忽然慢吞吞地探出头，小心翼翼地问：“你什么时候走？”

止浔眯眼。

石屿莞尔：“明天中午，自然醒，然后出发。”

“这样啊……”苏白梨认真地说，“那不用改了，我就今晚，谢谢！”

石屿脸上的笑意微僵，柔声说：“小姑娘熬夜对皮肤不好。”

“没关系的……”说着话，她已经又躲回止浔的背后，闷声闷气地说，“我不靠脸吃饭。”

石屿：“那好吧，南岛见。”

“嗯嗯，南岛见。”她连半张脸也不肯露了。

直到石屿走远了，苏白梨才从止浔身后探出身，看向男人的背影，细弱的肩膀一松，如释重负地舒出一口气，一回头，发现止浔正眸色深沉地看着她。

“我……我去准备准备出发了。”她说着就要逃走，却被止浔单臂拦住了。

苏白梨可怜兮兮地看着他，眼神就像在哀求他别问，他的满腹疑问忽然就问不出口了：“不是你说要负责的吗？”

苏白梨看向大魔头若隐若现的胸肌，这才记起这茬事，目光瞟向他的裤兜——钱包都给你了，你还想怎样嘛……

止浔放下手臂，自己率先离开了隔间，向瑶光厅走去。

苏白梨不知道他什么意思，只好小碎步跟着回去。

厅里人已经散了大半，工作人员一见止浔立刻迎了上来：“止老师，您可回来了。怪我们思虑不周，航班上确实有些赶……何小姐那边订了明早的班次，您的行程也由我们一并更改吧……”

“我今晚走。”止浔不待对方说完，“作为工作人员，理应提前到拍摄地准备。”

这理由果然难以反驳。

工作人员连声抱歉，说赶夜间航班辛苦了，止浔说了句“不碍事”就离开了，转身之际胸前的污渍落入工作人员眼中。

“啊呀，止老师您衣服脏了，我们这里有备用衣裳，您要不要凑合着先换一下……”

止浔低头，看了眼胸口，脑海中浮现小怪兽手忙脚乱地在他胸前擦拭的模样，嘴角一勾：“不用了，我不是什么都穿。”

工作人员不好意思地连连点头，不敢再招惹他。

苏白梨也听见了，撇了撇嘴：连大胡哥的恐龙文化衫都穿过的人，哪儿来的骄傲说自己不是什么都穿！

“还不快动身？”止浔蹙眉，“来不及偿债，你还要我湿身多久？”

“来了，来了。”真是的，他就不能平易近人一点吗？

两人一前一后离开了瑶光厅，留下工作人员面面相觑：“失……失身？！”

苏白梨从来没有在机场买衣服的经验，连着走了几家店，没找到合意的衣裳也就罢了，还无意中看见了衣服的标价牌。

“这么贵？”苏白梨小声嘀咕，“凌琳说得果然没错，机场商店就是抢钱的地方。”

止浔越过她肩头看了眼她小手里的标价牌，不到两千。

先前让他买两万多的衬衣，这丫头眉都没皱一下，难道只是因为那儿不挂价标，她不知价格？

“来不及了，就它吧。”说着，他从苏白梨手里直接抽走了衣裳。

苏白梨空着手站在一边等大魔头结账，没想到他忽然回头，对她扬了下下巴，只好疑惑地走过去。

“密码。”止浔说。

苏白梨这才看见自己贴着海绵宝宝贴纸的银行卡正从POS机里露出一角，只好乖乖地输了密码，然后接过收银小票，有种眼前一黑的感觉。

“走吧，去候机室。”止浔已经换上新衣，将纸袋递给她。

苏白梨愣愣地接过来，发现里面除了被收纳好的脏衣服，还有一条墨绿的绑发带躺在上面，有点眼熟。

苏白梨狐疑地抬头，看向走在前面的大魔头——他的新上衣的绲边分明就是这花色，算是同系产品。

她挑出绑发带的价格标签一看，很好，四百九十九元。

“为什么要买这个？”

止浔回头，瞟了眼她掌心的发带，若无其事地继续往前走：“凑个整。”

苏白梨心想：凑什么整，这是要她破产的节奏呀！

和他们同样选择晚间出行的，除了节目组的工作人员还有阿葵和莫侨。

只是很显然，比起苏白梨和止浔，那两位就彼此陌生得多了。

眼看着苏白梨气呼呼地追在止浔身后走来，阿葵像见了救星似的将她拉到身边，低声说："太好了，你终于来了，再不来，我要被那只白天鹅憋死了。"

苏白梨顺着她的目光看向正站在落地玻璃前对着夜幕下的机场出神的莫侨，线条优美，仿佛舞台上随时起舞的天鹅王子，苏白梨不由莞尔。

真是难为阿葵了啊，这样热烈的性子被迫和清心寡欲的天鹅一路同行。

"你怎么会跟止浔在一起？"阿葵问。

苏白梨被吓了一跳，连忙把手里的袋子往身后藏："我哪里跟他在一起了？"

"你俩不是一块过来的吗？"

原来是这个意思。

见苏白梨松了口气，阿葵反倒生了疑虑："你不会暗恋止浔吧？"

苏白梨忙摇头："没有的事，谁会喜欢这种尖嘴獠牙的大魔头啊！"

"尖嘴獠牙？"阿葵挑眉，止魔王虽然恶名在外，但还真没人对他的颜值有异议，"算了，没喜欢他就好。你知道吗，当初我刚出道的时候，经纪人就想请他来给我们拍硬照。可是，磨破了嘴皮，人家连面都不肯见。而且你知道他说什么吗？'都是两只眼睛、一张嘴，皮囊而已，有什么可拍的。'你听听，这是男人说的话吗？"

苏白梨低头忍笑，心想这还真不是他毒舌，也许在他眼里真的就是红颜白骨，没什么区别。

"话说那么绝，结果呢？如今何婉相邀，他还不是来了，我看呀，所谓绝不拍人，也不过就是个噱头。"阿葵哼了一声，忽然发现刚刚还小脸红扑扑的苏白梨不知何时小脸泛白，低头不语了。

"怎么了，梨子，我说错什么了吗？"

苏白梨摇头："没什么。阿葵，你想好要选谁搭档了吗？"

"那几个男人啊……"阿葵沉吟，"都不是我的菜。"

这几个男人各有特色，已经很齐全了吧。

"不过选哪个都比闷葫芦白天鹅好，唉……"

苏白梨不知说什么好，因为她也不知道会跟谁搭档，除了石屿，好像其他人对她来说也没差。

登机的时候，苏白梨排在经济舱队伍最末，她不慌不忙地最后登机，谁知走到位子的时候，刚好看见"白天鹅"拎着包起身，迎面与她擦身而过，往回走。

坐错位子了吗？苏白梨一边想着一边落座，在余光里看见有人走过来，衣服的绲边花纹很眼熟。

嗯？又是大魔头！

苏白梨耷拉着眉，欲言又止地看着止浔，心想：您老人家今天水逆，能不能别总跟我待一块儿？她已经倾家荡产，不能承受更多打击了！

止浔仿佛完全没察觉到她的不满，安然坐下，长腿弯了弯，调整着摆放的角度——显然，这狭窄的座位让他极不适应。

节目组也真是的，以大魔头的知名度，说什么也该给个头等舱吧？就因为他是以明星的特聘顾问来的，就不重视了吗？

苏白梨清清嗓子："你收了婉婉的定金，做她的摄影顾问，却不跟着她的行程，怎么对得起定金呢？"

"顾问是用脑子……"止浔修长的手指点了点太阳穴，"不需要亲力亲为。"

所以，他承认是为了婉婉而来的了？苏白梨转过眼，看向窗外灯火，故意忽略心底的不快。

片刻之后，空姐来问询需要什么饮料，苏白梨毫不犹豫地说："咖啡，谢谢。"

止浔看了她一眼，她却拿手背掩口，打了个结结实实的呵欠，显然是个不熬夜的乖孩子，怕自己熬不住才想依靠咖啡硬撑。

"红酒。"

苏白梨一边小口喝着自己的咖啡，一边盯着透明杯子里的红色液体被大魔头一点点抿入口中，然后喉结一动……

“你在看什么？”止浔放下杯子。

“在看在飞机上喝酒的奇人。”咖啡苦涩，苏白梨不自觉地皱起眉毛，“我一直以为只有臭老爹会这么干。”

止浔心想，又拿他跟她爹比。

“不得不说，你俩真有不少相似之处……”苏白梨嘟囔着，“就连臭脾气都一样。”

止浔听见了，但还是故意说：“声音那么小，说给谁听？”

“说给我自己听……”苏白梨向后靠在椅背，仰面看向漆黑的云海，呢喃着，“咖啡这么苦，为什么有人喜欢喝？像我就喜欢甜的。”

“嗯……”止浔指腹沿着杯口轻轻摩挲，“我也喜欢甜的。”

节目组在南岛的住宿安排在靠近海岸的一处私人酒店，一行人被车接到酒店时已近午夜，一个个都压低了帽檐，呵欠连天。

入住手续办妥之后，大家各自拎着行李上楼，困乏得连多余的交谈也没有。

电梯满了，止浔看见小怪兽落在最后，稍微放慢了步子。电梯间里有人招呼：“浔哥，还能上个人呢。”

止浔摇摇头，扶着行李箱没动。

阿葵从人群后探头，扯下口罩对还在外面的苏白梨说：“白梨，你那么轻怕什么，不会超重的，快上来。”

苏白梨看了看左右，剩下的人里果然她体形最小，于是拖着行李箱就往电梯里走，从止浔身边经过的时候，她莫名觉得脸颊一凉，下意识地侧头看他，可大魔头压根没看她呀！

呃，她这是被欺负出心理阴影了吗……

八点甜

有一点动心

节目组人多，各自分散在不同的楼层，等到了十六层，电梯里已经只剩下四个人——苏白梨、阿葵和助理，还有“天鹅王子”。

阿葵摸着起了鸡皮疙瘩的手臂，目送莫侨背着行囊先出去，然后挽着苏白梨的胳膊，故意放慢脚步走。

快到苏白梨房间时，阿葵忽然顿住脚步，附耳问：“你是不是哪里得罪了止浔？”

苏白梨一个激灵，警惕地摇头。

阿葵狐疑地说：“可刚你进电梯的时候，止浔看着你后脑勺的眼神，感觉像要把你拉出去枪毙……”

苏白梨哽了一下。

洗漱完毕之后的苏白梨依然毫无睡意，在房间里溜达了半天，只觉得越来越精神，而且饥饿难耐，只好在小白裙外披了件罩衫，下楼去觅食。

然而悲剧的是，她点完甜点后才被告知：夜宵时间只收现金或者房间挂账。

现金没有，挂账让节目组结她又不好意思，正在踌躇要不厚着脸皮要求退货，就看见身后一只手将纸钞压在柜面上，修长的手指笔直有力，似曾相识。

苏白梨回头，就看见穿着黑色浴袍的某人，一只手拿着毛巾盖在头顶，一只手正从她肩头递钱给侍应生。

浴袍有黑色丝绸材质的暗金色绲边，交叉领口刚好露出斜飞的锁骨，半长的阔袖里结实的手臂与黑衣形成鲜明的对比，像是还没有揩干，带着一身水汽。

“你也饿了吗？”苏白梨看着某人端起自己的点心盘就往餐区走，只好跟在身后走过去。

止浔挑了个临海落地玻璃窗边的位置落座，将餐盘放在两人中间的茶几上，重新拿毛巾揩着湿漉漉的头发：“我不饿。”

不饿为什么半夜跑到餐吧来？

苏白梨一头雾水，目光无意识地落在他揩头发的手上，随着他的动作，水珠顺着领口滚入胸口，轻薄的丝绸浴袍被水打湿之处，留下深深的印迹。

她的嘴唇动了动。

止浔眸光微闪：“想说什么？”

“头发把衣服都弄湿了……”苏白梨老实回答，“你应该拿吹风机吹一吹再出门的，这样容易受凉。”

止浔随手将毛巾往茶几上一放，索性不管半干的头发了，湿发一撮撮地半遮了眉眼，使得原本的冷峻之中多了一丝莫名的魅惑。

可惜，这对眼睛里只有甜点的小怪兽来说，诱惑力为零。

“放心，我取钱之后会还给你的。”苏白梨一边将小勺舔干净，一边承诺。

止浔从餐纸架上取了张纸递过去：“深更半夜吃甜点，你这是什么体质？”

“凌琳她们也说我奇怪，但我就是很容易饿，尤其是如果十点不睡，就会饿得更厉害。”苏白梨擦着嘴角，不好意思地承认，“都说我就是这样才瘦不下来。”

她的脸确实有点儿婴儿肥，腮帮子肉嘟嘟的，但再看拿着小勺的手腕，纤细得不盈一握，止浔几次捏住她的手腕都怕自己一不小心会把它弄折。

就这样的小身板儿，居然还在考虑怎么瘦？

止浔抬起右手，侍应生看见了，立刻过来问还有什么需要。

“加一份提拉米苏，谢谢。”

苏白梨吃完了最后一点蛋糕，眨巴着眼睛问：“你也饿了？”

止浔没有回答，靠着椅背看向窗外黑色的大海，沙滩上有高耸的探照灯，但对于一望无际的大海来说，这点光微不足道，海潮翻涌，深不可测。

“在飞机上不是已经困得睁不开眼了吗，为什么不早点休息？”

苏白梨可怜兮兮地说：“睡不着。”

止浔眸光微亮：“为什么？”

“我一般不喝咖啡……”苏白梨咬着下唇，“因为喝了就整宿失眠。”

她今天下午喝了一杯，飞机上又喝了一杯，简直就跟服了兴奋剂一样毫无睡意。

“既然不能喝，还逞什么能？”

“不然我怕撑不到酒店就睡着了，被落在机场怎么办啊？”

有他在，难道还会丢下她不管吗？止浔心头不快，看了小怪兽一眼，她果然压根没意识到这句话表明了她对他极不信任。

侍应生刚好将提拉米苏送来，放在茶几上。

止浔手指一推，将碟子推到对面。

苏白梨问：“你不吃？”

“给你点的。”止浔说，“有没有人跟你说手腕太细很难看？”

苏白梨低头看着自己细到只能戴童款手镯的手腕，心塞又委屈地撇撇嘴。她从来没有刻意减肥，脸蛋也从来没瘦过，可这肉不往四肢上长也怪她咯？

她知道细胳膊细腿不好看，也知道就是因为娃娃脸和小细身板儿才害得自己戏路受限，但被人说“难看”还是戳痛了少女的自尊心，她委屈得不想搭理毒舌大魔头了。

止浔本只是想让她多吃点，哪知道随口一句话而已，小怪兽居然就变了脸。

他一直觉得这小怪兽怎么逗都不生气，没心没肺的，这次怎么轻易就翻脸了？

清了清嗓子，止浔用哄小孩的语气说："这家提拉米苏的口感很像酥心包的馅，你尝尝看。"

苏白梨将信将疑，板着小脸切了一小块送入口中，香气宜人，果然与酥心包有异曲同工之妙，坏心情顿时被甜食抚慰，细眉舒展，她又戳起了一块。

看着她小松鼠一样鼓动的腮帮子，止浔的不安总算渐渐散去。

这小怪兽……也太好哄了。

又一份甜品见底，苏白梨终于觉得心满意足，可是看大魔头没有离开的打算，只好问："你不困吗？"

"你瞌睡了？"

"没……"苏白梨尴尬地将罩衫拢紧，"我去外面转转，估摸着两三点就该困了。"

止浔起身："那走。"

"你也去吗？"

"倒会儿时差。"

时差？苏白梨跟在他身后，一脸茫然。据她所知，大魔头至少已经在楠都待一周了吧？哪儿还有什么时差要倒？

夜晚的酒店沙滩，一眼看去不见人影。

高高的灯塔和探照灯，使得太阳伞和沙滩椅都投下了深深浅浅的影子，浪声阵阵，声声不绝地传来。

因为是洗过澡之后出的门，苏白梨的罩衫之下是条纯白的小连衣裙，被海风一吹，难免裙摆飞扬，她不得不始终拿手压着裙摆。

酒店的沙滩很干净，沙质细腻，脚踩上去酥酥麻麻的，甚是舒服。

眼看着走在前面的止浔脱下人字拖，光脚走在沙滩上，苏白梨也心动不已，可脱下鞋才发现拎着鞋子就没办法压裙摆了，只好又尴尬地把鞋放回沙地准备重新穿上。

没想到，明明走在前面的止浔忽然回过身，弯腰将她的凉拖拾起。

苏白梨的脚和手一样，脚趾白净小巧，被细沙若有若无地掩着，脚趾在他的视线里小心地蜷了起来，他喉头微动，挪开视线，拎着她的凉拖直起身，继续往前走。

苏白梨愣了半天，还是觉得好像在做梦。这大魔头成天高高在上的，居然会屈尊帮她提鞋？她该不是在梦游吧……

“过来。”

她正想着，才发现某人已经攀上了一块半人高的礁石，正俯视着她。

苏白梨摇头，好高，她爬不上去。

止浔沉默地向她伸出手，她犹豫了一下，终于将手放进他的掌心，没想到他臂力那么大，她几乎没用什么力气就被他轻轻松松地带上了礁石。

石面平坦光滑，大概是白日里被浪潮冲刷，如今坐在上面听浪、观月果然再好不过。

苏白梨与止浔之间隔了一人距离，蜷着腿，拿裙子将膝盖盖住，任由海风拂面，眼睛一眨不眨地看向大海的尽头。

“小怪兽。”

“嗯。”反正也没别人，反正纠正了他也听不进去，她已经懒得纠正这个称呼了。

“你希望和谁搭档？”

苏白梨摇头：“我也不知道……其实无所谓啦，谁都一样。”顿了下，她忽然想起了古屿，连忙补充了一句：“实在要选的话，陆羽吧！”

止浔慢慢回过头，似笑非笑地重复了一遍：“陆……羽？”

苏白梨下意识地咽了口唾沫：“其实池弥也行，呃，如果节目组同意，天鹅君也没问题。”

“天鹅君？”

“就是跳芭蕾舞的莫侨啊，你看他站定的时候身形像不像一只天鹅啊？”

止浔压根没记住那个据说和小怪兽一样是素人的男生，但被她这么一形容，还真模模糊糊想起了个大概，不禁莞尔。

可是，他眯起眼，陆羽最好，池弥或者莫侨也行……小怪兽唯一漏掉了那个古屿。于她而言，只有这个人和其他人不同吗？

“为什么选陆羽？”止浔与那个陆羽有过数面之缘，虽然不算熟，但也知道这人出道多年八面玲珑，女友粉成千上万，呼声甚高。

莫非小怪兽喜欢的，是这种温文尔雅的类型？那个古屿，也是这种。

“凌琳，哦，我室友，她是陆羽的粉丝，如果我和陆羽搭档，就好弄些签名照什么的啊！”苏白梨笑嘻嘻地托着腮，“等开学了带给凌琳，她一定超开心。”

止浔：“仅此而已？”

“对啊……”苏白梨将被海风吹得张牙舞爪的短发撩到耳后，“不然呢？”

月色皎皎，灯光悠悠，少女憨态可掬，心无城府地看着他。

脸上没有丁点妆容，干净白皙，每一根眉毛、睫毛都深深刻入了止浔眼中，清晰得仿佛他闭上眼都能够画出来。

大概真的是咖啡作祟，小姑娘丝毫不见在飞机上的颓样，说话的时候眼睛晶亮，只差没手舞足蹈，叽叽咕咕地说着她那个室友有多着迷于陆羽演的上仙，接着又说到她曾经也待过仙侠剧组，演的是男主角的妹妹，为了救兄长而死于饕餮之口……

“你知道吗？那些个怪兽都是后期特效，我们拍片儿的时候就是对着绿幕、绿砖头、绿小人儿……总之全靠脑补，别人看来就跟精神病发作似的。”

说起拍戏的事，小怪兽就眉飞色舞，甚至忘了要跟他保持距离，不知道什么时候就边说着边靠近了。

她伸出手来，让他看着自己的掌心：“喏，比如这样伸出手，你得想象着从掌心有仙术射出去，它可能会击中十米开外的人，或者引起海潮翻涌……”说着，她又想起拍片时的场景，忍不住自己先笑起来。

笑完了，发现大魔头居然没声，她又不好意思地去看他，却见他的目光正落在自己举起的手上，她赶紧将小手背到身后，低声说：“对不起，尽和你说些乱七八糟的。”

“还好……”止浔收回目光，“刚好用来催眠。”

苏白梨哽了一下。

“所以你演戏是为了好玩？”

苏白梨抱着膝盖，闷声说：“差不多，小时候总是披着床单在家演，大了就希望能在镜头前面演。而且，一个人一辈子就只能选一种人生，多可惜？如果当演员，就能体验无数种不同的生活，不同的跌宕起伏，想想都觉得特别有意思。只可惜——”

“可惜什么？”

苏白梨自嘲地说：“可惜我总是拿不到‘不一样’的角色，能拿下来的都是千篇一律的妹妹、女儿……我其实不懂，难道坏人就不能长一张娃娃脸吗？”

“坏人？你想演坏人？”难道不是所有女演员都想演女一号吗？

“对啊，毁天灭地的女魔头什么的……”苏白梨眯起眼，微微颔首，嘴边笑容妩媚，“翻手为云覆手雨，颠倒众生什么的……”

那一秒，柔弱的小姑娘仿佛换了个人。但也不过一秒，她很快就抬起头，妖媚尽收，双手托腮，懊恼地自语：“可没人愿意让我试，连臭老爹都说以我这么狭窄的戏路，还不如早点转行算了，总不可能一辈子都演小妹妹啊！”

忽然，肩头一重，苏白梨还没反应过来就被拉得与止浔面对面，大魔头的脸近在咫尺，眼里映着她迷茫的脸。

“我喜欢你。”声音喑哑，犹如引诱。

海风阵阵，夜间的浪一层推着一层，在两人的相顾无言之中打着节拍。

止浔的手落在苏白梨细弱的肩头，几秒后，他察觉到掌心下微弱的颤抖，先时他以为是错觉，可那颤抖越来越剧烈，渐渐地，面前的小怪兽脸色煞白，抖成了片风中的叶子。

他连忙放开手，喉头一滚，匆匆为自己解释："这点程度都应付不来，还想演颠倒众生的女魔头，你有点困难啊！"

他刚说完，就看见颤抖个不停的小怪兽如同被点了穴，静止了两秒，接着劫后重生般露出又哭又笑的表情，说："吓……吓死我了！"

吓死她了？

明明是吓着他了好吗？他到底是青面獠牙还是三头六臂，说句"喜欢你"居然能把女孩吓成这样？

止浔本是存了逗弄小怪兽的心思，哪知道没逗到她，倒是让自己碰得一鼻子灰，二十五六年来的自信都坍塌了。

"你应该先给我打个预防针的……"苏白梨脸上的血色回来了，红润的小脸上挂着笑，"我就能接上了……不就是被告白嘛！这种场景，我们在表演课上不知道模拟多少回了。"

海风吹起她的头发，遮盖了半张面孔，更显得她又小又稚气。

她挑起嘴角，眼中带着一抹轻视："只可惜，我不喜欢你。"

未等止浔回应，她又双手捂着脸颊，眼含羞涩地看向他，又迅速闪躲："真……真的吗？我以为你喜欢的是婉婉。"卡壳了一下，她又面不改色地改口："我以为你喜欢的是玲玲。"

"别跟我说喜欢！"苏白梨杏眼一瞪，凌厉中透着绝望，声音凄厉，"骗了我那么久，你以为我还会傻到相信吗？你再说一次喜欢我，信不信我杀了你？说一次，杀一次！"

止浔心想：这丫头，平时都在看些什么东西？！

就在止浔在苏白梨戏精般分裂的表演中快要发飙的时候，身边柔弱的少女忽然毫无预兆地扑了过来，双手搂着他的脖子，脸贴在他耳边。

少女沐浴后的芬芳顿时将他包围。

柔软的发丝在他脸颊扫来扫去，就像只小手轻轻拂过他的心脏。

"我也……"

随着苏白梨开口，温热的气息拂过止浔的耳郭，那么低、那么柔、那么深情又羞涩的声音响起："喜欢你。"

三个字，一字一字敲在耳边、心头。

止浔无意识地抬起手臂，手指刚碰到她腰后轻薄的罩衫，贴面的女孩忽然猛地退开了。

她的动作太快了，以至于止浔没能及时撤回手，揽住了少女纤细的腰，也避免了她因为幅度太大而从礁石上摔下去。

“怎么样，怎么样？”苏白梨像是完全没有注意到保护着自己的手臂，笑得自得又腼腆，“我早说了，什么风格的角色我都能驾驭，只是苦于没有那个机会。”

止浔不动声色地撤回手臂，只觉得接触过她的地方一片火热，他拉扯了一下浴袍的袖口，躲开了她孩子般求表扬的视线：“还可以。”

苏白梨双手撑着礁石，仰面看向星空：“将来，总有一天，我一定要过瘾地把所有角色都演一遍，你等着吧！”

“好。”

苏白梨偏头看他，见他正单手撑着礁石，以与她如出一辙的姿势仰望天空，便不再说话了，下意识地摸了一下自己的脸颊，火热的。

看来，她的演技还不够收放自如，都演完了，脸还红着。

对自己高标准、严要求的苏白梨不知道，在她身旁的大魔头另一只手正在抚过被她温热呼吸拂过的耳朵，内心深处，正恨不得将撩人不成反被撩的自己回炉重造。

直到天蒙蒙亮，苏白梨才打着哈欠，和止浔一起回酒店，电梯里她按下十六层的按键，却不见他动。

“你几层呀？”她手指停在按键上。

止浔：“十六。”

苏白梨“哦”了一声，迷迷瞪瞪地退到墙边，等门开了，晃晃悠悠地往前走，却听见某人的脚步声紧随其后。

“没事的，我自己可以，不用送我。”苏白梨打着哈欠说。

“谁在送你？”

苏白梨眨巴着眼睛，瞅着他刷开了自己隔壁的酒店房间，然后头也不回地关门，连句晚安都没说。

真是个喜怒无常的大魔头！她一边揉眼睛，一边开门回了自己的房间。

隔壁的门后，靠在门背后的止浔直到听见隔壁的门锁落下后才离开，走进卧室就倒在双人大床上，张着手臂平躺着，对着天花板发呆。

他那句“我喜欢你”，初衷确实是想逗弄她，嘲笑她反应太慢、演技不够……可她那句“我也喜欢你”给他心底带来的悸动，不在预料之中。

二十六年来，他的脑海里从来没有一个人的容貌像苏白梨这样清晰得纤毫毕现，就连说话时的气音，唇瓣翘起的得意弧度都那样鲜明。

他的“我喜欢你”或许是假，可她的“喜欢你”溅起的涟漪却是真。

止浔掩住自己的眼睛，试图把在眼前晃悠的明媚身影打散，可是黑暗里那双笑眼反倒更加清晰。

“苏……白梨。”

安静的房间里，男人低沉而不确定的声音轻轻响起。

苏白梨醒来时，心头一惊，摸过手机一看，果然已经日上三竿，赶紧洗漱下楼。

果然，等她赶到大厅的时候，工作人员已经开始忙碌了。

她一眼看见徐望南正在大堂角落里和人说什么，那人听完又在装饰架上调整了一下镜头。

等人走了，苏白梨才过去问：“这是干吗呢？”

“调整镜头啊……”徐望南瞟了眼装饰架上的摄像机，“光靠跟拍怎么够呢？当然还要有固定机位。”

苏白梨：“昨天这里有吗？”

“昨天是放在餐吧的……”徐望南问，“有什么问题吗？”

苏白梨：“没……没有。”昨夜出来觅食，该不会也被拍下来了吧？

“大魔头人呢？”

徐望南停下手中的工作，打量了她一眼：“一起床就找浔哥？你俩关系什么时候这么亲近了？”

“不是，主要他睡太晚，我怕他今天睡过头了……”

徐望南：“白梨？”

苏白梨茫然地“嗯”了一声，不懂徐望南为什么忽然露出那种不怀好意的表情。

“你怎么知道浔哥睡得很晚？”

“昨天我们……”她顿了下，忽然不想说了。

“你们干什么了？”徐望南正兴趣盎然地打听，忽然听见酒店大门口传来一阵骚动。

一群穿着光鲜的年轻女孩拥了进来，叽叽喳喳地说个不停，苏白梨只隐约听见“陆羽”“石屿”之类的名字。

看来是打听到节目组行程的粉丝，一路追过来了。

一群人去前台订房，可酒店早就已经客满，无房可订了，她们只好悻悻然地在大堂里商量对策。忽然，有个女孩看见了正在一边的苏白梨，顿时眼睛一亮，从人群里跑了出来。

“那个，小美女……”女孩亲热地招呼苏白梨，“你是住在这个酒店不？”

苏白梨愣了下，点点头。

“一个人住吗？”女孩连忙追问。

“嗯……”这跟她有什么关系吗？

“太好了！”女孩兴奋地掏出钱包，“这样好不好？我跟你拼房，酒店的房钱都由我出，好不好？”

苏白梨有点蒙，这是什么操作？

女孩见她迟疑，又加码道：“另外再给你两千块现金当成酬劳好不好？”

苏白梨完全没遇见过这种事，看着她递来的红钞有点愣，忽然被人轻轻搭着肩带走了。

“不方便。”止浔面无表情地说。

女孩本还想再争取一下，结果一抬头，才看清来人竟然是止浔！女孩一声尖叫，惊喜得脸涨得通红。

“浔大！”女孩的尖叫惹来了其他人的注意。

很快，苏白梨和止浔就成了人群包围中的孤岛。

她从来不知道，止浔的知名度居然完全不在陆羽等人之下。这大魔头，不过是长了张好脸蛋而已，明明自大又毒舌，究竟有什么值得喜欢的？

在拒绝了又一个前来要求合影的女孩子之后，止浔终于看见从外进来的徐望南，忙招呼他过来。

徐望南一看这架势，心知节目组的行程又被泄露了，只好带着工作人员将粉丝们从大厅带走。

“她为什么不走？”

徐望南回头一看，女孩指的正是站在止浔身后的苏白梨。

“她是剧组成员。”

徐望南打着哈哈，承诺会在所有嘉宾到齐之后安排一次官方的见面会，这才把粉丝们都安然送走。

“怎么还愣着？”止浔正要去忙，发现苏白梨还呆立着，又回身问道。

苏白梨喃喃道：“我都不知道，你这么受女孩子欢迎。”

止浔瞥了她一眼：“你不知道的还多着呢。”

苏白梨撇撇嘴，嘚瑟！

作为专业的摄影师，止浔对光影的把控能力业界出名，只是他很少出手，更从没参与过这种综艺节目。

半天之后，节目组的年轻小伙已经对这位空降的摄影指导心服口服，鞍前马后地跟着取经。

苏白梨没再与止浔近身，只远远地看着他指导工作，或是独自调整镜头。

此前她一直不知道除了脸，大魔头到底还有什么魔力能招蜂引蝶，这半天时间倒是让她发现，专注地凝视镜头的大魔头就像从西方壁画里走出来的神祇，高高在上，不容亵渎，而相机就是他的法器。

她坐在沙滩的秋千上，一边荡一边隔着落地玻璃看着止浔出神，他调整相机的时候有一种特殊的气质……

忽然，他手中的相机一闪，正是对着她的方向。

苏白梨疑惑地左右张望，没能弄清楚他刚刚是在拍什么，再看他时，他已经若无其事地走开了。

“来了！来了！”有人出声张罗着。

原来是剩下的嘉宾陆续抵达酒店了，休假时间正式结束，苏白梨打起精神跟着众人迎过去，结果当先就看见被人打横抱在怀中的何婉。

她自然蓬松的卷发微微遮盖了苍白的脸，一只手无力地垂着，看起来虚弱不堪。

苏白梨急忙跑上前：“婉婉这是怎么了？”

“身体不适，我先送她上去休息。”

听见声音，苏白梨才发现戴着墨镜抱着何婉的人是石屿，顿时退开一步，让他们离开。

K哥和石屿的助理也跟着上去了，留下欲言又止的陆羽、艾丝拉等人。

办理手续的时候，苏白梨听见艾丝拉用非常不屑的语气对陆羽说：“这个石屿不简单，为了流量还真拼。”

陆羽轻笑：“为了节目效果，无可厚非。”

“我看这可不是节目效果……”艾丝拉抚摸着指甲，“这儿所有人里，何婉算最红的一个，他是怕被你们抢走了吧。”

一语既出，贵宾室里的人都没接茬。

艾丝拉扑哧笑出声：“别这么看着我，这都是当年我们超模秀里玩剩下的，这个圈子里谁不懂啊！”说完，又看了眼四周，确定不是在拍摄中，才继续说，“陆上仙，既然何婉已经选了石屿，你不如跟我一组吧？”

陆羽看了眼其余的人：“为什么选我？”

“当然是因为你我人气相当。”艾丝拉瞟了阿葵一眼，“不像有些人，只能跟没名气的小鲜肉混在一起。”

阿葵原本坐在苏白梨身边，被她一激就要回嘴，却被苏白梨拉住了。

“阿葵……”苏白梨用极低的声音说，“这里有镜头。”

阿葵抿嘴一笑，眼珠子骨碌碌地转：“我就觉得莫侨挺好，我爱唱歌，他会跳，琴瑟和鸣有什么不好？”

一直没开口的莫侨耳根子忽然红了。

苏白梨觉得，琴瑟和鸣这个词用得仿佛是有那么点儿问题，可又说不上来问题出在哪里。

助理们办好了手续，来请嘉宾回房间休息，人这才陆续散了。苏白梨打算起身时，才注意到一直坐在角落里，从头到尾摆弄着手机一言不发的男人。

那个获得国际拳击擂台赛冠军的年轻男人池弥独自坐在角落，双肘撑在膝头，正盯着手机屏幕出神，屏幕上的白光映亮了他轮廓硬朗的面孔。

苏白梨咽了口唾沫，以现在的趋势看来，自己很可能要跟这个可怕的男人组 CP（情侣），这人一拳怕是能把她直接打出海岸线吧……

她正惊慌地胡思乱想，男人忽然抬起头来，黝黑的眸子一眨不眨地盯着她。

狭长而黑白分明的一双凤眼，在冷傲硬朗的面孔上居然毫不违和，反而让人移不开视线。

只是……苏白梨几乎怀疑是自己看错了，这个看起来强势冷血的男人，眼睛似乎有些红？

他的目光在苏白梨脸上停留了一会儿，忽然冷漠地挪开了，连声招呼也没有打。

这种钢铁直男，究竟为什么要报名参加恋爱真人秀？苏白梨绝望地想，这不是平白给女嘉宾增添表演难度吗？

什么样的女子能和这个孤狼似的男人相爱？苏白梨脑海中渐渐浮现了一尊慈眉善目的菩萨像……

正当苏白梨在去健身房的路上，魂不守舍地为前途担忧的时候，她被人喊住了，她一抬头，看见逆光而来的人，顿时转身就想溜。

“等一等。”石屿快步追上她。

苏白梨："有……有什么事吗？"

石屿将她拦在自己和墙壁之间，低头问："昨晚没睡好？黑眼圈都出来了。"

苏白梨背贴着墙壁，大气都不敢出："睡得挺好的。"

"那是身体不舒服？"

"舒服……"苏白梨连声说，"舒服得不得了。"

石屿沉默了片刻："你在回避我吗？"

"没有啊……"苏白梨看着走廊尽头，盼着有人出现，"我就是……就是……那个，婉婉的身体怎么样了？"终于找到话题，她如释重负地问。

"她生理期，加上轻微中暑。"石屿坦然地答。

苏白梨脸一红，生理期这种事，他都知道？

"哦哦，婉婉没事就好。"苏白梨勉强地笑笑，拿食指点了点走廊尽头的健身房，"我去跑会儿步。"

过了两秒，石屿并没有准备让路的意思。

苏白梨眉头都要打结了："让我走一下，可以吗？"

"这里没有别人……"石屿用手臂挡着她，垂着眉眼，低声说，"你从前不是这样和我说话的。"

苏白梨缩了缩脖子，闷声说："那是小时候，不懂事。"

"这几年在国外……"石屿抿嘴，自嘲地笑了笑，"我很想你，小梨子。"

苏白梨触了电似的，一把推开他的手臂，往健身房的方向连着跑出十来米，才惊魂未定地停下来，扶着墙，似乎怕他再追上来似的。

石屿正想开口，她见状转身就跑，一路进了健身房，再也没回头。

抬起手臂，低头看了眼被她碰过的地方，石屿深深地叹了口气，转过身，便看见电梯门边不知何时站了人，定睛一看，才认出是那个与小梨子走得很近的摄影师止浔。

"止老师。"石屿将手臂放下，微微颔首。

止浔眼眸微垂，目光从石屿的手臂上扫过，若无其事地问："来锻炼？”

“路过。”石屿笑笑，“熟悉一下酒店环境。”

止浔点头，越过他走向健身房。

石屿原本温和谦逊的目光，在他离开之后变得阴沉，手指紧握，手背青筋暴起。

九点甜

因为是你呀

一进健身房，止浔就轻而易举地在靠窗的跑步机上找到要找的人。

小怪兽穿着简单的白色背心、运动短裤和球鞋，用杏色格纹的发带将头发固定着，正在玩命地跑，就连他在身后站了许久也毫无察觉。

直到她终于按下停止键，双手叉腰站在跑步机上直喘气，一瓶矿泉水被适时地递过来，她才发现身边有人。

“你怎么来啦？”

仍旧是那个娇软又轻快的调子，先前在走廊里，小心翼翼的小姑娘已经不见踪影。

止浔心头生起疑惑，悠然地在跑步机上边跑边说：“锻炼锻炼。”

苏白梨不疑有他，瞟了眼他的显示器：“大神都是跑多远的？八公里？十公里？”

“随便跑跑。”

于是苏白梨一边做拉伸一边等他“随便跑跑”，可是直到她拉伸完毕，又去冲了澡回来，大魔头居然还没跑完！

“十五公里？！”苏白梨倒吸了一口冷气。

这还是人吗？随随便便跑个半程马拉松玩儿吗？

止浔终于按下减速键，一边放松，一边轻嘲道："这算什么，半座山峰都翻不过去。"

苏白梨哭丧着脸："我们肯定是构造不同……"

"嗯，是不同。"止浔从跑步机上走下来，顺手取过隔壁机子上的矿泉水瓶，拧开后仰头一饮而尽。

苏白梨盯着他喝完才反应过来……

"这是……我的水……"

止浔随意地甩手，将水瓶丢进垃圾桶："嗯，但是是我买的。"

问题的关键不在这里好吗？！

止浔从前台拿了块干净的大毛巾，搭在脖子上，手拉着毛巾两端回过身："你得好好锻炼，现在这个体能当不了好演员。"

他脸上湿漉漉的，鼻子和脸上透着红晕，看起来比平素要亲和得多。

苏白梨说："怎么练，你教我吗？"

她本是随口一说，谁知他接得很快："我教你。"湿润的睫毛下，那双冷淡的眸子里居然隐约带着些许期盼。

苏白梨心头莫名一动："什么时候啊……"

"每天上工之前……"止浔看着她，"六点，你起得来吗？"

苏白梨咬咬牙："能。"

止浔嘴角一勾，抬手在她凌乱的刘海上随意一拨："乖。"

然后，他就看见小怪兽像只猫咪似的缩了缩脖子。

两人从酒店大堂经过，电视里正在播放娱乐新闻。

"明氏集团继承人明伦今日召开新闻发布会，宣布将在本周六，正式与地产帝王戎正廷之女戎容结婚，婚礼在——"

哐啷。

一杯饮料被打翻在地，侍应生慌忙前来整理，而起身带翻杯子的男人却已经大步流星地推开酒店大门，狂奔而去。

苏白梨盯着跑走的男人魁梧健硕的背影："那不是池弥吗？"

止浔"嗯"了一声，那个男人的气质与旁人不同，他倒也有些印象。

“出什么事了？他看起来有点奇怪。”

止浔似笑非笑地说：“是在担心没人和你组 CP（情侣）吗？”

“谁说我一定和他一组？”苏白梨揪着鼻子，“不是还没定吗？”

止浔但笑不语，电梯一来就率先离开了。

他真是喜怒无常！

结果，当晚的节目组会议上，苏白梨就得到了通知，她果真与那个池弥分在一组。

阿葵双手合十向她道歉：“经纪人让我在池黑马和白天鹅之间选一个，我考虑了一下，以我这暴脾气如果跟对方吵架难免动手，池黑马一拳下来我怕是得散架！你不一样，你柔柔弱弱的，他绝对下不去手的……”

苏白梨哽了一下。

谁说的！她一点都没觉得那个池弥对自己有半点怜香惜玉之情。

“石屿那么厉害，把何婉绑得死死的。艾丝拉这个小妖精，哼，缠着陆羽不放……那我俩也没什么好选择，只能这样了嘛。”阿葵看了眼正在和徐望南沟通的莫侨，“而且，白天鹅这种自恋狂，我不忍心让他祸害你。”

苏白梨正郁闷地想着前路堪忧，就看见有人匆匆进屋来，说：“出事了！池弥那边单方面要求退出节目组——”

池弥临时退出的解决方案没那么快出来，节目的拍摄却不能耽搁，于是除了苏白梨那组没确定，其他三对就这么确定了。

为了增进彼此间的亲密度，节目组在傍晚安排了一场沙滩排球赛，情侣对抗。

“我们婉婉大病初愈，怎么能立刻做这种剧烈运动？”K 哥带头反对。

工作人员刚为难，就听何婉拢着披肩说：“不碍事，友谊赛嘛，我尽力而为就好。”

石屿接过话：“有我在，不会让婉婉有事。”

何婉抿嘴笑了笑，并没有反对他的说法，施施然离开了。

“小白脸。”坐在苏白梨身后的艾丝拉不轻不重地哼了一声，推着陆羽的肩膀站起身，“出去走走吧，这房间里真闷。”

陆羽随手将她的太阳帽轻扣在她发顶，倒真有几分像她的男朋友。

艾丝拉经过苏白梨身边，看见她白里透红的小圆脸，忽然拿食指在她下巴上一挑，半真半假地说：“可怜了我们白梨妹妹，一下就变成了孤家寡人。不然，索性退组吧，我重新给你推荐一档节目。之前档期冲突，被我推了，不过……人家是美妆类，就不知道你能不能行。”

苏白梨心里硌硬，感觉她手指冷得跟条水蛇似的。

苏白梨眉头微蹙，向后仰了点避开她的手指：“不用了，谢谢。”

艾丝拉笑着收回手：“别逞强，这边可说不定什么时候就解约了，到时候可就空窗没钱赚了。”

“没关系……”苏白梨察觉到四周投来的目光，不想再为这种事儿被人围观，站起身，“我不差钱。”

艾丝拉闻言一愣，继而捂嘴笑了起来：“这小妹妹可真是有意思。不差钱，不差钱你为什么来参加这节目，还不是为了蹭热度出名赚钱吗？我这人呢，就看不惯别人虚伪。”

苏白梨胸口堵得慌，想发火，奈何她从小就是软性子，没当众发飙过，只好一边在心里安慰自己不要跟对方一般见识，一边离开。

谁知她刚走到门口，就被个高大的身影给拦住了。

她抬头，正看进止浔漆黑的眸子里，他关切地看了她一眼，将目光投向看好戏的艾丝拉。

“宋导都没说让苏小姐退组，艾小姐这墙脚挖得会不会太快了？”止浔语气平淡地说。

艾丝拉一张俏脸顿时涨得通红，这个摄影师到底什么来头？怎么一点规矩都不懂？

艾丝拉本名王丽娟，模特出道的时候改了艺名，这事儿被黑粉揪着嘲讽了很久。圈子里也都知道艾丝拉不是本名，自然不会叫她艾小姐。

如今止浔口中这三个字听起来着实讽刺。

艾丝拉不认识止浔，可陆羽认识。他不动声色地揽过艾丝拉的肩，息事宁人地说："走吧，再晚太阳都要下山了。"

艾丝拉这才不情不愿地从苏白梨身边走了出去，末了还瞪了她身边的止浔一眼。

无端被嘲讽的苏白梨憋着一肚子火，气鼓鼓地准备走，却被拉住了胳膊。

"干吗啦？"她的声音里带着一点儿怒气，却在看见那双写着关切的眼睛之后软了下来，"我没事。"

止浔拉着她的手臂往外走："带你去个地方。"

从酒店后门沿着沙滩往南走，柔软的细沙渐渐掺杂了石子，到最后脚下已经碎石嶙峋，所以人越来越少，很少有游客再往前走。

"你要带我去哪儿啊？"苏白梨回头，酒店沙滩上的人已经远得看不清面目了。

止浔对着面前的岩石抬了抬下巴。

苏白梨立刻苦着笑脸摇头："不行，这我上不去！"比她人都高，难道她要手脚并用吗？

正说着，她就看见止浔在面前背对着她弓下腰身，顿时吓得连连摆手："不行不行……"踩着这大魔头的背爬上去，怕是要被雷劈！

"上来。"

苏白梨不肯，他便不动。

过了几秒，止浔回头，嘴角一勾，道："还是说，你想我抱你上去？"话音刚落，就看见小怪兽敏捷地脱了鞋子拎在手上，小白脚丫抬起，道："你确定哦？"

这小东西真的太轻了，等她的重量在肩头消失，止浔站起身，仰头对上方一脸谨慎的苏白梨说："你的饭都吃到哪里去了？"

苏白梨忐忑地打量着他，还好，似乎真的不吃力，然后便见他伸手，长指攀住岩石边缘，轻轻松松地上来了，不由拊掌："好功夫啊，好功夫。"

"这不是功夫，是体能。"止浔在她脑门一弹，"你最缺的东西。"

苏白梨抹了抹额头："知道你体能好，大胡嫂跟我说过的，做你们这行的，体能都好。"

止浔一顿，回头凝视着她："她跟你说这个做什么？"

苏白梨一愣，对哦，大胡嫂为什么要特意跟她说大魔头的体能好？这跟她有什么关系……这样想着，她乖乖地摇了摇头。

"不知道就别乱说。"止浔耳根发热，回过头，"注意脚下，别滑到海里去。"

这是贴着崖壁的一段石头路，一米见宽，平坦有余但并没有围栏，苏白梨心大，本不觉得有什么可怕的，被他这么一提醒，心里反倒七上八下起来，听着浪涛拍打脚下礁石的声音，脚都开始发软了。

止浔见她没回应，一回头才看见她壁虎似的靠在崖壁上，正一点儿一点儿地往前挪，顿时觉得好气又好笑，转身三两步走到她身边，伸出手。

苏白梨立刻毫不犹豫地紧紧握住他的手。

别说是牵手！这会儿如果能让她整个人都挂在对方脖子上，她都乐意！

没想到，这路居然越来越窄，眼瞅着已经从一米变成了半米……

止浔察觉到小手攥得更紧了，嘴角微勾，起了坏心眼，加快了脚步，果然，身后立刻传来惊呼："慢……慢一点啊……"

他停下脚步，回过身，两秒后，苏白梨八爪鱼似的缠住了他："我不走了，说什么都不走了！"她靠在他胸前，声音发闷，带着哭腔。

止浔想松开她的手，奈何她跟拽住救命稻草似的，拽得死死的。

无奈，他只得一只手牵着她，一只手轻轻地拍着她的背："马上就到了，乖。"

苏白梨只管摇头，马上就到？到哪儿？天堂吗？！她眼睛睁开一条缝，正看见浪花拍打礁石的白色浮沫，顿时一个激灵缩回脖子。

她想回家……

忽然，身子一轻，苏白梨的惊叫脱口而出：难道是滑下去了！

心惊肉跳地睁开眼，她才发现自己还贴在大魔头身前，他像夹小孩子似的搂着自己的腰，稳步往前走去。

直到止浔重新将怀里的人放在地上，她都没有再发出第二个声音。

她被吓傻了吗？

苏白梨低着头，止浔看不见她的表情，只好弯腰凑近她，这才看见她脸色发白，嘴唇发抖，眼睛还死死地闭着。

“小怪兽……已经到目的地了。”

她毫无反应。

“不可怕，你睁眼看看。”

她低着头，闭着眼，双手紧紧攥着，浑身紧绷，压根不理他。

止浔无可奈何，伸手拉起她的双手，往自己腰上一缠，又自己固定住她的手臂，下巴压在她柔软的发顶，哄孩子似的说：“行了，这样如果你掉下去，我也一样逃不掉，这下放心了吗？”

一动不动的苏白梨这才先睁开了右眼，发现只能看见某人的前襟，又缓缓睁开双眼，踮起脚，从他肩头看向后方。

只一眼，她顿时松开了胳膊，向外快走几步，惊喜满面地对着碧蓝的海湾，完全不舍得眨眼。

这是一处凹口的洞穴，海水在这里几乎是静止的，碧蓝一片，宛如水晶。

“你好厉害，怎么会找到这个地方？”

像是完全忘记了几秒之前的恐惧，小怪兽的快乐来得又快又纯粹。

止浔无意识地摩挲着牵过她的手：“听当地人说的。”

“这么漂亮的地方，居然没有游人……”苏白梨想了想，感慨，“不过也是，就算知道这里，也没几个人有胆子找过来，你可真不愧是大魔头，胆识过人。”

止浔挑眉。

苏白梨吐了下舌头，转过身去。

“这里离沙滩很远，没有人能看见你，就算大声呼喊，也没有人会听见。”

“是啊，大声喊也没人能听见……”苏白梨一顿，慢吞吞地回过头，后知后觉地问，“什……什么意思？”

止浔不怀好意地耸肩：“现在才害怕，会不会太晚了？”

苏白梨的包子脸嘟起来，从鼻孔里哼了一声，转过头：“别吓我了，你演坏人一点儿都不像。”

止浔心想：为什么自己总是逗不到这笨丫头？

苏白梨站在岸边，对着晶蓝的海湾怔怔出神。

止浔走到她身边，双手插在兜里，状似无心地说：“在这里喊出声不会有人听见，想说什么就说什么，想怎么发泄就怎么发泄，不必生闷气。”

苏白梨侧头看他，眼睛晶亮：“你怎么知道我生闷气？”

“我不知道啊，随口说的。”他怎么可能不知道？刚刚那个女模特盛气凌人的模样，换谁都会生气，小怪兽性子是软，但并不傻，做演员的说不定还比别人更敏感一些，连他都生气，她怎么可能心里不堵得慌？

苏白梨撇撇嘴，就知道，魔王嘴里吐不出好话来。

“可你在这里。”

止浔双手捂住耳朵，闭上眼：“好了，这会儿我又聋又瞎。”

苏白梨忍不住笑得弯起了眼睛，无意识地看了他好几眼，是挺帅的，比……大卫帅，而且只要他不开口，看起来还挺温柔……

“我想当演员……”

女孩儿柔弱的声音很快就消散在海湾里。

止浔低声说：“大点声。”

苏白梨看了他一眼，他仍旧捂着耳朵闭着眼，她深呼吸，双手拢在嘴边又喊了声：“我想做演员！真正的演员！”

“演员”两个字最响，在洞穴墙壁上反弹，形成了连环的回音。

她像是受了鼓励，又喊道：“我要让所有人都知道，苏白梨是个好演员，到哪里都能接到戏，演什么就像什么！”

顿了顿，她忽然又喊了一句：“我——还有，我不差钱！”

止浔忍不住笑出了声——这只记仇的小怪兽啊……

听见他的笑声，苏白梨才发现他不知什么时候松开了捂着耳朵的手，正用一双曾经总是冷淡的眸子凝视着她，带着藏不住的笑意。

这个眼神让她面上一红，她躲开了他的视线："你不是说又聋又瞎的吗？"

"嗯，前几句的时候确实是……"止浔忍着笑意，"但最后一句我听见了，嗯……你确定你不差钱吗？"

想到自己干瘪的钱包，苏白梨立刻像泄了气的皮球，她道："还不都赖你！如果不是你把最后五百买了发带，起码我还有一点儿现金傍身。"

"五百块，能比我还有用吗？"

苏白梨没听明白，迷迷瞪瞪地抬起头，恰与他四目相对："什么意思？"

"意思是，这些日子你只要跟着我就好。"止浔单手抚过她的后脑，让她面对着山洞外的天空，轻声说，"准备好了吗？"

"准备好什么？"

"微笑。"

话音刚落，螺旋桨的嗡嗡声就由远及近——一架无人机从山洞顶上慢慢降落在海湾上方，机身上的摄像机工作灯有节奏地闪烁着。

苏白梨出于职业习惯，对着镜头歪着脑袋晃了晃手，可整个人还是蒙的，开口问："这是怎么回事？"

"池弥退出节目组了。"

"我知道呀。"这无人机还要拍到什么时候？她笑得脸都僵啦！

止浔侧过身，低头看向她："我来取代他。"

苏白梨的手停了下来，看向面对自己微笑的大魔头："所以你现在是……"

"嗯……"止浔点头，"暂时是你的准男友。"

话音刚落，刚刚还是静态小仙女的苏白梨已经顾不上无人机还在航拍，受惊过度，不知道该把手放哪儿，一会儿攥攥衣摆，一会儿摸摸头发，脸憋得通红。

"小怪兽。"

"啊……在。"她还没完全消化要跟大魔头在镜头前谈恋爱的消息。

“这里很偏僻，也有点危险，来的路上你也很害怕，对不对？”

“是啊！”

止浔拉住她还在乱摸头发的手：“那你为什么还跟着我来了？”

为什么呢？因为他说要带她来，让她别害怕，因为她莫名就是……相信他啊！

过了许久，慌乱失措的小姑娘终于慢慢镇定了下来。

轻柔的声音在洞穴中响起，带着回音：“因为那个人是你呀。”

直到回酒店，苏白梨还处在发蒙的状态。

走在她前面的大魔头心情很好似的，居然主动和徐望南打了招呼。

徐望南一副撞鬼的表情，拉着苏白梨私下问：“浔哥顶替池弥的事，事先跟你商量了吗？”

苏白梨摇头。商量？只怕她是最后一个知道的吧。

“奇了怪了……”徐望南挠头，“他这种人，怎么会愿意参加综艺，而且是需要上镜的这种，真是活久见。”

“他是哪种人？”苏白梨问。

“你知道他曾经拿过许多摄影大奖，也曾在颁奖礼上一战成名，一夜之间微博粉丝数破千万。”徐望南感慨道，“可是几大主流媒体找他做个人专访，无一例外都被拒绝了，他给出的理由是——离作品近一点，离生活远一点。”

苏白梨微笑：“没毛病啊！”

“是，没毛病，可是这种态度的男人怎么会愿意上电视谈恋爱？”徐望南想破脑袋也不明白，“你们做演员，求知名度无可厚非。他呢？他求的是什么？”

苏白梨下意识地在人群中寻找止浔的身影，哪知他居然刚好也看过来，嘴角一勾，微笑起来。

“我……我哪知道。”苏白梨慌忙躲开了，“总之，他既然顶替池弥，那就是我的搭档嘛。放心，我能搞定。”

徐望南看向成竹在胸的小表妹，忽然有种女大不中留的伤感，吸了吸鼻子。

众人都在准备一会儿的沙滩排球赛，苏白梨也不例外。

节目组替他们准备了泳装，本是安排何婉先挑，结果K哥说自备，这才轮到其他人去选款式。

艾丝拉嫌弃剧组的款式保守，也放弃了。

只剩阿葵和苏白梨对着一桌的新泳衣发呆。

这两人都不是传统意义上的肤白貌美大长腿，阿葵个头不高但是骨架大，因为是唱跳歌手所以身形很结实，但不够纤细，而且麦色的肌肤使得她自带狂野。

而苏白梨则完全和她相反：白皙纤弱，有腰有腿，没胸没臀，满脸的少女的稚气。

门被敲响了，苏白梨回头便看见止浔和莫侨正站在门口，摄像大哥扛着设备兢兢业业地跟在后面。

“说是要互相挑选服装……”莫侨干净的脸上有一丝红晕，眼睛也不知道看哪儿，“你有什么要求吗？”

阿葵挑眉：“这儿有两个女孩子，你问谁呢？”

莫侨无奈，只得抬起俊秀的脸孔：“我在问你。”

阿葵这才满意地笑笑：“36D，其余随意。”

话音一落，苏白梨就眼见着天鹅君的脸一路红到了脖子。

阿葵哈哈大笑，一边说着“得了，那我去给你挑泳裤”一边往外走，回头又招呼苏白梨：“梨子，你的尺寸呢？告诉浔哥哥啊！”

这下轮到苏白梨发窘：好姐姐！摄像机还开着，现场有三个男人在，能不能别这么生猛？

哪知止浔抬手在她头顶轻轻一揉：“知道了，你去吧，这里交给我。”

阿葵眨眼：“你知道了？你怎么知道的？”

苏白梨推了她一下：“走啦走啦，再不去一会儿来不及……”

阿葵叽叽咕咕地贴着她耳边：“梨子你跟我说实话，我保证不告诉别人。你若和那大魔王早就假戏真做了，我来推波助澜啊！”

苏白梨回头，见摄像大哥还在跟拍止浔和莫侨，这才放心地挽住阿葵的手：“不是啦，他也是被逼的，池弥退出总要有人来填坑，他也是临危受命……”

阿葵摇头道：“我看大魔头可不是那种会好心救场的人。”

确实不是。

两人到个隔壁，开始面面相觑。

挑……泳裤？这种东西，怎么挑？！女款泳装好歹还有点款式，男款无非长短、宽窄，最多再从黑白灰褐里挑个颜色，还能怎样？

“这个吧……”阿葵拎起一条，“白天鹅穿这个……嘿嘿嘿。”

苏白梨绝望地看了眼她手中大红色太阳花的裤衩，内心无限同情可怜的天鹅君。

“你呢，快给大魔头挑一条。”阿葵沉吟，“他那种人穿衣显瘦，脱衣有肉……秉着造福观众的选择，我觉得这条不错。”

“不行！”苏白梨毫不迟疑地否决了。

“为什么？”阿葵晃着手里的黑白小短裤，“我瞅着挺好——哎哎，你往哪儿塞？”

苏白梨手脚麻利地把阿葵选的短裤塞到最下面藏起来，然后重新在及膝沙滩裤里寻找。

终于，一条黑底墨绿镶花边的沙滩裤入了她的眼——跟他在机场买的衣服绲边有点相似，大魔头大概就喜欢这种款吧。

“太保守了！”阿葵念念叨叨地说，又看见苏白梨拎着衣服往楼上去，问，“你干吗去？马上沙滩集合啦！”

苏白梨小跑着：“你先去，我拿个东西就来！”

酒店的沙滩被剧组租用了，粉丝们都站在隔离带之外，苏白梨匆匆地跑下来的时候，才发现何婉她们都已经披着防晒服在太阳伞下等着了。

“对不起，我来晚了！”苏白梨抱着给止浔选的短裤，匆匆向众人道歉。

“磨磨唧唧的，一点小事都拖拉。”艾丝拉轻声数落说，“不知道的还以为她腕儿最大。”

苏白梨听见了，瞟了下腕表，刚好是集合点，其实她没有迟。

一只手从她身后，将她怀里的泳裤拎了起来，她下意识回头，看见止浔正看着她选的泳裤，眉眼间甚是满意。

她就知道！他肯定就喜欢这款花色！

“白梨和阿葵去更衣吧……”徐望南说，“浔哥和莫侨替两位选的衣服已经放在更衣室了。”

苏白梨忐忑地看了止浔一眼，大魔头替她选了什么？万一，尺寸不合适……穿着往下掉，或是胸口瘪瘪的怎么办？

可止浔只是轻轻点了点头。

更衣室里，两件泳衣并排放着。

没贴名字，可是苏白梨和阿葵绝对不会弄岔——一件正红色比基尼，和一条白底绿绲边的连体泳衣。

“没想到，白天鹅还挺懂我的嘛。”阿葵看了眼苏白梨手中的泳衣，“不过你这件什么鬼？小学生上游泳课吗？”

苏白梨把衣服抱在胸口躲进更衣室。

她觉得……好极了！

“还要等多久？我们直接开始算了。”艾丝拉抱怨说。

“着急的话，你可以先上。”戴着太阳镜的何婉不疾不徐地回了一句。

艾丝拉动了动嘴，碍于人多，终于没再吐槽。

终于，一红一白两个身影从远处走来。

“止老师，那是你给我们白梨妹妹选的童装吗？”艾丝拉幸灾乐祸地说，“真是合适啊！”

止浔看都没看她一眼，目光始终追随着白梨：“我不记得有教过你，一声老师愧不敢当。”

艾丝拉不明白自己怎么一直在被这男人针对！

两个女孩越走越近，止浔终于看清了苏白梨的模样，她果然穿着他选的白色泳装，纤细的四肢与白皙的肌肤被这身干净的衣服衬得像从写真里走出来的二次元少女。

等一等……

他的目光渐渐变软，嘴角弧度越发明显，他的小怪兽居然把短发用发带扎了起来，黑亮的发丝之间若隐若现的正是他在机场五百块买的那一条。

显然，不只止浔发现了这一点，其他人也纷纷看向他——这发带与他的泳裤印花同系！

她居然这般有心……

苏白梨站到止浔身边，忍不住偷看了他一眼。这是怎么了？她怎么觉得这大魔头像是中了邪似的，一直冲她笑？难道，她看起来真的幼稚到可笑？

止浔接收到她的目光，嘴角勾起的幅度就更大了，手在她头顶轻轻揉了揉，一切尽在不言中。

居然故意搭配情侣装……他的小怪兽也不算太不开窍嘛！

比赛抽签定组，最终苏白梨、止浔对阵何婉和石屿。

这让苏白梨心里又是喜，又是慌，喜的自然是能跟女神接触，慌的是这下躲不过了，必须面对石屿。

“别担心，有我。”

有他更糟……

苏白梨绝望地闭上眼睛——她面临的挑战不止两个对手，还有她身边这个赤着上身、宛如行走的西方雕塑的大魔头！

她不敢看他，看他的脸吧，会脸红；看他的上身吧，会心跳加速……

她只求这比赛快点结束，让大魔头快点穿上衣服！

止浔只觉得自从上了场，小怪兽的注意力就一秒都没停在他身上。

何婉身体初愈，与其说是来打排球，不如说是穿着奢品泳衣来拍写真，身材火辣，姿势也很标准——但就是，不接球。

完全是石屿一个人在战斗。

石屿很白，肩宽腰窄，看得出来一直都在健身，球技也不错，偶尔的扣球还有几分力道。

但是在止浔面前，这都是小儿科。

他不过是没用心，节目嘛……走个过场就好，何必大动干戈。

可……止浔看了眼身边的小怪兽，十分钟下来，这缺乏锻炼的小丫头已经小脸通红，挂着汗珠，一双杏眼一眨不眨地盯着球网对面的石屿。

石屿也不躲闪，嘴边带笑地与她对视，甚至还向她勾了勾手指。

又是一球，明显可以轻松应对，可是止浔居然扬臂一记猛扣，排球以迅雷之势砸入沙地之中。

何婉略显吃惊地看了止浔一眼，还真没料到这个止先生还有如此彪悍的一面，她以为这人没心没肺，对什么也不会上心。

苏白梨目瞪口呆地看着嵌入沙地的排球，这种力道，如果是她被球击中的话，大概会玩完吧……

石屿捡起球，微笑说："止老师看来练过啊！"

止浔手撑在腰后，淡淡地答："随便打打。"

石屿睫毛微垂，单手向后示意何婉稍微退一退，然后高高地抛起了球……

"咯咯，友谊赛点到即止，点到即止啊……"徐望南的声音被隔离线外粉丝们疯狂的呐喊声盖得几不可闻。

苏白梨也察觉到场上的氛围与刚开始有些不同了。

无论是大魔头还是石屿，两人都像在手臂注入了雷霆之力，拼了命地打，以至于她和婉婉已经很久没有碰到球了。

"一球，最后一球定胜负了啊！"借助扩音器，徐望南的声音总算突出重围了。

苏白梨紧张起来，最后一球了啊……

她看向对面已经同样大汗淋漓的石屿，抿了抿嘴。

既然大魔头这么拼，她总不能拖后腿，一边想着，一边跨开腿摆好接球的架势，双目紧紧地盯着将要发球的石屿。

止浔侧目，便看见小怪兽目不转睛，而石屿正隔着球网与她"深情对视"。

“发球！”他声音里带着掩饰不住的不悦。

“石屿……”何婉轻轻地喊了一声。

石屿侧目，见明艳动人的女演员向他使了个眼色，他微微一怔，但很快就垂眸转过了身。

球被高高抛向空中，石屿跃起，球直逼苏白梨而去！

先前你来我往那么久，都是两个男人的角力，一边是大病初愈的何婉，一边是手无缚鸡之力的苏白梨，谁会故意向她俩打？

可是这一球，分明裹着风直接砸向苏白梨！

她可以躲，躲了就会输。

她可以接，但球速太快，以她的体能……

大魔头那么努力，她不可以轻易认输！

电光石火之间，苏白梨甚至来不及细想，已经一边向后仰着，一边迎上了来势汹汹的球。

球直直地砸在她的前臂，过于强劲的冲击力使得她不受控制地向后倒去……

苏白梨紧紧地闭着眼睛，可想象中的疼痛并没有出现。

她眼睛眯着一条缝，慢吞吞地回过头，刚好看见止浔刮得清爽干净的下巴和微动的喉结——他竟然先一步挡在了她的身后，免她受皮肉之苦。

苏白梨想站起来，奈何蹬了两下腿也没能起身，最终还是被止浔托着腰才坐起身来。

“再不起来，明早你就出名了。”止浔低哑的声音带着无奈。

以苏白梨此刻坐在他大腿上的姿势，只怕用不着明早就出名了。

一只大手伸到了苏白梨眼前。

她抬眼，是石屿。

他面色煞白，汗珠顺着微长的额发滴滴滚落，浓眉之下眸光里满是不忍。

见苏白梨没有反应，他一只手撑在大腿弯下腰，靠近了些：“你还好吗？”

苏白梨撇撇嘴，手臂前方被排球砸中的地方还火辣辣地疼，虽然有大魔头做人肉靠垫，可她的小腿肚还是在沙地上擦破了皮，隐隐作痛。

她像是没有看见石屿的手，自己撑着沙地要起身。

一双手托着她的腰帮了她一把。

苏白梨先以为是大魔王，回头刚要道歉，却对上了双柔媚的眸子——是何婉。

“这种球，你居然也敢接？”何婉松开她，又悉心地替她将头发上沾着的沙粒拂落，“小白梨，你可真让人刮目相看。”

婉婉居然主动跟她说话了！

婉婉居然主动碰她，还替她整理头发了！

婉婉……

苏白梨内心的小人兴奋得都快跳出天灵盖了，她红着脸，大眼睛水汪汪地盯着何婉：“我就是觉得，大魔头那么努力，我总不能拖后腿……所以……”

“大魔头？”何婉若有所思地看了站在苏白梨身后的止浔，红唇一弯，“还真是贴切。”

苏白梨惊觉自己兴奋之下失言了，怯怯地看了止浔一眼，可他并没有生气的样子，眼睛正盯着她破了皮的小腿肚。

尽管苏白梨拼命扑救，可那球还是飞出了线外，他俩还是输掉了比赛。

徐望南本想安慰安慰他家可怜的小妹子，一抬眼，才发现人已经被带出去老远了。

浔哥那个生人勿近的大魔王，居然像个二十四孝男友一样扶着小妹子的肩膀，小心翼翼地呵护着她离开赛场。

有戏。

十点甜

换个称呼怎么样，比如……男朋友

两人走在从沙滩回酒店的通道上，无人处。

“对不起，我还是拖了后腿。”苏白梨懊恼地想，看来以后必须加强体育锻炼。

没人回应她。

“大魔……呃，止浔？”

止浔停下脚步，松开扶着她的手，静静地凝视着她。

他没有穿上衣，大毛巾随意地搭在肩头，结实有型的胸肌若隐若现，以至于苏白梨的眼睛都不知该往哪儿看，只能乖乖地与他对视。

他这是怎么了？生气了吗……她为什么觉得他眼睛里有好多想说却没有说出口的话？

“你在生气吗？”

“没有。”

骗人，她分明觉得他气得要打人了……

“我错了，我不该自不量力，抢着去接那个球。如果我不接，让你接，也许我们就不会输了。”

完蛋了，为什么她道歉之后，大魔头的脸更黑了？

“你觉得……”止浔的声音就像是从牙缝里挤出来的，“我是因为输了球赛所以生气？”

苏白梨缩了缩脖子。

“还有……”

“嗯，还有什么？”止浔语气稍霁，看来她还不算无药可救。

苏白梨低下脑袋：“还有压在你身上，造成了不好的影响。”

止浔哽了一下。

低气压警报！苏白梨敏感地察觉到大魔头要发飙了，飞快地抬头瞄了他一眼，果然捕捉到某人喷火的眼睛。

“我……我……”

止浔双手固定住她的小脑袋，逼着她与自己对视：“你这脑袋里装的都是些什么？”

“知识。”她回答得斩钉截铁。

止浔几乎被她气笑了。

眼见大魔头总算面色放晴，苏白梨一口大气才喘了上来：“不是因为输掉比赛，也不是因为我压着你不大体面……那你气什么呢？我道歉，你别气了好不好？”

看着她小心翼翼的模样，止浔忽然觉得有点心疼，她明明不知道自己做错了什么，只是因为怕他生气就这样柔声软语地道歉。

“笨蛋。”再开口，止浔的声音里早已不见了火气，“我早就跟你说过，自己没有错，就别随便说对不起。”

“可你生气啊……”

“我生气也不一定是你的错！”

苏白梨眨了眨眼，更蒙了，不是她的错，那大魔头是在生谁的气？

一声轻咳传来，苏白梨被止浔捧着脸，想要转头看是谁来了却转不过去。

这一幕落在赶来的石屿眼中，就是那个素有大魔王之称的摄影师正捧着苏白梨的脸，随时都可能吻下去。

他脸色又白了三分，敲了敲墙壁，低声喊道：“白梨。”

苏白梨这才听出是石屿的声音，慌慌张张地挣开止浔的手，条件反射般向后躲了一步："有事吗？"

石屿抿嘴，递出手中的药盒："云南白药，你腿上擦破的地方需要处理一下。"

苏白梨摇头："不用不用，止……老师正要带我去上药。"

止老师。

石屿捕捉到了她的这个称呼，嘴角轻轻地勾了一下，走到她面前，拉起她的手将药盒放在她的掌心："我找了许久才找到的。"

苏白梨拿着药盒，扔也不是，收也不是，为难极了。

"我没想到你会接那个球……"石屿温柔地说，"不是故意要让你受伤，看到你摔倒，我很……担心。"

石屿本就长了张温柔多情的脸，声音里像是带着深情，在乐队里，他也是凭借谦谦君子的人设吸粉无数，此刻刻意的温柔几乎没有人能够抵抗。

"我没事……"苏白梨垂下手，虽然口气仍旧僵硬，但比起之前的抵触明显好了许多，"竞技嘛，怪我没本事，不赖你。"

石屿微微笑了下："你不生我的气就好。"说着，抬手就要替她撩开挡脸的发丝。

止浔单手将低着头，压根不知道石屿要做什么的小怪兽向后一拉，避开了石屿的手指。

苏白梨一脸无辜，看了眼大魔头，只觉得刚刚放晴的天又阴了……

"止老师……"石屿与止浔对视，"这段时间，白梨就有劳你照顾了。"

止浔冷眼睇着他："不劳费心。"

"应该的，白梨她是——"

"不是要替我上药吗？走吧，好疼！"苏白梨打断了石屿的话，拉起止浔的手匆匆忙忙地往酒店走，"再不上药，我要失血而亡了……"

止浔低头，看了眼被她牵着的手。

不像他牵人的时候是握手腕，小怪兽心无城府，像小孩子一样是十指紧扣的，小小的手紧紧地拽着他，像是怕他挣脱一样。

“好。”

止浔迁就着她的脚步，连招呼也没有和石屿打，两人并肩离开了。

直到完全离开石屿的视线，苏白梨才停下逃命一样的脚步，直喘气。

止浔弯腰，拉起她的手，从她掌心里扒拉出石屿给的药盒，转身，大步流星走向一边的垃圾桶，踩开盖子，眼都不带眨的，直接将药盒丢了进去，动作干净利落，行云流水。

“走吧。”止浔返回来，重新拉起她的手，恢复成片刻前十指相扣的姿势，“去上药。”

“药被你扔了。”

“再买。”

他走得不快，苏白梨怯怯地说：“钱多啊！”

“嗯……”止浔按开电梯，“是多。”

他钱多，可以先借给她呀。

她缺，缺得紧呢！

止浔刷开自己的房间门，苏白梨想都没想就跟着进去了。

“你都这么没危机意识吗？”止浔蹙眉。

苏白梨站在玄关，迟疑地问：“什么危机？”

算了，对牛弹琴……止浔走进套间，一边在柜子上找东西，一边说：“别走来走去，找个地方先坐下来。”

身后没有回应，他拿着药箱回头，才发现小怪兽正满脸好奇地盯着他放在角落的纸袋。

纸袋不小，敞着口，露出一小截绿色的布料。

“这是什么——哎！”苏白梨刚问了半句，就被止浔拉开了。

他顺手扔了件外套，不偏不倚地盖在纸袋上，面不改色地说：“要扔的东西。”

苏白梨被他安置在沙发上，他扶着她的腿架在茶几上，细心地查看她腿腹的伤口，不免拧起了眉毛——她肌肤白皙，小腿又细，伤口看着更显得触目惊心。

“你怎么会随身带这么多药啊……”苏白梨好奇地看着他药箱里品目繁多的瓶瓶罐罐。

止浔压根没回她，单手托起她纤细的脚踝，另一只手用棉签蘸了碘酒给她消毒。

“嘶——”苏白梨倒吸一口冷气，“疼疼疼……”

“你——”止浔细致得像在处理什么昂贵的艺术品，声音有些低沉。

苏白梨疼得泪眼汪汪，迷茫地问：“我什么？”

“你是不是喜欢石屿？”

空气仿佛凝固了一瞬。

苏白梨没有说话，止浔的动作停了几秒，就又若无其事地继续清理她的伤口。

直到所有被沙砾划破的地方都得到妥善的处理，止浔才故作冷静地抬起头，却不期然地看见坐在面前的小怪兽正泪眼婆娑地看着他。

她就那么喜欢那个人吗？喜欢到提一句都要掉眼泪的程度？

苏白梨从小怕疼，倒不是因为娇气，只是每个人对疼痛的忍耐度不同，而她刚好是忍耐度比较低的那一类。

所以虽然腿上的伤口并不深，但擦了碘酒的灼痛感还是让她情不自禁地红了眼眶。

她感觉太疼了，以至于当止浔问出那句“你是不是喜欢石屿”的时候，她都没能收住泪花，惊讶地睁大眼睛，一滴泪就这样滚了下来。

再然后……蹲在她身前的大魔头就变了脸色。

“不是的……”苏白梨着急地解释，她的眼泪是疼出来的，“我只是疼……”

止浔站起身，随手将弄脏的棉签丢进烟灰缸，侧身对着她：“哪里疼？心里？”

呃，为什么心里会疼？苏白梨愣愣地看着他。

因为从沙滩回来之后着急上药，止浔仍旧穿着她挑的那条沙滩裤，赤裸着上身，侧身对着她的时候轮廓就好像素描课上鬼斧神工的雕塑。

苏白梨的目光无意识地落在他身上，直到他带着压抑的怒气回过身，结实的腹肌近在咫尺，她才恍然抬头："我跟石屿没什么的。"

止浔嘴角微弯："你还说过不认识他。"

苏白梨记起，刚进组的时候自己好像是说过，顿时理亏。

"你说过不认识他，却一直害怕他。你说不在意他，却在这里为他掉眼泪。"止浔越说越觉得心情糟透了，这辈子他几时这样婆婆妈妈地跟女孩子说过话？

苏白梨站起身，光脚踩在柔软的地毯上："我才没有为石屿掉眼泪，我这是……腿疼。"

止浔看着她。

她脸上的神色一点都不像是伪装，这小怪兽虽然演技了得，日常里却完全不懂掩饰。

就在他快要相信她不是为石屿掉泪的话时，她忽然又补充了一句："这辈子我绝对不会再为他掉半颗眼泪了。"

轰——

他感觉心像被雷劈了。

所以，她果然曾经被那人伤过心。止浔从没发现自己的第六感竟然如此灵光！

眼看着大魔头的脸色越来越黑，苏白梨下意识地想拉住他，让他别走，可手伸出去了才发现某人光着膀子，她压根没有能下手的地方，只好尴尬地悬在半空。

止浔垂眸，顺势拉住她伸出的手臂往自己身前一带。

苏白梨的手无可避免地压在他胸口，她躲不开，逃不掉，只能与他四目相对。

如果现在身边有镜子，苏白梨就会发现自己的脸已经红出了一个新高度。

"过去的就让它……过去吧。"止浔声音低沉。

苏白梨点头，是啊，可不是只能让它过去吗？她事先不知道石屿在节目组啊，不然说什么也不会来的。

“不用害怕他……”他顿了顿，像在组织语言，“你有我。”

这下苏白梨就听不明白了，她哪儿怕石屿了？

只不过是一朝被蛇咬……看见就绕道而已。

而且，这陈芝麻烂谷子的事怎么就扯上大魔头了呢？“这事跟你没有关系的。”她真的不想因为自己，害得大魔头被牵扯进来。

话才出口，苏白梨就察觉到手底下某人的胸肌明显紧绷了一下。

呃，难道她又惹毛他了？

止浔面无表情，苏白梨小心翼翼的，空气有一瞬的凝滞。

要道歉吗？可是……大魔头说，不知道自己做错了什么的话，就不要随便道歉。

苏白梨陷入了天人交战之中，只觉得那人的手臂越收越紧，她都快要整个人贴在他怀里了。

她试着推了推他，结果腰后的手猛然收紧，她整张脸都贴上了某人结实的胸口。

完蛋，她彻底把他惹毛了。

“我知道跟我没关系。”他语气森然，可下一秒，又不忍心似的放缓了，“可你如今身负合约，只能勉为其难地配合我演情侣。如果，让粉丝和媒体发现你与何婉的恋人纠缠不清，会招来什么后果，你身在圈里，应该比我清楚。”

说完，他就感觉怀里的小怪兽颤了一下。

止浔有点后悔，话不该说那么重，吓坏了这胆小鬼。

“不行！”苏白梨仿佛终于开窍，斩钉截铁地说，“无论如何，我不能给婉婉添麻烦。”

这个何婉，到底上辈子是救了银河系还是地球？能被小怪兽当成天字一号的偶像来爱戴。

“我懂了……”苏白梨靠在某人温热结实的胸前，一本正经地说，“谢谢你提醒我，从今往后，我一定会跟石屿划清界限，绝对不会给婉婉带来一丁点的困扰。”

曾经，骆骁不止一次地吐槽止浔不解风情。

如今，止浔只想把这个词原封不动地赠予怀里的小丫头。

凭他的身材，凭他的脸，能靠在他胸前，脑子里却想着另一个女人的女人，这世界上大概只有苏白梨了！

可是殊途同归，只要她能活得自在，不被那个石屿牵制，他也就退一步，顺其自然吧。

就连止浔自己都没有意识到，二十六年的生命里，这是他第一次如此轻易地妥协，就算完全没被放在考虑的范畴之内，他居然仍旧甘之如饴。

"知道就好。"他声音低哑。

苏白梨觉得脸颊贴着的胸肌触感又细腻又结实，实乃破天荒的体验，不由稍微侧了侧脸，寻了个更舒服的贴合角度。

止浔抚上她脑后柔软的头发，有一下没一下的，就像给猫咪顺毛。

"止老师……"

"合约在身，你可以改口了。"

苏白梨想想也是，问："那怎么称呼？跟着徐望南喊一声浔哥？还是……大魔头？"

她语气娇俏，情绪明显好了很多。

止浔说："随你。"

"那好，大魔头，浔魔王，止魔头……"

苏白梨正玩得不亦乐乎，忽然察觉到自己的脸离开了舒舒服服的胸膛，某人已经退开了半步的距离，她连忙双手捂眼，连声告饶："好了好了，不叫你大魔头还不行吗？"

手被拿开了，止浔两只手分别握着她的一只手，放在娃娃脸的两侧，躬身贴近她，四目平视。

苏白梨睁得圆滚滚的杏眼里，有一个耳郭发红的他。

"我说了，叫什么都行……"止浔勾起嘴角，"除了这些，还有个只有你一个人能叫的称呼，小怪兽，你要不要考虑一下？"

苏白梨眨巴着眼："什……什么称呼？"她怎么结巴了？

止浔睫毛微垂，目光落在她嫣红的唇瓣：“男朋友。”

半分钟后，止浔看着大敞着的房门，眉眼一弯，止不住脸上的笑意。

如他所料，小怪兽被他吓跑了，就在他的嘴唇与她的只有不足三厘米距离的时候，她跑了。

隔壁房间的门发出哐啷一声响，她逃命似的回了自己屋子。

止浔慢慢走到房门口，倚靠在墙边，看着苏白梨的房门，脸上的甜蜜一点点地慢慢淡去，他若有所思。

那个石屿，是小怪兽曾经的恋人吗？

虽然他一万个不相信，因为她所有的一切看起来都是不经世事的单纯，别说谈恋爱了，他甚至怀疑这小怪兽连暗恋都没有暗恋过，根本就还没有开窍。

这样一个没长大的小姑娘，居然会有前任吗？

他难以相信。

可是除此以外，止浔找不出其他的可能性。而且，那个石屿……举止暧昧得让他想揍人。

石屿若真对小怪兽好便也罢了，可为了一场无足轻重的比赛，居然舍得对她下那样的重手，事后还假惺惺地拿药来讨好……止浔眸光冰冷，这种人，有多远滚多远。

隔日用餐的时候，苏白梨刚出现在餐厅门口，阿葵就放下刀叉跑了过来：“腿上的伤怎么样了？”

“没事啦，大魔头给我上了药……”苏白梨动了动腿，示意自己已经康复，不用担心。

阿葵点了下她的额头：“我看过你们的比赛录像了，那种球怎么能接呢？你这丫头是不是傻呀……”

“大魔头那么认真，我不能拖他后腿。”

“浔大魔王啊……”阿葵沉吟，“我还真没想到他居然会对这种比赛这么认真。不过，我也没想到他会顶替池弥来上节目就是了，他最近的所作所为，都不像我以前听说的浔魔王了。”

“不会啊，他一直都是这个样子。”——嘴硬心软，毒舌归毒舌，但也温柔无两。

阿葵用见鬼的表情看她：“你压根不知道真正的他是什么样！”

苏白梨歪头：“也许，这才是他真正的样子呢？”

阿葵若有所思地愣住了。不得不说，小梨子虽然温温敦敦的，但有时候真的一针见血。

他们这些人本就与止浔不熟，不过道听途说而已，谁又知道真正的止浔到底是什么模样呢？

苏白梨正要去取餐，就听见有人温柔地招呼：“白梨，来这里，已经替你拿好了。”

说话的人是石屿，他坐在一张四人桌前，对面是穿着长裙、绾起长发的何婉。

两人面前各有餐碟，还有一份茶点放在旁边，大约是替她留的。

去，还是不去？

她昨儿刚答应大魔头远离石屿的，可是……和婉婉同桌进餐啊！

“白梨？”何婉递了个微笑的眼神，邀请她。

去！女神之邀，不去有病！

止浔一只手拿着替苏白梨倒好的热牛奶，走回座位的时候，看见的就是穿着卡通T恤裙的小怪兽，像只欢快的小动物一样奔向石屿。

从他的角度，只能看见小怪兽的侧脸，那笑容纯粹而满足，说话的时候眼里仿佛闪着星星。

止浔仰头，将一杯热牛奶一饮而尽，他独自走向之前曾经共享夜宵的窗边小桌，桌上摆着苏白梨最爱的提拉米苏。

能与女神共餐，在苏白梨过去的二十年生命里，真是做梦都梦不到的好事。

尤其是，婉婉居然还主动和她说话。

“原以为就是走个过场，没想到会遇见你这样的小姑娘……”何婉优雅地切开糕点，笑着说，“让我想起了十年前的自己。”

苏白梨正因为咖啡太苦而惆怅，忽然被女神点名，一着急咽了一口，立刻苦得眉毛都打了结。

“十年前啊，婉婉你出道并没有那么久呀！”——呜呜，咖啡好苦啊！

这是哪门子咖啡？不加糖居然还不放奶！

何婉垂眸：“你所看到的出道时间，不过是我成名之后。在那之前，我漂在帝都，又有谁知道我是谁？”

苏白梨认真地道歉：“对不起，这些我居然不知道，还号称是你的死忠……”

“过去的事我也不怎么和人说……”何婉放下刀叉，“只是你让我又想起了那些日子的自己而已。”

苏白梨兴奋得小脸通红，无论如何，被偶像说像自己年轻的时候，都是件无比荣幸的事。

石屿替何婉拿了湿纸巾，又让侍应送来漱口水，压低声音说：“一会儿回去换双鞋吧，今天要走一些山路。”

何婉撩过垂在肩头的卷发，淡笑：“反正有你在，不是吗？”

石屿垂眸：“嗯。”

苏白梨看看温柔似水的何婉，又看看细致入微的石屿，忽然觉得，自己是多余的。

“那个……”苏白梨东张西望，终于在玻璃幕墙边看见熟悉的身影，“我有事要跟止老……呃，止浔说。”

石屿点点头，看了眼她的小羊皮单鞋，犹豫了一下，终究什么也没说。

苏白梨和何婉道别，匆匆走开了。

餐厅里人本就不多，止浔又坐在离人群最远的地方，苏白梨走得急，脚步也重一些，他自然发现了，搅拌咖啡的动作明显顿了一下，但很快就若无其事地该吃吃，该喝喝，就像没有察觉有人靠近。

苏白梨走着走着就心虚了。

她昨儿刚答应了大魔头离石屿远一点，今天就跟人家同桌而坐，言而无信是她的错。

她拉开椅子，他没抬头。

她安静地坐下，他没抬眼。

她轻声咳嗽，他充耳不闻。

看来她摊上大事了……

“我来了。”

止浔抬眸，目光冷淡，扫了她一眼，就若无其事地挪开了。

“刚刚，婉婉喊我过去，所以我就……”

止浔慢条斯理地端起咖啡抿了口：“你不用跟我解释，昨天我话已经说得很清楚了。”

——她夹在何婉和石屿之间，只会给何婉带来麻烦。

苏白梨记得很清楚，顿时自责地低下头，都是因为她缺乏自控，抵抗不住诱惑……

见小怪兽低头不语，情绪低落，止浔回过头，刚好看见石屿与何婉并肩离去。

石屿臂弯里搭着女明星的遮阳服，正俯身和她低语。

小怪兽这是吃醋了？

止浔不自觉地咬紧了牙，真是冥顽不灵的固执丫头。

小碟子被推到她面前，她抬头，看见一碟完好的提拉米苏，被黑咖啡毒害的口舌顿时有了救星，她欣喜地看着他：“给我的吗？”

止浔不看她：“给我自己的，但太腻，不想吃了。”

苏白梨笑眯眯地挖了一勺：“那我就勉为其难吃了吧，免得你浪费粮食。”

见她吃得一脸满足，止浔无声地吐出一口气，站起了身。

苏白梨立马丢下勺子：“你去哪儿？”像个怕被丢下的孩子。

“吃完，不许浪费。”止浔面无表情地说。

“噢。”苏白梨被他的冷漠吓着了，乖乖埋头吃着。

没两分钟，一只白瓷茶杯被轻轻放在她手边，里面是温热的甜牛奶。

苏白梨感动得满眼都是星星，抬脸撇着小嘴忍着情绪：“你怎么知道……”

止浔伸手，用拇指指腹替她抹去嘴角的蛋糕屑，云淡风轻地说：“不会喝咖啡还学人家喝黑咖啡，当心胃疼。”

苏白梨眨巴眼，他怎么知道她喝了黑咖啡？他怎么知道她早上起来就想喝一杯甜牛奶润润口？

“愣着干吗……”止浔擦干净了她的嘴，顺手在她柔软的刘海上弹了一下，“一会儿就要出发去登山，再拖拖拉拉，我就自己走了。”

苏白梨连忙端起茶杯：“我很快！”

“你慢点……”止浔懊恼地拉开椅子，重新坐下，“骗你的，还有好久才集合。”

他又骗人！她好气哦。

片刻后，徐望南过来寻人，在餐厅里转了一圈才看见角落里的两人。

远远的，只见素来不爱与人同桌进食的大魔王止浔正单手托腮，若有所思地看着他的白梨表妹。而小表妹呢？埋头苦吃，时不时抬起脸，没心没肺地对止浔一笑，说：“马上好，马上！”

徐望南抿了抿嘴，突然想恋爱了怎么办？

他回头，看见摄像老师正在不远处无声无息地拍着。

果然，英雄所见略同。

“白梨。”

苏白梨见徐望南来了，立刻放下餐碟：“出发了吗？那我不吃了。”

她从小乖顺，在学校也是从不迟到早退的好孩子。这一点，徐望南比谁都清楚，不过这种性格在学生时期是好事，成年之后却难免吃亏。

尤其是在如今的圈子里，人人为博出位无所不用其极，而他这个表妹呢？仍旧是满腔赤诚，掏心窝子地待人。

若是止浔对她真的有心，有这样一个在圈中能坐得住阵的男人护着她，对她来说自然利大于弊。

只是……徐望南有点不确定，他这缺心眼的表妹对止浔又有几分心思呢？

苏白梨哪里知道徐望南这一刻心里诸多的弯弯绕绕，只顾着拉着止浔出发，身后人却没动。

她纳闷地回头看了眼。

止浔说：“先回去换鞋。”

“啊对，刚石屿也说——”话刚出口，大魔头的手臂就从她掌心抽离了。

“我在车上等你。”止浔头也不回，“动作快点。”

苏白梨一脸茫然，刚刚说不着急的是他，提醒她换鞋的也是他，如今急急忙忙不肯等她的还是他！

真是喜怒无常的大魔头。

徐望南将一切都看在眼中，陪着苏白梨上楼换鞋，站在客房门口，悠悠地说：“白梨，石屿虽说回来了，但今时不同往日。你的那些习惯，该改的趁早改一改。”

苏白梨系着鞋带，无辜地反问：“什么习惯？”

徐望南只好直说：“把石屿挂在嘴边的习惯。”

苏白梨脸色变了变，垂下长长的睫毛，站起身：“我知道了……以后会注意的。”

“我知道，从小养成的习惯很难改，尤其是他如今又回到了你的眼皮子底下。”徐望南拍了拍她耷拉着的小肩膀，“但不管是舅舅舅妈，还是你自己都清楚，现在你俩把对方当成陌生人才是最好的选择——”

“你不用说啦……”站在电梯门口，苏白梨打断了表兄的话，“我知道的，且不提石屿他跟我早就不是小时候的关系了，就光他如今跟婉婉在合约期，我也应该与他保持距离的，只不过……我从小跟着他，习惯了——”

电梯门“叮”的一声开了。

电梯里，替何婉系好鞋带的石屿正慢慢站起身，眼中暗潮涌动。

“婉婉。”苏白梨站到何婉身边。

徐望南瞥了石屿一眼，心道：也不知道他听见了多少。

十一点甜

你是点亮长夜的灯

节目组安排了专用车，为了便于拍摄，所有嘉宾都聚集在同辆商务车上，工作人员和助理则安排在其他车上尾随。

苏白梨一上车，就看见止浔坐在最后排中间的位置，靠窗的那个则空着，她没有犹豫就朝他走去。

徐望南欲言又止，最终什么也没说，坐在最前面。

止浔老远就看见小怪兽和石屿三人一起出酒店，虽然她心无旁骛地只顾着与何婉交谈，可走在他们身后的石屿目光始终停在两个女孩的背影上。

因为苏白梨和何婉并肩，人们大多会认为他在看何婉，可止浔很笃定，这人从头到尾都在凝视着对此一无所知的苏白梨……

他心里的不愉快，直到小怪兽上车直奔自己而来，才有所缓解。

他故意没有让开，由着苏白梨扶着前排靠椅小心翼翼地从自己身前挤进座位。

她的腿擦过他膝盖，身上淡淡的香气萦绕在他的周围。

这是怎么了？

止浔脑海中划过这样的念头，不自在地别开视线，故意不去看苏白梨，以期将脑海中一闪而过的旖旎画面抹去。

结果，他却恰好对上了前排投来的视线。

石屿扶着何婉坐在前排，落座之时不经意地向后看来，没想到正好与止浔四目相对。

两个男人的目光同样冷静而带着不言自明的敌意，在喧闹的车厢里交汇。

三秒后，两人各自别开视线。

车往南山开的路上，工作人员一路调节着车内的氛围，一会儿点名唱歌，一会儿随机快问快答，因为有陆羽和阿葵两个调剂气氛的高手在，车厢里始终没有冷场过。

而止浔和苏白梨的存在感则几乎为零。

察觉到身边一向元气满满的小怪兽蔫巴巴的，止浔不由侧目看她，果然看见小圆脸上血色全无，连往日红润的嘴唇也泛着白，脸上虽然还挂着笑容，却根本没什么精神。

他拿手掌贴上她额头。

“嗯？”苏白梨迟钝地看向他。

“哪里不舒服？”

苏白梨摇头：“没有……”话还没说完，就捂着嘴干呕了一声。

徐望南在前排站起身，忧心地招呼：“我跟你们换座位，浔哥，你带白梨坐前排来吧。”说完，又跟其他人解释，“抱歉抱歉，苏白梨她晕车，大巴不能坐最后排。”

止浔扶着苏白梨与徐望南换了位置，坐在最靠近前门的位置，视野开阔，颠簸也少得多。

苏白梨靠在止浔肩头缓了好一会儿，脸色总算渐渐红润起来，抬起脑袋低声说：“对不起哦……”

止浔右手一按，让她重新靠回自己肩头，润了一下嘴唇，道：“知道自己晕车，为什么还坐到最后排？”

苏白梨闭上眼睛，舒舒服服地靠在对方宽直的肩头，悠悠地叹了口气：“因为我不想让你一个人呀。”

节目组这次的出行并没有提前预告，知道他们行程的粉丝寥寥无几，不过安全起见，保安数有增无减，何婉、陆羽之类知名度正高的艺人更是全副武装。

为了加强彼此间的交流合作，这次登山仍旧分组行动。

K哥第一时间提出何婉身体不佳，需要乘坐缆车上下；艾丝拉则说陆羽树大招风，走登山步道只怕会引起交通阻塞。

于是没什么悬念，索道留给知名度更高的两组，苏白梨和阿葵两组四人步行登山。

“能行吗？”止浔问。

苏白梨脸色已经恢复红润，点点头：“能，我不会拖你后腿的。”

结果，豪言壮语虽然放出去了，但到底水平有限，爬到半山腰，小丫头就气喘吁吁、双目无神了。

阿葵和莫侨都是习舞的，体能不差，分分钟就把他们甩开了，苏白梨可怜巴巴地抬头，看着阿葵的背影说：“要不然，你先走吧？我晚点就到。”

止浔站在她背后，从她肩头拎下背包：“你知道为什么要安排登山活动吗？”

苏白梨大脑缺氧：“为什么？”

“为了让我们培养感情。”止浔单臂撑在树干上，将她和登山的行人阻隔开。

苏白梨莫名心跳加快，培养什么感情……本来就是节目啊，做做效果而已，大魔头还真认真。

两人停着，行人不免多看他俩一眼，发现男帅女靓，根本不是平常能见到的。

于是有人举起手机，悄悄地拍了张照。

苏白梨被闪光灯吸引了视线，不经意地看过去，那人立马转身走了。

“他在拍你。”她手心里都是汗。

止浔没心情管别人在做什么，眼里只有某人挂着汗珠的小脸：“如果走不动了，我们就下山。”

苏白梨抬头：“那怎么行？还在录节目呢。”

止浔没说话。

他才不管什么录节目，他会出现在这里，只有一个原因，这个原因就是苏白梨。

止浔转身蹲下。

苏白梨盯着他宽阔的背脊，愣了下：“你背不动我的。”

“上来。”他语气不容置喙。

苏白梨心想：可真霸道！

看了眼不算平坦的登山路，她摇了摇头：“我能自己走。”

苏白梨伸出手：“怕我走不动的话，你拉着我好了。”

止浔眸光幽暗，伸手与她的相握，她掌心细腻，带着薄薄的一层汗。

他走在前，她走在后，虽然慢，但一直没有再停下。

南山靠海，又有千年古刹，游人往来如织，常有超过他们而后又回头打量的——这山不低，自己爬尚且吃力，刚登山时牵着手容易，上了半山腰仍旧不松的寥寥无几。

苏白梨被人看得多了，不由自我怀疑：“我是不是爬得太慢了？”

止浔一脚踏在上一层的台阶，回过身，面色如常：“还好。”

“那他们为什么都那样看我……”

“因为你好看。”

苏白梨愣了两秒，忽然意识到大魔头居然没有吼她，而是在夸她，还夸她好看。

这简直是不可想象！大魔王他可是不辨人脸的啊！

抹了把脸上的汗，苏白梨自嘲：“别取笑我了，我知道自己现在很狼狈，惨不忍睹。”

止浔不语，用力拉了下她的手，将她带上一级台阶。

苏白梨蓬头垢面地站在他面前，迷茫地看着他从手上卸下一只红黑色的手环，缠在指间，然后十指插入她蓬乱的发丝里，细细地将一丝一缕的头发都箍在一处，最后用撑开的手环将头发扎成小小的一束。

颈后的肌肤忽然得见天日，一阵凉爽，苏白梨舒服地喟叹出声，甩了甩小马尾，眉开眼笑："万万想不到，你居然还会给人扎辫子。"

那副娇憨可爱的模样，让止浔挪不开视线。

他抿嘴："小时候，我养过一条古牧。"

"啊？"古牧？那种个头很大，毛发飘逸的狗狗？

止浔面无表情地说："毛长，遮眼睛，所以我常常给它扎辫子。"

"好啊！你拿我跟狗狗比！"苏白梨气得一拳捶在他胸口，追着他跑上好几级台阶。

止浔逃两步，等一等，始终和她保持着不远不近的距离。

"你别误会……"他回头等她，"它的毛可比你的长多了。"

苏白梨刚停下，一听，又气呼呼地追上去："有本事你带它上节目啊！"

两人一路追追打打，本觉得高不可攀的南山，竟然就这样被踏在了脚下。

苏白梨扶着栏杆，俯瞰蜿蜒的海岸线，不由心胸开阔，心情极佳，眯起眼迎着海风与阳光，享受属于她的首次登顶。

忽然听见轻微的一声咔嚓，她回过头，才发现某人的镜头正朝着自己。

止浔看着屏幕上海天一色之间的第三种绝色，眉眼温柔地关了镜头，若无其事地说："风景不错。"

苏白梨凑近想看，这可是国际顶尖风光摄影师的作品！将来若是得奖，她想看可就得买门票了。

结果止浔动作比她快，将单反举过头顶，她蹦起来都够不着。

"小气。"苏白梨嘀咕了一句。

止浔嘴角一勾，看了眼侧边的小巷，那里偶有人进出，他问道："去看看吗？"

“去啊……”苏白梨一回头，马尾就扫来扫去，着实可爱，“爬都爬上来了，每一寸景致都不能错过。”

“好。”止浔自然地牵起她的手。

其实，现在已经没登山了，她不需要再借他的力气。

可就连苏白梨都没发现其实没必要再牵手了，乖乖地被牵着手往前走。

在人群中穿行的两人，很快就从摄像师的镜头里不见了踪迹。

接到摄像师电话的徐望南轻声说：“找不到就暂时不拍了吧，让他们单独待一会儿也好。”

那巷子里有一些美院来写生的学生，树间牵着绳子，挂着画作。

苏白梨好奇地一张张看过去，时不时停下脚步。

一边的学生还在画画，见她感兴趣就说：“有喜欢的画可以买的，不贵。”

她笑眯眯地点点头：“行，我挑挑看。”说完才发现止浔停在一张画前，凝神端详，许久都没离开。

出于好奇，苏白梨凑近一看，才发现那是张静物油画写生，老式的油灯昏黄，却照亮了台布上的各色果实，苹果晶莹、雪梨水润，色调冷中带暖，让人看了心神宁静。

苏白梨歪头笑：“瞧，这画里有我。”

止浔翻过画作，看见背后用钢笔写了两行遒劲的字。

“何谓心动？或如点破窗纸的蜡，或如跨越长夜的灯。”苏白梨念了出来，可是半懂不懂，再看大魔头，他眸光沉静，若有所思。

“这幅画，我要了。”止浔说。

苏白梨有点儿意外，他们毕竟是在录制节目，买幅画带着多有不便，大魔头就这么钟情这幅画吗？

学生自然很高兴，麻溜地用硬纸筒把画作包好，没认出这两人来，只笑着对止浔说：“愿你俩也能彼此照亮，恩爱不停。”

苏白梨脸一热，偷瞟了大魔头一眼。

奇怪啊！他居然非但没有生气，嘴角还隐隐带着笑？

直到他俩从巷子里拐回大路，苏白梨还是能明显感觉到身边人的好心情。

“浔哥！白梨！”老远有人喊。

终于找到两人的摄像大哥满头大汗地跑了过来：“哎哟我的两个祖宗，这是去哪儿了？让我好找。”

苏白梨不好意思说带着大魔头闲逛去了，只好小声说：“迷路了。”

摄像大哥用不可置信的眼神看了止浔一眼。止浔迷路？天方夜谭！别说只不过是小小的南山，就是南极圈也难不倒止大神啊！

可看着止浔一脸宠溺，并不打算纠正，摄像大哥也就把话都吞进了肚子里。

“其他人呢？”

“早就到了，在偏殿集合呢。”

正说着，从主院的人流之中逆行而来一个戴着黑色口罩的清俊男人，眉宇之间凝着焦急，像在找人。

正是石屿。

看见苏白梨，他眉眼明显地一松，脚步放慢，走到他们身前：“既然回来了，去偏殿吧，人都在那边等着。”

苏白梨点点头，拉着止浔往前走。

石屿的目光落在两人相牵的手，伸手理了下口罩，低下头。

偏殿已经被节目组隔离了，原本聚集在大殿拜佛的信众，渐渐发现了这一处的异样，聚集了过来，发现竟是有明星在录节目。

一传十，十传百，苏白梨他们赶到的时候，偏殿已被围得水泄不通。

她本就没什么知名度，所以从不戴口罩出行，止浔也并不是偶像明星，虽然声名在外，但能把本人和名字对上号的寥寥无几。

他俩走过的时候，围观众人虽然都在拍照，但并不激动，直到戴着口罩的石屿紧随其后出现，人潮瞬间就骚动了。

有迷妹尖叫着石屿的名字，不顾安保阻拦就要冲近身：“让我们看看你，石屿！石屿！”

苏白梨回头，正看见石屿解开口罩，向粉丝们点头微笑，和煦如春风。

先前突破安保的迷妹激动得几乎要昏厥过去，坐在地上看着石屿又是哭又是笑。

“注意安全。”石屿柔声说。

又是一阵尖叫。

苏白梨眨眨眼，不由自省：少不更事的时候，她在旁人眼中莫非也是这么疯狂？

她回眸，只见石屿刚好转回身，离开了身后粉丝们的视线，他脸上柔和的笑容一秒散去，只剩下冷漠和疲倦。

直到察觉到苏白梨的目光，他精神微振，润了润嘴唇，嘴角弯起。

苏白梨猛地回过头，不再看他。

这个人怎么变脸跟翻书一样？

“怎么了？”止浔察觉到她步伐的停顿，放缓了脚步。

苏白梨摇头，牵着他快步离开。比起石屿那样戴着面具的温柔，似乎还是大魔王这种赤裸裸的喜恶更让她安心。

起码，她知道止浔只会比他看起来更温柔。

等他们都到了偏殿，才听说错过了之前的一出好戏，据说先到的几个人都抽签了，结果没一个好的。

当断即断，莫强求——何婉和石屿都被赠了这一句。

艾丝拉嬉笑道：“都说我们石主唱温柔多情，看来是对前女友余情未了？那，咱们何婉算什么？是红玫瑰，还是白月光？”

陆羽：“艾丝拉！”

石屿冷冷地斜睨了艾丝拉一眼，这一眼全然不见众人所熟悉的那个谦谦君子模样。

止浔察觉小怪兽许久没出声，低着头沉思着什么，不由隐隐不安。

谁知苏白梨忽然抬眸，目光晶亮，向他使了个眼色。

他附耳过去，只听小姑娘神神秘秘地说：“还是我们去看画好，那两句话多吉利。”

止浔的不安，被小怪兽得意扬扬的一句话轻松扑灭。

“嗯……”止浔犹如自语，“那是因为和你在一起。”

苏白梨没听清他说什么，再问，见他不肯答，也就算了，兴冲冲地拉着他跟着大部队去渡海崖。

那是南山伸向海平面的一块岩石，从那儿刚刚好可以与建造在海面上的巨大菩萨像遥遥相对，是来南山的香客们必拜之所。

苏白梨正合掌祈愿，忽然察觉身后有人，以为是止浔，便闭着眼睛说：“快来祈福，祝你我长命百岁，平安喜乐——石……石屿？”

石屿脸色发白，站在她身侧扶着栏杆，轻声问：“你和我？”

苏白梨下意识地向旁边避开了一点，让两人的手肘拉开距离。

“从前你爱缠着我……”石屿看了眼两人相距一拳的手肘，“那时候，望南总嫌弃你是我的小尾巴。”

“小时候不懂事。”苏白梨抿嘴，“是我让你们为难了。”

石屿握着栏杆，因为用力，手背上有青筋凸起：“不为难。现在想想，那些被你跟前跟后的时光是我年少时代最温暖的回忆，如果不是你——”

“对不起啊！”苏白梨猛地打断他。

石屿眸光闪烁，嘴唇动了动。

“你出国之后，我想了很久才想明白。你是你，我是我，我老爹和叔叔的约定是他们一厢情愿，连老爹自己都说不会强求，我却因为这个天天跟屁虫似的跟着你，害你过得不开心，是我的错。”苏白梨沉吟了一下，抬头看着石屿的眼睛，“这些直到把你逼走，我才想明白，欠你一句对不起，现在补给你。”她的眼睛本就生得明亮，专注看人的时候就像能把对方嵌在瞳孔里。

石屿凝神看着她，许久没有开口，直到余光看见修长的身影自她身后走来，才睫毛一垂，用不轻不重的声音清晰地说：“我出国不是为了甩开你，而是为了能给你更好的人生。婚约并没有解除过，你还是我从小许下的未婚妻。”

握着替苏白梨买的饮料，止浔老远就看见石屿站在小怪兽身边，不动声色地加快了脚步，结果走到她身后时，只听见了石屿的最后一句话。

未婚妻，这个词太陌生。

以为自己在演年代戏吗？未婚妻？婚约？呵……

“不不，那都是童言无忌！”苏白梨连连摆着手往后退，她并不知道止浔已经在身后，于是毫无防备地一脚踩在他的鞋面上，整个人跌进对方怀里。

一抬头，对上大魔头幽暗的眸子，苏白梨顿时石化了。

天哪！她苦苦守了七年的秘密！

石屿向她伸出手，她摇头，下意识地将双手背在身后。

止浔扶着她的背站好，拧开手中矿泉水瓶盖递给她，目光从石屿脸上扫过：“祈什么愿了？”说着话，便将小怪兽带走了。

石屿留在原地，看着两人相携离去的背影，有一瞬不确定这个深藏不露的男人究竟有没有听见他和白梨说的话，如果听见了，又怎会无动于衷？

“别再试探白梨了。”

石屿回身，见徐望南正看向海面的巨大菩萨像，就像是在自言自语：“七年前你突然出国，什么也没跟她说。既然当时你选择沉默，那麻烦你如今也不要再试图解释什么。离她远一点，你有你的生活，她有她的生活。她已经不是十二三岁的小孩子，有自己的事业和感情，如果真为她好，就请不要打扰。”

石屿说：“当时我对未来也没底，所以——”

“这跟有没有底无关！”徐望南打断了他的话，“你知不知道，浦宁那种小地方消息传得有多快？巴掌大的县城，哪个大人小孩不知道她是你们石家未来的媳妇儿，你的小跟班？她那么听你的话，除了吃饭、睡觉恨不得二十四小时跟着你……你呢？一言不发就出国，连个口信都没给她。她那会儿才多大？十三四岁。你知道那时候整个浦宁的人，尤其是她的同龄人，是怎么笑话她的吗？”

徐望南冷眼，从牙缝里挤出一句：“你不知道！那时候你正在国外风风光光地做什么练习生，名气一天比一天一大，迷妹一抓一大把……怕是早把白梨忘了吧。如今，你回来了，看见她长大成人，小仙女似的，就又想起婚约了？石屿，我奉劝你一句，做人要善良，别总想着占尽天下的好事。”

石屿声音低沉：“我没有忘记过她。”

“好，我就当你没忘记。”徐望南遥遥看了眼正在亭子里被众星捧月的何婉，“你回国发展的第一件事是来参加真人秀综艺，第一要务是和何婉组成 CP（情侣）。你想过，如果白梨还是小时候对你的那副热心肠，如今面对你和何婉，她要如何自处吗？”

“节目不过是逢场作戏，是工作！”

徐望南轻笑：“对，对你来说是这样，可对她来说并不是。石屿，你在国内的时候白梨才多大？她压根不懂得什么是喜欢，只是习以为常地依赖你。你们已经不可能回到从前，别再强求了。”

石屿攥紧了铁栏杆，沉默许久，直到徐望南走远，他才喃喃自语：“我能把失去的东西抢回来一次，就能抢回来第二次……是我的，永远都是我的。”

十二点甜

温柔告白，一场误会

从南山回酒店的路上，苏白梨一直忧心忡忡。

上车之后，止浔就把她留在了第一排，和徐望南同座，自己则走到最后一排独自落座。

大魔头明明什么也没说，她却觉得做了什么亏心事似的，一筹莫展。

听见白梨在旁唉声叹气，徐望南跟着长长地叹了口气，作孽啊！

早在十来年前，他就跟舅舅旁敲侧击地说过，别让表妹成天跟着石屿，当然……彼时，是因为他跟石屿关系好，白梨一个啥也不懂的毛丫头成天跟在身后，他觉得碍事才提的这个建议。

但如今看来，徐望南觉得自己真是太有先见之明了。

这年头，就算是两情相悦的小情侣都有随时分手的可能，何况是因为两家世交而定下的娃娃亲，简直是封建残余，悖逆人性！

最可怜的是白梨这丫头，什么都不懂的时候被告知石屿是她未来最亲近的人，天天跟前跟后跑了十多年，可忽然有一天人家一声不吭就出国了，留下她被当成小城里的笑话……

亏得这丫头心大，否则离经叛道、步入歧途也未可知。

想到这里，徐望南庆幸地看了表妹一眼：还好，心大。

咦？徐望南压低了声音问：“你这是怎么了？”

苏白梨红着眼眶，闷声说：“我没事。”

“又晕车了？”

“没有。”

“那你哭什么？”

苏白梨抬眼，眼角红通通的，她确实没哭，就是心里说不出的难过。

从后排递来一只蓝色的小铁皮薄荷糖盒，苏白梨从两个座椅之间看向后排，是何婉。她将卷发拨到左边肩头，人向右靠在石屿肩头，嘴边带笑：“又晕车了吧，含一片糖，很有效果。”

苏白梨感动得沮丧都去了大半，伸手接过来，连声道谢。

何婉笑笑：“小事情，是石屿细心，上车前特意让人买的。”

苏白梨条件反射地看了石屿一眼，对方像是没注意到她俩的对话，正出神地看向窗外。

拿着薄荷糖回过身，放了一颗在嘴里，她还是觉得，一点都不甜！

忽然，车厢里传来脚步声，苏白梨下意识地抬头，才发现大魔头不知道什么时候来的，正扶着椅背站在自己身后。

她弯了弯嘴角，想笑，却没笑得出来，又看见他漆黑的眸子，忽然觉得眼睛干涩，有点想哭。

这到底是怎么了……苏白梨撇着嘴，没头没脑地摊开手掌，将小铁皮盒子递过去：“婉婉给我的，你要不要吃？”

止浔从她掌心中拿起盒子，客气地递还给后排的何婉。

何婉接过，眼神中闪过一丝惊讶，但什么也没说，只是笑了下。

“徐导……”止浔对徐望南说，“能不能和你换个座？”

徐望南连忙站起身——这个人！当初他就打算把座位让给白梨和止浔，是浔哥自己非要往后排走的，这才过了半小时，就后悔了吧！

止浔在徐望南的位子坐下，一只手搭在扶手上，一只手垂在自己腿侧。

三秒后，他的手臂就落入了小怪兽的胳膊里。

苏白梨双手抱着他的右臂，脑袋一歪，像来的时候一样靠在他的肩膀上，舒舒服服地闭上了眼。

她感觉眼睛也不干了，心也不慌了，胸也不闷了，就连嘴里的薄荷糖也终于吃出了甜味。

她睁开一只眼睛，眯了条缝偷偷看向某人干净的下颌，心里生出一个古怪的念头：原来大魔头才是她的药啊……

山路颠簸，很快车里就陷入了一片安静。

肩头的小怪兽睡得摇头晃脑，如果不是止浔时不时伸手扶一把，她的头早不知道磕哪里去了。

每次被他扶住脑袋，她都会稍微醒一醒，然后小动物似的在他肩头蹭一蹭，寻个更舒服的位置，眼睛都不带睁，睡得安全感十足。

天渐渐黑了，车厢里亮起昏黄的灯。

人影都倒映在车窗上，止浔看向路边的空地，却忽然察觉两道视线，定睛一看，才发现是石屿正从车窗玻璃里冷冷地看着他。

“婚约并没有解除过，你还是我从小许下的未婚妻。”

在渡海崖上听见的那句话，又在止浔脑海中回响。

他听得分毫不差，记得清清楚楚。

因为颠簸，靠在他手臂的苏白梨稍微动了动身子，柔软的头发搔着他的脸颊。

未婚妻吗？

止浔的眼睛微微地眯起，目光在玻璃中与石屿对峙。

他清楚，在小怪兽的心里谁亲谁疏，若真有所谓婚约……止浔握住苏白梨的手，心想：那只有一个办法，让那些都成为无足轻重的过去。

南山之行，原是没有公开宣传的，但围观节目组的粉丝众多，当天晚上各种小视频就泛滥于微博和各个视频客户端。

当然，话题度最高的是何婉和陆羽，一度冲上了微博热搜排行榜。

连带着的，与何婉形影不离的石屿，也从小众圈杀入了大众视线。

他原是国外的练习生出道，刚刚回国发展，国内知名度尔尔。没料到，仅仅一夜发酵之后，石屿的微博粉丝数直接从四位数上升到六位，一时之间，风头无两。

等三天后，他们离开南山去古镇录节目的时候，酒店门口居然已经有了专程为石屿而来的粉丝，阵仗不输陆羽。

车行出很远，还有粉丝驱车追随。

“这可真是开门红啊，节目还没播出，就红透半边天了。”艾丝拉笑盈盈地说，“不枉费小哥哥费的一番心思！”

其实人人都知道，石屿的走红一方面因为外形受小姑娘们欢迎，但更多的是因为与何婉组 CP（情侣）获得了超高的曝光。

大家避而不谈，也算是圈内的默契。

但苏白梨不是，她是真的不知道。

对于忽然铺天盖地的自称石屿女友粉的姑娘们，她是蒙的，尤其是当她接到室友涂滢的电话，问她跟石屿是什么关系，她就更加迷茫了。

“你从哪儿看到这些东西的？”因为石屿就坐在后排，苏白梨的声音压得很低很低。可涂滢的声音还是从听筒里冒了出来：“先别管我是从哪儿看到的。白梨，我问你，你是怎么进《亲爱的 TA》组里的？据我所知，参加素人海选的，没有一百也有八十，怎么就——”

大概是觉得话说得过了，涂滢缓了一下，才继续说：“我在路透照里看到了，替你打伞的那个人……嗯，是不是我眼花了？”

打伞？

苏白梨想了下，在南山听导演讲拍摄计划的时候，大魔头似乎是短暂地替她撑过一会儿伞，被人拍到了吗？

“是止浔吗？”涂滢不敢置信地说，“你真的跟他在一个组里？可是剧组官宣时没有他啊！”

“因为一点意外……”在电话里，苏白梨不方便多说，只简单讲了下原委。

涂滢在那头沉默了许久，才感慨：“白梨，你的命也太好了。”

苏白梨自己也这么觉得。

毕竟如果不是之前的戏被临时换角，她就不会去烧烤店打工，不会遇见大魔头，更没档期来参加《亲爱的 TA》，也就不可能幸运地跟婉婉同框了。

“你们接下来要去哪儿录节目？我去找你啊！”涂滢说，“我这边戏份杀青了，正无聊呢。”

“去南野古镇，应该要待几天吧。”

“我过去找你。”不等苏白梨再多说，涂滢就挂断了电话。

一直没有出声的止浔看了眼脸上愁云惨雾的小怪兽，问：“怎么？”

“我室友，说要来南野这边探班。”

“那就来吧，这段行程不紧。”

——可她是冲着你来的。

这句话卡在喉咙口，苏白梨没说得出口，这种不舒服的感觉有点陌生。

剧组在南野古镇包下了一间独立的院落，十多间厢房，又有海边渔村保留下来的古风。

之所以把一群人带到这儿，主要是因为上一季有一对明星情侣就是在这个小渔村里定的情，许多粉丝对海滩求婚的那一段记忆犹新，呼声极高。

这一季，故地重游，自带话题度，何乐而不为。

一群人浩浩荡荡地在古镇闲逛，落在镜头里是岁月静好，事实上，现场完全是靠着安保一段段地隔离人群，才能保证镜头里的干净清爽。

镜头本是追着何婉、陆羽两对居多，直到有人认出了止浔，一间登山设备店里的汉子全都化身迷弟，冲上前将止浔和苏白梨团团围住，惹起了一波骚动。

这群人可不是追着石屿跑的小姑娘，那可都是五大三粗的壮汉，一条胳膊伸出来比苏白梨的腿都粗。

她小小的个子被围在中间，只差没瑟瑟发抖，幸好大魔头始终牵着她的手没放。

那群汉子激动得语无伦次，一个劲问止浔下一站打算去哪儿，能不能带上他们一起。

听了半晌，苏白梨总算弄明白了七七八八。

这一群并不是大魔头的摄影粉，而是户外运动爱好者。

为了更好地拍摄自然，止浔从少年期就开始奔走在各个无人区、山脉甚至极地，在这个圈子粉丝无数，而且男粉居多。

被认出来的止浔耐着性子讲了许久，生怕跟着自己的小怪兽会觉得无聊，可是看了她一眼，她小圆脸上挂着笑，没有半点不耐烦。

“没事没事，浔哥，你啥时候有计划了，微博上知会一声，天涯海角咱们兄弟都跟着！”

止浔点点头：“我会的。”虽然事实上，以他的性格等他公开行程的时候，多半都准备离开了……他可不是个喜欢众乐乐的人。

如今，他愿意站在这里，只是因为发现节目组的摄像都聚集了过来。

他想给小怪兽多一点曝光的机会。

直到那群人散了，苏白梨才拽着止浔的衣袖央求：“下次去，带上我啊！我也想亲眼看看你镜头下的风景。”还想，走他走过的路。

止浔背着手，似笑非笑地说：“那种地方可不是一个小时就能走个来回的城中山，一去就是三五天，都不见得遇见人烟，风餐露宿，这种苦你吃不了。”

“不是有你吗？”苏白梨毫不犹豫地说。

止浔嘴角一勾，却背过身：“我可不想被你拖后腿。”

“我怎么会拖你后腿！”苏白梨扯着他的袖子追在背后，“我会唱歌，还会讲故事，就算远离人烟，有我在，你绝对不会寂寞。”

别说唱歌、讲故事，只要她在身边，他就不会寂寞……

止浔嘴上虽然一直没有答应节目录制结束之后带苏白梨远足，可这晚收工之后，他又独自去了白天的户外用品店。

老板一见是他，忙不迭地迎出来，只说要什么有什么，不赚钱也给他弄来。

止浔请他将店里的女款登山服、登山靴，还有单人睡袋之类的东西拿出来给他挑。

老板一一照做，又在他挑选的时候嘿嘿笑着打听：“浔哥，这些东西是给白天和你一块儿来的小姑娘挑的吗？”

止浔笑而不答。

老板得意地说："肯定是的，今儿个下午你们走了之后，就一直有个叫'小甜梨'的姑娘在你微博底下挨个儿点赞。打从你第一次出片，我就关注你微博了，从来没出现过这样的事儿。"

自从进了《亲爱的TA》节目组，止浔已经许久不曾登录微博了，自然不知道老板说的什么小姑娘点赞，但听见他说的用户名，止浔不由地莞尔。

这种用户名，不是小怪兽还能是谁？

老板见止浔心情不错，干脆厚着脸皮跟他打听："你们这是来拍节目的吧？什么节目啊，啥时候播？我招呼兄弟们都守着看啊！"

止浔收回挑选设备的视线，看向老板，一本正经地问："一档真人秀。说起来，老板，你想不想上一次电视……"

晚间的南野古镇，就像所有的古城一样，灯火辉煌，游人如织。

从户外用品店返回小院的止浔走在人流之中，低头摆弄着手机，嘴角始终挂着一抹微笑。

小怪兽这个傻丫头，下午结束拍摄之后，悄悄地将他开博至今的所有状态都点了一遍赞，而且时不时像个普通小迷妹一样回复个三言两语，爱慕之情溢于言表。

从前，止浔虽然偶尔会在微博上发一些摄影作品，但对于评论区从来都是不维护、不回复的。

这是第一次，他对着评论区一条条地翻找署名为小甜梨的用户留评，并且始终眉眼带笑。

最终，他停在院落门口，横过手机，简单调整了一下参数，就着院门口的老槐枝丫与天上一轮弦月构图，清风明月、老树古宅，意境悠然。

他直接在微博发布了这张图片。

微博系统消息几乎是秒响——很快便有人点赞回复。

清一色都是问这是在哪儿，以及夸赞构图精妙的。

手机抖一下，止浔看一眼。

那个卡通梨子头像的小怪兽却毫无动静。

是他想多了吗？小怪兽或许并没有设置他为特别关注，又或许时间不早了，她已经睡下了……

止浔正站在树下摆弄手机，忽然听见院门传来动静，很快便被人推开了。

那人身影纤细，穿着白色及踝长裙，风一吹，柔软的裙身贴合在腰肢，更显得不盈一握。

她开始时没发现身在阴影处的止浔，而是一边对照着手机上的照片，一边抬眼看月亮，像是在比对照片取景的角度。

止浔将手机背到身后，眉眼柔和，好整以暇地等着她。

苏白梨转身，看见了站在树下负手而立的男人，与此同时，慌慌张张地以手背拭了拭眼角。

可止浔还是看见了，院落门廊灯光之下，她眼中闪着晶莹的泪花。

剧组所租小院本就处在南野古镇的小巷里，相对僻静，商业的灯火并未照进来，只有门廊下的灯光幽然。

苏白梨自以为擦泪的动作够快，不会被发现，可等她走到槐树下，却立刻被人捏住下巴，被迫抬起了头。

她眼睛果然还红着，止浔问："发生了什么事？"

"没有。"

苏白梨下意识地将手机往身后藏。

这个小动作落在止浔眼中，他垂眼看她的手。

他刚刚发了照片，这么短的时间里她就找出来了，显然手机一直在身边，而且或许正在刷微博，所以才会立刻收到消息。

她最后的一条点赞和回复是什么时候？

似乎是一两小时之前了，最后一条回复里文字还是带着喜悦的，可忽然就停下了。

难道是他过往的微博里有什么让她介意的内容？

止浔回忆了一下，确定没有那种可能性。他一个连微博互动都没有的人，能发什么内容惹她不快？那便不是因为他了。

不是他，又能是什么……

“是不是有人给你发私信了？”

苏白梨意外地抬眼，下意识想否认，可大魔头目光温柔，她一时竟不想撒谎，乖乖地点了点头。

“因为南山的照片，还是因为别的？”

苏白梨问：“你也收到私信了是不是？”

“收到了……”止浔简单地说，“没细看。”

因为她来他微博留言，他才会登录微博，后台如常有铺天盖地的未关注人的私信。

依他的性子，一般看都不看，可因为担心错过小怪兽的消息，他破天荒地打开看了。

于是不出意外，五花八门，只有他想不到的，没有收不到的——

热烈的告白，委屈的倾诉，嫉妒的控诉，甚至还有人给他发小怪兽的旧照，只为了告诉他，这姑娘从前挺胖的，如今在节目里看起来又白又嫩，不过是妆容衣饰，其实本尊一点都不好看，配不上他。

那张圆脸小萝莉的照片被止浔给右键另存了。

那张照片像素是低了点，角度是刁钻了点，婴儿肥的脸蛋都快给拍出双下巴了，可这也无损于那双眼睛里灵动的光，也不会影响他一眼就认出那确实是少女时期的苏白梨。

“做演员是你的选择，这一行天生就是要站在公众面前的……”止浔温声安抚，“无论是过去还是未来，在你拿出好作品来为自己代言之前，公众的视线不可避免地一定会落在表象上。”

苏白梨没有想到，一向爱欺负她的大魔头会忽然软声安慰她，一时鼻子发酸：“道理我都懂，而且小时候我确实又矮又胖，还特别爱哭，特别黏人……可为什么一定要说那么难听？我如今没有……没有再黏着石屿了啊！”

忽然听见情敌的名字，止浔眼神一黯。

居然扯上那家伙了。

他弯腰，轻轻牵起苏白梨的手，拿过她的手机。

苏白梨的手机屏幕上是一只丑萌丑萌的可达鸭，连密码都没有设，止浔直接滑开了屏幕。

入目正是他刚刚拍的老树弦月，可下一秒手机就震了。

有私信进来，屏幕上方闪过一句话：未婚妻，你不配。

止浔长眉蹙起。

手机又震了一下，再一句：不要拖累哥哥，丑八怪！

苏白梨看见大魔头手指在自己手机上快速地点了几下，不解地问："你在做什么？"

止浔将手机递还给她："未关注人的私信已经关了。"

苏白梨接过来，屏幕上她刚刚看过的一条谩骂还在，"未婚妻""石屿"的字眼很是醒目。

犹豫了一下，她问："你都看见了？"

"看见什么？"止浔声音低沉，显然情绪不佳。

"关于我和石屿曾经有婚约什么的。"苏白梨其实并不确定在渡海崖上，石屿的话止浔究竟听见了多少。

这件事虽然说是她年少时的噩梦，但本来也没觉得多难以启齿，毕竟她只是年少无知的时候黏着少年石屿，也没有什么实质性的接触。

可不知为什么，这一次石屿回来，尤其是在大魔头面前说起这段往事，她心里就硌硬得厉害。

止浔手插在口袋里，背靠着槐树，眼睑微垂，半遮了目光，静静地看着她。

苏白梨心头发慌。

她说错什么了吗？还是，他和那些人一样，觉得她借着石屿的名气来炒作，所以看不起她？

"我还没出生的时候，我爸和石叔叔曾经一起扛过枪，是过命的交情。后来他们约定，如果一家生男一家生女，就定娃娃亲。我们那种小地方，很多人一辈子都没离开过小城，定了亲的多半就真结婚了。

所以我还不懂什么叫结婚的时候，就以为自己会做他的新娘。”

止浔微微抬了一下头，听见她的口中吐出“他的新娘”那一秒，左胸腔的不适格外明显。

“然后呢？”他声音低哑。

“然后……我就总是跟在石屿身后到处跑，到了连徐望南都嫌弃我的地步。可是石屿没嫌弃我，吃什么都我留一份，出去玩也不嫌我腿短走得慢……”

“够了。”止浔闭眼，他问然后不是为了听她说和石屿有多亲密。

苏白梨一惊，不是他问然后的吗？这个变脸如翻书的大魔头……

“既然他对你那么好，你为什么会害怕他？”

难道他曾欺负过小怪兽？这个念头刚刚闪过，止浔已经握起了拳，努力压下汹涌的怒火。

苏白梨苦笑：“我不是怕他，我是怕再被跟他扯到一起……”

“为什么？”

“我小升初的那年，石家忽然就从我们那里搬走了，一个招呼都没有打，七年时间都没有回去过。”苏白梨手指无意识地摩挲着手机的边缘，“他走了以后，大家都说我是被抛弃的那一个，因为矮，因为胖，因为黏人……总之都是我的不对。”

止浔抬手，想隔着时空摸一摸旧时光里那个无辜的小姑娘。

“可是，我做错什么了吗？”苏白梨抬眼，眸光明亮。

“没有，那时候你还小。”

“臭老爹也是这么说的……”苏白梨抿嘴，“可是所有人都说是因为我不够好，所以才会被丢下。所以我每天放学就去操场跑步，不敢吃甜食，也不敢吃饱肚子……”

看着她委屈又无计可施的神情，止浔总算明白为什么这个身为女演员的小丫头会对甜食有那么深的执念，也明白了她那种与外貌不符的怯懦从何而来。

“从前是我不对……可我这么多年从来没有找过石屿，就算这次在节目里遇上，我也都绕道走，为什么——”苏白梨说了一半，就被人拥入了怀中。

她的脸贴在止浔的胸口，他结实的胸肌靠着格外踏实，让她不由自主想要依赖他。

可这个念头在升起的瞬间，就被她掐灭了。

一朝被蛇咬还不够吗？难道她还要在大魔头身上重蹈覆辙？

苏白梨慌张去推止浔，试图让自己摆脱这种莫名的依赖。

察觉到她的抵抗，止浔的手臂反而箍得更紧，听见她三两句里就要带上石屿的名字，感觉到她试图从自己怀里挣脱，他的心如被针扎。

“别人说什么，对你来说就那么重要吗？”

止浔的声音低哑，从头顶传来，苏白梨心跳得极快，快到让她想逃跑，可惜逃不掉。

“可我不知道该怎么解释，石屿他——”

石屿两个字都没有能完整地说出口，就已经被连着后面的词句一起吞入止浔口中。

他不想再听见这个名字从这张嘴里吐出来。

他不想再看见小怪兽为了那个为达目的不择手段的男人伤神。

他不想二十六年里唯一一个走进他眼里、心里的女孩，与“别人的未婚妻”这几个字扯上半分关系。

这种焦灼，使得止浔几乎失去了引以为傲的理智。

哪怕就这一秒，她脑海里没有那个该死的名字也行。

苏白梨彻彻底底地蒙了。

虽然是演员，在片场里她见过男女主角无数种被各种机位包围的热吻，却从没有想过原来唇齿相依是会让人无法呼吸的。

她的鼻间全都是他熟悉的气息，熟悉，但又陌生，陌生的，是大魔头身上不加收敛的侵略感，从前就算是在欺压她，他也总是收敛的。她从不知道原来彼此之间的气力差距这么大，当他不愿放她走，她根本连一丝一毫也别想逃。

更何况，她似乎并不想逃走。

眼前的亲近不是她的强求，是他自愿的，这总不能怪她吧……浑浑噩噩地想着，她甚至忘了闭上眼。

直到止浔睁眼，才发现小怪兽正睁着一双雾气蒙蒙的大眼睛迷迷瞪瞪地看着自己，顿时哭笑不得，松开钳制她的手臂，食指覆在她眼睑上。

她这才乖乖地闭上了双眸。

腰间的桎梏消失了，苏白梨心想。

可是下一秒，他的手就从脑后托住她的脑袋，嘶哑的声音从嘴里传出："专心点。"

不等苏白梨回应，止浔就带着她转身，让她的背靠在槐树上。

晕眩之中，苏白梨完全被困在他的胸膛与槐树之间，这下真的……逃不掉了。

槐树树干粗粝，苏白梨不经意地挪动了一下。

这个细微的动作被止浔察觉，他撑着树的手向她的肩背探去，一触之下才发现娇嫩的肌肤被硌出了浅浅的痕迹。

冲动因为这个发现戛然而止，止浔一撑树干，猛地退开。

微薄的光线下，少女唇瓣殷红，泛着水光。

乖乖闭着眼睛的小怪兽过了两秒才慢慢地睁开眼，眼底潋滟一片。

她背着手，抵在槐树上，仰面看向他，目光里有不知所措的迷茫和无处安置的渴望。

"我……"止浔开口，才发现声音像被堵在喉头，"我不想总听你说起另一个人。"

苏白梨觉得，可能是因为大脑缺氧，她听见了他说的话，却不理解他的意思。

"说起谁？"大魔头不想听她说谁？

在止浔的注视之中，苏白梨福至心灵："你是说不想听我说起石屿吗？"

她还不算无可救药。

止浔拂开她贴在脸颊的发丝，低声说："我很遗憾看不到小时候的你，也没办法回到过去从流言蜚语里带走你，但我可以承诺，从这一秒往后，无论你在何处、在做什么，无论我在何处、在做什么，只要你需要，我都会第一时间找到你，陪着你，不让你再受半点委屈，承受丁点风雨。”

他的声线本就低沉，又是这般近乎耳语的承诺，好似大提琴在耳边响起，撩拨着苏白梨的心弦。

她自诩看过许多剧本，听过很多男女主角的对白，可从来没有想过，有朝一日被告白的对象会是自己，更没想到这个总是高高在上又总爱欺负她的大魔头会突如其来地告白。

一阵夜风起，院门口的灯笼抖了抖，地上的影子吸引了苏白梨的目光。

她微微侧过身子，从止浔的肩膀旁看见了站在门廊下正扛着设备的摄像小哥。

录制中的红灯一闪一闪。

小哥从取景器里看见苏白梨回头，赶忙停下拍摄，向他们比了个OK的手势，扬声笑道：“不愧是止老师，这光影一半明一半暗，简直是画中才有的完美布局。”

苏白梨愣了一下，抵在树干的手指猛地收紧。

她缓缓地抬眼看向止浔，雾蒙蒙的眼中情绪涌动，却终究连一句话都没问出口，嘴角浮起一丝单薄的笑，一言不发地从他身边走开。

止浔一只手拉住她的手腕，脱口说道：“不是你想的那样。”

苏白梨看着自己的手，用只有两个人能听见的声音说：“还在录呢，止老师。”说完不动声色地从他掌心抽出了手，脸上带着微薄的笑意，从摄影小哥的身边推门进了院子。

小哥看着合拢的院门，惊觉自己闯了祸：“止……止老师，我不是故意——”

止浔看了一眼扛着设备的愣头青，年轻男人的五官在他眼中一片模糊。

这是谁？节目组里的哪一个？是前天来向他问参数的，还是昨天问配色的，又或者是……他终于依稀想起了，这是下午拍摄间隙里还曾来找过他的摄像菜鸟。

当时这人拿着手机，兴冲冲地来找止浔，说是刚刚关注他的微博，发现尼泊尔拍的那组照片好看得令人窒息云云……

所以，这人晚上大概也在翻看他的微博。

所以，这人才会在第一时间看见他发的老槐弦月，误以为他是在外取景，带着设备来“学习”。

初出茅庐的小摄像满脸惶恐，连声道歉：“我去找白梨解释……”

“不用了。”止浔沉声，“我自己去。”

十三点甜

所谓心动，是一场终归要醒的梦

苏白梨走得很快，心里说不出的混乱。

比起大魔头的亲吻与告白带来的冲击，发现节目组正在拍摄给她的刺激更大一些。

前一秒她还有仿若被带上云端的幸福感，下一秒就陷入了“原来是这样”的沮丧当中。

因为情绪不稳，推开大门的时候，苏白梨的力道有些猛，以至于木门发出巨大的声响，惊动了坐在一边雅座里的人。

数双眼睛一起看了过来，苏白梨一怔，才发现是何婉、石屿他们正在大堂中拍摄。

老式的木质长榻上铺着石屿的红黑色外套，让衣着清凉的何婉不至于被木头硌疼。

石屿的手臂撑在她身侧，她的卷发披散在他的手臂上。

一幅情人私语的旖旎画面。

还真是眼熟。

原来是这样啊，就像石屿对何婉所做的。

大魔头，不……止浔对她做的，不过是为了节目效果。

苏白梨嘴边不由自主地浮上一抹自嘲的笑容来。

她无声地拱了拱手，做了个抱歉的动作，蹑手蹑脚地穿过大堂，跑向自己住的小楼。

一直跑到没有人的黑暗角落里，她才背靠着墙壁，手捂着胸口，对着漆黑的角落，一口接着一口地喘着气。

啊，太傻了！

苏白梨在心里把自己骂了一万遍，有了年少时那一段经历，她以为自己变聪明了，不会再轻易与旁人拴在一起，不会再受到这种虚无的亲密关系的桎梏。

结果呢？止浔只不过动动手指，她居然就上当了。

要作秀，可以跟她说的。

真人秀嘛，需要有看点，节目组找他们来就是谈恋爱给观众看的。这个道理苏白梨明白，只要好好地给她说，她一定会配合的，而且会演得很好，演得比真的还真。

所以，他为什么要害她信以为真……就像个大傻瓜。

看着苏白梨匆匆离开的身影，何婉长睫微闪，对石屿说："白梨怎么了，哭了？"

石屿口吻温和："小孩子闹脾气吧。"

"她虽然看起来稚气，但不是个会随便闹脾气的人。"何婉作势要起身，却被石屿拉住了。

"镜头明天就要剪入花絮，然后播出了。"再耽误，就来不及拍了。

何婉看了他一眼："嗯。"

工作人员上前，替两人稍作整理，又接着先前的情绪拍摄你侬我侬的画面……门却再度被人推开了。

这次进来的是止浔。

注意到他向来纹丝不乱的衬衣被解开了领扣，袖子也被捋到了手肘以上，何婉微微眯起了眼，意味深长地看向他。

"找白梨？她刚回房间去了。"何婉说。

止浔点点头，目光在她身边的石屿脸上稍作停留，快步追着苏白梨离开的方向走去。

“石屿……”何婉笑吟吟地问，“你说，如果你我联手，人气都拼不过一个圈外人和一个素人，会不会变成笑话？”

石屿笑着，拿起衣裳披在她肩头：“不会的，谁也比不过你……”

止浔停在苏白梨的客房门外。

室内没有开灯，也没有动静。

他抬手，手指叩在门板上却又生生停下了。刚刚在槐树下，他的冲动不在计划之中，原本应该是表白在前的……

他的莽撞到底吓着小怪兽了吧。

指腹从唇上拂过，属于她的温热气息似乎还在唇瓣，止浔有些懊恼，自己为什么没有多忍耐一天？

明天，等到明天把小怪兽带到市集上去，等他认认真真地向她告白，听见她说“我愿意”以后，这个吻或许会更名正言顺一些。

他站在门口，停了许久，终究没有敲门，而是从另一边的楼梯离开了。

而他所不曾注意的阴影中，苏白梨无声无息地走了出来，手指紧紧地攥着自己的衣摆。

她盯着止浔离开的方向，看了许久。

次日，按照剧组的安排，情侣嘉宾们将会进入渔村古镇的农家，体验渔民夫妇的家常。

当苏白梨换上蓝白花纹的短衫，在镜头前转了个圈，众人都感慨就算是粗布衣裳，配上小白梨这张出水芙蓉的脸孔，也不像村妇，倒像是来人间报恩的田螺姑娘。

听了夸奖，苏白梨抿嘴笑笑，没了往日那般没心没肺的开怀模样。

“在找浔哥吗？”工作人员见她四下张望，问。

苏白梨不自在地问：“嗯，他去哪里了？”

“哦，好像是有媒体过来采访，所以跟导演告假，稍微脱队一会儿。”

苏白梨“哦”了一声。

她本以为大魔头是淡泊名利的那种人，看来只是她的错觉。毕竟，他还曾对她撒谎是为她来的节目组，其实呢，却是受了婉婉的邀……

大魔头，她可能从来都没认清吧。

胡思乱想的苏白梨得了任务，需要去镇子上采购午餐的食材，并且张罗一桌饭菜。

从前没来楠都念书的时候，苏白梨是绝对的十指不沾阳春水，别说买其他的，就连葱姜蒜她也不会挑。但如今，经过大胡烧烤店的历练，她对自己还是有几分信心的，挎着渔夫家的篮子就去了集市。

奇怪的是，渔村市集的人超乎寻常的多。

而且她去哪个摊位，哪个摊位就忽然人头攒动，硬生生把她和隐秘拍摄的摄影小哥给挤开了。

苏白梨可怜巴巴地提着篮子，就像被巨型动物欺压的小白兔，不知不觉地被人流撵着往市集的一隅走。

她走了几步，狐疑地回头——

奇怪了，那个带头跟她抢虾的大叔为什么有几分眼熟？她好像在哪里见过。

哦！对了，这不是前一天户外用品店的老板和他兄弟们吗？

苏白梨刚一拍脑袋想起来，眼前忽然就被塞来一篮子活蹦乱跳的新鲜海虾。

捧着篮子的，是两只绿色的有着尖尖指甲的毛绒大爪爪……

篮中的鲜虾带着海货特有的腥气，可苏白梨几乎看都没看它们。

她盯着面前穿着毛茸茸的玩偶服，比自己整整高出一个脑袋来的“大怪兽”。

如果说当初，在老胡店里穿着玩偶服的苏白梨短手短脚甚是可爱，眼前这只因为大长腿而露出半截腿脖子的“大怪兽”就显得有些可怜了。

因为个子高、手臂也长，手腕和脚脖子都没能被盖住，之前苏白梨穿的时候拖在身后的大尾巴，现在也只是堪堪着地。

玩偶里的人只能从怪兽嘴巴的镂空里看外面，而别人从那儿只能看见一片黑。

所以尽管和玩偶里的人对视，苏白梨也看不清对方的眼睛。

“止浔？”

当初大魔头是向大胡哥讨走了怪兽服，可如今山高路远，他不至于随身带着这东西吧？

大怪兽没回应她，举高了手中装满鲜虾的篮子，又拿大爪子的一根指甲指了指不远处的海产店。

店铺干净明亮，漂亮的老板娘绾着发髻在门口向他们招手。

苏白梨看了眼身后乌泱泱的“抢购大军”，默默地跟着大怪兽走了过去。

因为玩偶服不合身，他走路的时候总被玩偶服的裤管给扯住……看起来好傻哦。

苏白梨弯腰，将毛茸茸的大尾巴抱进了怀里。

少了累赘，大怪兽走起路来顺畅了一点，于是他回头看她，只见穿着蓝白印染小衫的少女鼻翼微微透着汗，大眼睛里带着隐隐的笑意，老老实实地抱着绿色的大尾巴，一如初见。

时光有那么一刻的静止，仿佛穿越了这诸多时日的朝夕相处，又回到了第一次碰面的陋巷。

抱着尾巴的还是她，穿着怪兽服的却成了他。

“小姑娘，买海鲜吗？我家的海产都是今儿清晨刚捞上来的，可新鲜了，进店看看吧。”老板娘笑盈盈地将苏白梨领进店。

与这古镇上众多湿漉漉的海产店不同，这家店就像被人特意打扫过一般，地板干爽，桌面上还放了小支的熏香，祛除海腥气。

苏白梨回头看了看，见跟着自己的摄像小哥正在拍摄中。

果然是节目组的安排呢。

她安心地走到玻璃缸旁边，装模作样地向老板娘打听各种水产的价格、吃法。

老板娘极力推荐她旁边缸里的扇贝："这可是我们小哥儿凌晨四点下海给捞回来的，你知道那时海里是什么温度吗？"

苏白梨没见识过太阳升起之前的海水，但想想就一哆嗦。

那得有多冷啊！

"好吧，这些扇贝我要了。"苏白梨想了想，问老板娘，"那么冷的海水里摸扇贝，小哥会不会生病？"

老板娘笑着看了眼门口站着的大怪兽，不无怜惜地说："虽说身强力壮吧，但也难说会不会感冒。"

"那让他喝点姜汤、板蓝根什么的，预防一下吧。"苏白梨一时都忘了，人家是做这行的，风里来雨里去早就习惯了，哪会因为这一次下海就病了呢。

老板娘点点头，扬声对大怪兽说："听见了吗？小姑娘提醒你要喝点药，别感冒了。"

大怪兽袖手站在门边，无声地点了点头。

苏白梨被搞蒙了。

她原本有百八十的把握，猜玩偶服里的人是止浔。可听老板娘的意思，这玩偶服里的其实是海产店的伙计，而且还是连夜下海捕捞海鲜的那种资深伙计。

所以怪兽服是巧合。

一切都是她想太多了吧……

苏白梨的目光往怪兽那边飘，可对方虽然脸朝着她们，却没有半点互动。

苏白梨只好作罢，最终选了些扇贝和虾，付完款正要走，就听老板娘说："小姑娘别急着走，咱店里买海产送加工。"

苏白梨正愁带着这些东西回去，不知道该怎么处理呢，一听，立马兴高采烈地接受了。

十分钟后。

蹲在水产店厨房门口的苏白梨，手里拿着一根树枝，有一下没一下地敲着地，大眼睛一眨不眨地看着正背对着自己，对着水池子忙碌的“大怪兽”。

他那两只碍事的大爪子被搁在一边，露出修长的手指悉心地清洗海虾。

苏白梨对人的观察本就细致，别说整只手了，就算露出个指甲，她也能认得出来。

明明就是大魔头！

还装什么水产店小哥，说什么夜半三更去捞扇贝，骗子！

为了节目效果而不择手段，这种事苏白梨早就听说过，却从没想过止浔也这样。可是转念再想想，他这么做也没毛病，恋爱真人秀，本来……就是一场表演。

这样想着，苏白梨强压下心头隐约的不愉快，起身走到他身边。

水开得很小，从他的指缝中缓缓地流过，苏白梨一眼看见了白净的手背上暗红的口子，像是被什么粗粝的东西蹭破了皮，还未完全愈合。

她伸手关掉了水龙头。

怪兽脑袋转向她，低头，似乎是在看着她。

苏白梨拉起他的手，伤口浸了水，边缘有些红，她心里忽然特别难过，开口时不免带了些许鼻音：“你们做伙计的，都要这样被压榨吗？手都破了，还要下水。”

怪兽点了点头，试图抽回手。

苏白梨没放，拿自己柔软的棉布衣摆轻轻揩了揩伤口上的水渍。

“我来洗吧……”她侧身挡在他跟前，“你教我。”

怪兽愣了下，随即点了点头。

水是地下水，沁凉入骨，苏白梨学着对方刚刚的样子，细细冲洗着海虾。忽然，绿色衣袖从她身后合拢过来，她心一提，可对方只是握住了她的双手，示范给她看如何快速而整洁地剔除虾线。

他的手比苏白梨的大得多。

因为浸水，苏白梨的手原本是冰凉的，但他掌心温热，肌肤的触感分明。

苏白梨觉得心跳快得即将失控，虽然身后的人穿着怪形怪状的玩偶服，连脸都没露，可前一晚的那个深吻还历历在目，总是一不留神就蹿上心头。

算了，算了……就当是演戏，演员嘛，难道还挑剔剧本吗？

苏白梨以为这一切只是节目组的安排，走个过场，录够了素材也就结束了，哪知道，将海虾、扇贝洗完之后，他竟真端着去了厨房！

看着套着怪兽服的庞然大物在逼仄的厨房里忙碌，苏白梨有种说不出的心疼。

可惜她不会做菜，也帮不上忙，只能站在门口乖乖地等着。

“怪兽”套了件白色的围裙，在他身上看起来只有小小一块，傻得可爱。

即便如此，他还是动作娴熟，不多会儿，喷香的几碟海鲜就被端上了桌，苏白梨趴在桌前，嗅了满鼻子香气。

她本就是个小吃货，少女时代为了减肥而落下的美食，在成年之后被连本带利地补了回来。

楠都远海，很难有这么新鲜的海鲜，若不是碍着摄像机还在拍，苏白梨只怕已经直接动手了。

想了想，她还是决定配合演出：“我的……男友还没有来，再等等。”

怪兽站在桌边，拿手指蘸了水，在桌上写：海鲜凉了，吃了会腹泻。

字迹遒劲，铁画银钩。

苏白梨深深地看了他两眼，拿起一只海扇贝，低头将贝肉戳出，鲜香之气四溢。

“真好吃……”她忍不住举起壳子，“你也尝尝——”

她一抬头，才发现他也在对面坐下了，修长的手指正在剥虾，而后，将白嫩嫩的虾尾放在她面前的碟子里。

海产店这一条龙服务未免忒到位了吧？这剧本，有问题啊！

她这边刚慢吞吞地吃了一只虾，那边剥好的虾肉就又递过来了。

苏白梨放下筷子，盯着他。

他终于停下动作，揩干净手指，蘸水写道：不好吃？

苏白梨摇头："是我吃过最好吃的虾。"

他又写：那怎么不吃了？

"想留给一个人吃。"

他长指一顿，写道：男朋友？

苏白梨点头。

他缓慢而清晰地写下：这是做给你的，你一个人的。

苏白梨抿着嘴，疑心自己脸已经红透了。

看来她的演技还不够纯熟，演着演着就忘了自己是在表演："为什么？"

他擦干净了桌面，一笔一画地写：你是第一，也是唯一。

第一什么？唯一什么？

他没有写，可她仿佛听见了耳边大魔头用嘶哑的嗓音许诺，不会再让她受一点委屈，承受丁点风雨。

虽然明知是做戏，她却还是没骨气地红了脸。

像在等她的回应，写完这八个字，他就没有再动。

苏白梨起身，走到他面前。

她站着，比坐着的"怪兽"高不了多少。

双手捧住怪兽脑袋，苏白梨顿了下，见他没有反对，轻轻地向上一提。

当止浔的脸出现在她眼前，她忽然鼻腔一酸，才发现不过半日不见，自己竟然这么想见到这个人的眉眼。

他狭长的眸子静静地看着她，带着浅浅的笑容："怎么认出我的？"

"你走路的姿势我都能认出来，何况是手……"苏白梨一愣，将头套放到一边，手指抚上他线条刚毅的脸，"你的脸怎么了？"

止浔脸小，但下颌的弧线凌厉，这使得整个面部虽然俊美却不阴柔。

此刻他下颌处有一道长长的伤口，因为闷在头套里而边缘红肿，可能会发炎。

“一点擦伤……”止浔拉住她的手，“不碍事。”

“怎么受的伤？还有你手上的……”口吻中的关切与心疼藏也藏不住。

止浔嘴角弯起，温柔地看着她，没有直接回答。

苏白梨不由睁大了眼，不是吧？老板娘说夜半三更下海捞贝抓虾的小哥儿，不会真的是大魔头吧？

止浔拉着她坐在自己身边，两人并排，他仍旧握着她的手。

靠得近了，苏白梨才看见他鬓角与领口亮晶晶的汗水，下意识想替他脱掉闷热的怪兽服，可是他把她的手握得很紧，她根本抽不出来。

“你都热成这样了……”苏白梨急得冒汗，就像闷着的是她一样，“脱了吧！”

止浔摇头。

苏白梨疑惑地问：“为什么……”

“第一次见你，你就穿着这件小怪兽的衣服……”止浔的目光温柔，像是又想起了初见的那个午后，“那时候我看不清你的样子，不知道你是高是矮、是胖是瘦……可就是这样的你，还是横冲直撞地闯进了我的眼睛里，我的心里。”

认识止浔以来，他总是衬衫西裤，领口、袖口系得一丝不苟，这是苏白梨第一次看见这样“衣衫不整”的他。

绿色怪兽服、不够长的衣袖和裤管、傻乎乎的小围裙，可以说跟他的气质完全不符，甚至是有点儿傻气。可是，为什么她一点也不嫌弃，甚至还有伸手抱抱他的冲动呢？

苏白梨觉得自己又快要脱离剧本了……

“我不想脱掉这身东西，是因为我想告诉你，喜欢你这件事与穿着什么、美丑胖瘦并无关系……”因为从未这样认真地剖白过内心，止浔的笑容与平素的笃定不同，隐约带着一丝腼腆，“就算我遇见的是十年前的你，你也一样会走进我心里。”

我也是。

这个念头在苏白梨脑海中一晃而过。

初相逢，他傲慢又冷淡，欺负她，戏弄她，可一次次从危机中拯救她的也是他，温柔地擦去她的眼泪、安抚她的不安的也是他。

而这一切，与他是否西装革履，是不是众人仰慕的摄影大师毫无关系。

就算是穿着怪兽服，连脸都没有露出来，他还是能让她心跳加速。

就算是脸上带着伤，身上穿着可笑的小围裙，他还是能让她情不自禁地想去拥抱。

“你呢……”止浔张开手臂，“你和我一样吗？”

苏白梨诚实地点头：“我也一样。”

止浔闻言，连额头的汗也顾不上了，只觉得，只要能换来她这么一句，不管受什么伤都是值得的。

“既然你喜欢吃，我往后带你去海边常住，每日做新鲜的海鲜给你吃。”

苏白梨心底的惶惶感越发强烈，喃喃地说：“那不行，再吃成个胖子就……”

“胖了好，我眼睛里就更放不下别的人了。”

苏白梨哭笑不得：“不要！”

对着眼前这桌菜说不感动是假的，但她内心深处又有种说不清道不明的不安。

止浔表现得越深情，苏白梨的这种不安越明显。

“等节目录制结束，我陪你回一趟家吧。”

苏白梨走神：“嗯。”

“徐望南说你爸不抽烟也不喝酒，他喝不喝茶？”

听见徐望南的名字，苏白梨察觉不对：“我爸？”怎么扯上臭老爹了？

止浔又问：“或者，他喜欢字画之类的吗？”

苏白梨猛地站起身，下意识地看了眼仍旧在拍摄的小哥和跟组工作人员，想说话又犹豫了一下，最终挤出一句：“我不知道。”

止浔察觉到她的异样，目光从摄像小哥身上扫过：“素材应该差不多了，就结束拍摄吧。”

小哥连忙关了镜头：“素材是够了——”

“那留我和白梨待一会儿吧。”

摄制组的人走了，连“老板娘”也离开了小店，一时间店铺内一片寂静，只剩下红着脸、满腹心事的苏白梨和静静凝视着她的止浔。

“你怎么了？”他总觉得离开南山之后，那个无忧无虑的小怪兽就不见了，随着石屿的出现，她就总是心事重重。

苏白梨掰着自己的手指头。

止浔说：“你不希望我去探望你的父母，是吗？”

她睁着大眼睛瞅了他一眼，点头。

“为什么？”

苏白梨勉强地挤出一抹笑：“他不支持我当演员，更不会支持我上这种真人秀……不会配合演戏的。”

止浔蹙眉：“演戏？”

“他不光不会配合，如果被他发现我上恋爱真人秀，还有可能直接去楠戏转走我的学籍，逼着我回去念什么商业管理。”苏白梨苦笑，“我们那种小地方，没有你们楠都人开放。”

话说完了，苏白梨才惊觉大魔头周身散发的低气压，不由自主地朝后缩了缩。

止浔一把拉住她，将她带着坐在自己腿上，隔着厚厚的怪兽服将她圈在怀中：“你觉得我说陪你回家，是为了演戏？”

他的气息落在耳畔，苏白梨胸脯起伏，大气都不敢喘，忍不住四下张望。

“你在看什么？”止浔问。

“镜头在哪里？”苏白梨压低了声音。

止浔脸色一变，停了两秒，问：“你以为我现在跟你说这些，是为了节目效果？”

“不……不是吗？”苏白梨被他问愣了。

止浔的唇线抿紧，过了许久，缓声问："那我刚刚问你，你对我是否也一样，你回答和我'一样'，也是为了节目效果？"

他神色前所未有的严肃，苏白梨下意识地想从他怀里逃开，可是起身又被按得坐下了。

"先回答我是不是。"

苏白梨情急："是啊，我不应该那么说吗？"

他都那么努力造效果了，她怎么能拖后腿呢？她当然应该尽可能地配合演出，表现得甜甜蜜蜜了……

止浔眸光如墨，死死地看着她："那昨夜在槐树下，也是为了出效果？"

想到那个吻，苏白梨耳后一烫，目光不由自主地落在他纤薄的唇瓣，然后飞快地别开："大概吧。"

其实那之前她根本没有发现摄像小哥，何来配合……

"如果不是我……"止浔凝视着她的眉眼，慢慢地问，"换成其他的嘉宾，你也会配合演出吗？"

苏白梨犹豫了一下。

她是科班出身的演员，这是她的工作，既然是要演出情深意笃的效果，那她自然是要照做的……如果不是大魔头，如果是其他男嘉宾，箭在弦上，她一样会配合。

"会。"应该吧……

这个短促的音节过后，箍在她腰间的力量消失了。

苏白梨得了自由，连忙从他腿上站起身。

止浔看着匆忙逃开的苏白梨，胸口钝痛。

他所做的，原来只是她眼中的剧本。她所给予的回应，不过是演员的自我修养。

一切像一场一厢情愿的独角戏，他居然演到现在才搞清状况。

落在桌边的手攥紧，紧到关节泛白。苏白梨觉得胸口发闷，本来就不安的心情因为止浔发白的脸色而愈加无法控制，胸中仿佛有只怪物要破壳而出，她忍不住想要大声喊叫。

可是，她不知道这冲动到底是什么，她不知道还能说些什么。

一个人影匆匆从店铺门口闪过，又退了回来。

“白梨？”涂滢折返回来，看着站在店内的苏白梨，“原来你在这里，我找了一路。”

苏白梨像见到了救星，从窒息里找到一丝缝隙，连忙上前：“你来啦，刚刚好……嗯，止老师的这些菜特别好吃，你要不要尝尝？”

风尘仆仆赶来的涂滢这才发现，桌边穿着古里古怪的怪兽服的男人，居然正是整个楠戏学生挂在心尖上的止浔！

“要，当然要！我一下飞机就过来找你，还没吃饭呢。”

苏白梨看了止浔一眼，他周身像凝了万年的冰，眸中不见半点柔情，用沉寂的目光看着涂滢伸向餐盘的木筷。

“手艺真的超棒！”涂滢赞不绝口，一边不忘向偶像自我介绍，“我是白梨的舍友，我叫涂滢，止老师，我特别喜欢——”

话还没有说完，止浔已经站起身，修长的手指拉开怪兽服的拉链，沉默地脱掉了绿色的外套，露出被汗水濡湿的T恤。

灰色V领被汗水打湿了一片，贴在胸口，几乎能看见胸肌的轮廓。

这身材……涂滢眼睛都看直了。

苏白梨的眼睛里却只有他胳膊侧面的擦伤，与他手背和脸颊的伤如出一辙。

“止老师，你去哪儿？”涂滢跟着站起身。

止浔像是没有听见，长腿从地上的怪兽服上跨过，走向店铺门口。

“你去哪儿？”苏白梨忍不住出声。

他顿了一下，终究没有回头：“拍完了，回去休息。”说罢，消失在她的视线中。

涂滢觉得气氛有些诡异，侧目见苏白梨委屈得快要哭出来了，不由安慰：“浔大出了名的高冷，你也不用太往心里去，他对谁都这样的。”

苏白梨的嘴角弯了弯，还是没能挤出笑容。

不是的，他从来没有这样对待过她。

盯着软趴趴瘫在地上的绿色怪兽服，苏白梨眼眶忽然就红了。

她明明已经很努力了啊……镜头前，一秒也没有掉过链子，甚至比她以为的更加入戏，入戏到她都快以为他们真的是情侣了。

十四点甜

老板娘特供

这一期的分组拍摄基本结束了，晚间本是安排节目组聚餐，谁知道工作人员联系了一圈，发现没几个人有空，只好作罢。

涂滢见苏白梨跟蔫了的小白菜似的，干脆拉着她去市集上喝酒闲逛。坐在海边的小酒馆里，苏白梨闷头喝酒，没多久就脸颊发红，醉眼惺忪地看着远处的码头发愣。

“你就这样跟浔大录的节目？”涂滢一副恨铁不成钢的扼腕神情，“将来节目播出，还不得被群嘲死……”

依她所见，这两人中间简直隔着整个喜马拉雅。

“嗯，会被嘲死。”苏白梨喃喃。

涂滢反而不忍心了，安慰她：“也不怪你，你之前就没演过多少感情戏，而且……浔大也不是你的菜。”

苏白梨大眼睛看过去，反问：“为什么说他不是我的菜？”

“你的未婚夫不是石屿吗？”涂滢感慨，“虽然我个人更喜欢浔大这种禁欲系精英，但也不否认石屿真的是三百六十度无死角的花美男，你的审美没毛病。”

“滢滢，你从哪儿听说我跟石屿的事的……”

涂滢喝了口酒："你以为圈子有多大？石屿这次借着何婉的东风爆红，早就被挖了个底朝天。别说你当初是他未婚妻、小跟班，就连他家十来年前破产，家徒四壁的事都一清二楚。"

苏白梨喉头发干，到底还是闹得尽人皆知了。

"其实也没什么不好意思的，就凭石屿那张脸，让无知小妹妹们趋之如鹜那是再正常不过了。你当年小嘛，颜控一点也正常。"

苏白梨苦笑："我当年不是因为他好看，才跟着他。"

"那是为什么？"

苏白梨没说话，摇了摇头。儿时她对石屿的那种近乎孺慕之情，如今说出来连她都不敢相信。

"我不想再被当成别人的附属品了，滢滢……"苏白梨红着眼睛说，"只要那个人走了，你就会立刻成为被遗弃的一方，被同情也好，被嘲笑也好，多少年都翻不了身。"

涂滢若有所思地看着她，她一向没心没肺，从不曾露出这一面。

"说这些干什么，反正你这次也没跟石屿组 CP（情侣），他跟何婉的人气高着呢，你别瞎担心。"

"不是的，我不是在担心这个……"苏白梨晕乎乎地摇头，"我是不明白，明明我那么怕跟人绑在一起，可为什么还要配合他呢？"

"他？你在说谁？"

苏白梨托着腮，迷迷瞪瞪地说："大魔头啊，我为什么要配合他谈恋爱？为什么他对我冷淡了，我就觉得这里像有个东西要撕破衣服冲出来？"

涂滢看着喝醉了的舍友胡乱地扯着衣裳前襟，连忙拦住她："大魔头……你是在说止浔吗？"

"是啊，就是他……"苏白梨咕哝着，趴在桌上，"不然还能有谁呢……"

半小时后，涂滢千辛万苦地架着喝醉了的苏白梨回宅子，进门就遇见了徐望南。

徐望南本就和苏白梨的室友们认识，见是涂滢，没什么好脸色："白梨留给我来照顾，谢谢你送她回来。”

涂滢不想走，何婉、陆羽还有一众人气正高的明星就住在这里，她怎么舍得离开？“你是男的，照顾起来不方便，还是我来吧。”

徐望南看了眼趴在一边呼呼大睡的表妹，冷眼对涂滢说：“你不用在我面前装好人。白梨之前的角色是怎么被你夺走的，她不知道，我可都清楚。我不对她说是不想她对友情失望，不代表所有人都会被你蒙在鼓里。”

涂滢脸上挂不住，嘴里还努力辩解：“剧本改了，人设变化……不是我，也会是别人。白梨她和我关系好，一定也宁可给我接手的。”

徐望南鄙夷地看着她，沉默不语。

“徐导不方便，就交给我吧。”

何婉与石屿散步回来，正好撞见这一幕，她走到苏白梨身边，手指探了探苏白梨的脸颊，只觉滚烫，不由问：“小白梨这是喝了多少？”

见到艳光四射的女明星，涂滢说话都有点结巴：“挺……挺多的，她一直喝，我没注意的时候她就喝空了几个瓶子。”

何婉怜惜地说：“可怜的小姑娘，该不会是为了止老师提前离组的事伤心吧。”

“离组？”

何婉直起身，看向石屿：“你还没听说吗？下午录制结束，止浔就申请离组了。”

徐望南点点头：“今晚航班，这会儿差不多该起飞了吧。”

沉睡中的苏白梨像是感应到了什么，不安地换了个趴着的姿势，呓语道：“别走，大魔头。”

夜。

市集上早已经人去楼空。

白日的那家水产店的门虚掩着，一个修长的身影停下，推开了门。

月色朦胧，照亮了店铺。

他站在桌边，目光四顾，像在找什么东西。

可地面空空如也。

长指缓缓抚过桌沿，在那里，他曾经一笔一画地写下“这是做给你的，你一个人的”，可是那个人满不在乎地邀请了别的人享用。或许，所谓的心动不过是他的一场白日梦，该醒也就醒了。

随着门合上的吱呀声，男人的脚步渐渐消失在无人的街巷……

按照《亲爱的TA》的宣传计划，在正式拍摄结束、播出之前，会提前放出剪辑好的花絮造势。最开始，关注自然都集中在陆羽和何婉两对身上，但很快就因为艾丝拉路人缘太糟，而拖累了陆羽。

粉丝们都说他和艾丝拉之间不来电，就算上真人秀也像在拍一场没情感的戏。

反倒是前期没什么关注度的阿葵和莫侨，在花絮里花式互相挤对，一冷一热甚是有爱，飞快地培养出一群粉丝。

至于石屿和何婉……

由于何婉的超强人气，在最开始的时候确实带动石屿在国内火了一把，但等石屿有了自己的女友粉，就开始和何婉分庭抗礼，主要的争议在于，这场感情里究竟是石屿吃了女神的软饭，还是真的两情相悦、金童玉女。再加上石屿爆红之后，石家十年前的旧事被挖了出来，粉丝们发现爱豆是在家族企业破产之后孤身出国……

更重要的是，石家破产前石屿是有一个青梅竹马的小未婚妻的！而石家破产之后，这段婚约就无疾而终了。

个中原因，粉丝们纷纷自行脑补，最多的猜测当然是小未婚妻嫌贫爱富，看石家破产就毁约不嫁了。于是粉丝顺着两人学生时代的关系网，一路摸到用户名为“小甜梨”的未婚妻微博下，私信留言，拿儿时“土肥圆”的照片讥讽苏白梨……无所不用其极。

网络这东西，隔着网线，天使恶魔本就是一线之间，石屿的未婚妻成了节目预热的最大牺牲品。

除此之外，与阿葵和莫侨的情况差不多，另有一对在刚开始的时候几乎无人注意的CP（情侣），因为一段女生替男生拿开人偶头套，露出虽然汗涔涔却白皙英俊得让人怦然心动的面孔的视频，而一度以

GIF 图片的方式霸屏。

女主有双小鹿一样深情又纯真的大眼睛，心疼从目光中真情流露，如果源自演技，那可真是神仙演技了。而男主角一张脸轮廓鲜明，在玩偶头套中闷出满头汗水，眼底的宠溺却没有因此减少分毫，笑吟吟地看着女友。

粉丝们说：这哪是摘头套啊，分明是另类的掀盖头。

曾经只在摄影与户外圈里名气斐然的止浔，居然因为一张动图而红出了圈。等颜粉们发现，这个帅裂苍穹的帅哥居然还是个身家过亿的顶级风光摄影师，始于颜值、忠于才气的浔粉，几乎和原先的摄影粉各占了半壁江山。

摄影大师止浔和素人苏白梨，一对原本毫无话题度的 CP（情侣）后来居上，完全超出了节目组的预期。

“白梨，你这次真是来对了……”徐望南一边查看各项搜索指数，一边感慨，“等正式节目播出，不愁没有剧组找你拍戏。”

苏白梨拖着粉色行李箱，蔫头耷脑地“嗯”了一声。

从海产店那天之后，她就再没有见过大魔头。

清晨醒酒，她第一时间跑去止浔的房间，想跟他说句对不起，想告诉他其实臭老爹虽然不嗜酒，但很爱品酒，所以只要有人陪他小酌，他就会开心。可她敲了许久的门，却是隔壁的石屿出来，告诉她，止浔已经提前结束了拍摄，回楠都了。

“本来就是合约期情侣，节目播出之后他就算公布其他恋情也不违约……”石屿说，“你不用太真情实感，止老师不是我们这个圈子里的人。”

苏白梨抱着怀中的纸袋，只觉得心口闷闷的，越是听石屿的安慰越疼。

大魔头和别人公开恋情？这四个字，就算是想想她都快要窒息。

“你怀里的是什么？”石屿问。

苏白梨抱紧了，摇头：“没什么。”说完转身跑了。

纸袋里是被她从海产店里捡回来的怪兽服。当初止浔跟大胡哥要来的时候，说过自己很喜欢的。那时候不是拍摄期，这句“喜欢”应该是真的吧……所以她在涂滢不解的目光里硬是把玩偶服带回了酒店。

她可以借着还玩偶服给大魔头的机会，去见他。这个念头模模糊糊地存在在苏白梨的脑海中，连酒醉时都没忘记，结果他居然不告而别了。

众人正在宅子门口等待巴士，忽然有人提着大包小包走过来，不住地在人群里寻找着什么。

苏白梨不经意地瞥了他一眼，眼熟。

“哎，是你啊……”大叔咧嘴一笑，“浔哥人呢？我把他要的东西送来了。”

苏白梨左右看看，确定大叔是在跟自己说话，再一回忆，记起这人是市集上卖户外用品的老板，海鲜市场上他还伪装成顾客挤她来着，要不是他，她还真未必会去那么偏的海产店。

“止老师他先走了。”

大叔挠头：“他全款都付了，咋东西没拿就走了？不过还好丫头你在，反正也是给你买的，你带走呗。”

“我？”苏白梨一头雾水，“给我买的什么？”

大叔将巨大的登山包打开，如数家珍：“登山服、登山靴、登山杖、防寒服……你来看看？”

苏白梨迷茫地探身，果然看见折叠妥当的户外装备一应俱全，折叠好的登山服是粉灰相间的，一看便是女款。

“浔哥要的都是最好的，好几款都是我想办法从别处调来的现货。听他意思，打咱这儿离开你们就准备去穆劳露营了是吗？真好啊，如果有机会，真想跟着浔哥去走一遭。”

苏白梨央求过止浔带自己去远足，他嘴上什么也没有说，却默默替她添置了装备。他是打算在节目拍摄完毕之后带她去，所以……与节目本身没有半点关系，对吗？

“你真替他收下了？”徐望南试探性地问，“你就不怕老板弄错了人，东西其实不是给你买的吗？”

苏白梨幽幽地看了他一眼。

徐望南连忙摆手："没这可能！我打包票。以浔哥那种'注孤生'的性子，我才不信他会给什么姑娘准备户外设备。"

除非，南极洲出现北极熊。

近日，骆骁过得很不舒坦。

因为，原本就是北极冰山的止先生，拍了个恋爱真人秀回来之后，越发生人勿近了。偏偏，身为止先生为数不多的好友之一，骆骁又不可能眼睁睁地看着某人危害天下，只好抱着"我不入地狱谁入地狱"的信念，二十四小时跟着他。

这直接导致骆骁觉得，三天时间里，他的发际线足足后移了至少0.3厘米！

这晚，止大魔王又在咖啡店里修片到半夜三更。

骆骁打了第一百零八个哈欠之后终于忍无可忍："修图之路漫漫，留点给明天不行吗？"

"我明天要去穆劳。"止浔头也不抬，"这些图要给摄影协会，等不及回来。"

骆骁半个哈欠卡在嘴巴里："穆劳，你是说底斯群岛的那个穆劳小径？"

"嗯。"

"一个人？"

"嗯。"

"拍片？"

"嗯。"

骆骁心道：完了完了，拍了个真人秀，直接把某人拍得看破红尘，决意单身了！

穆劳小径以其风景绝美、地势险峻闻名，多少情侣带着对永恒爱情的希冀前去朝圣，但成功抵达的人少，无功而返的十有七八。

止浔一个万年单身汉，居然自己跑去穆劳，除已经放弃与灵魂伴侣朝圣的希望之外，骆骁实在找不出第二种解释。

“明天出发，你这会儿在干吗呢？”骆骁凑近，探看他的电脑。

止浔凉凉地瞥了他一眼：“困了你先走，咖啡厅我锁门。”

“不行……”骆骁鼻孔哼出气，“你喝了酒，我怕你稀里糊涂地闯祸。”

“能喝醉的话倒好了。”

“你这到底干什么呢？既然要出远门就别喝酒了——”说着话，骆骁伸手想把止浔手边的玻璃酒杯拿走。

止浔蹙眉，一只手拦住他。

骆骁抽手，没成功，结果杯子一歪，半杯子白酒尽数泼在了笔记本电脑的键盘上。

“我要死了！”骆骁连忙扑救，一爪子按在键盘上，只恨皮肤不是海绵。

止浔原本神情麻木，直到瞥见了笔记本屏幕上的画面切换，顿时眼神一凛，酒醒得彻底，一把拨开骆老板，操作鼠标，飞快地将刚刚被发布出去的微博删除。

骆骁目瞪口呆，疑心自己得了老花眼：“你刚刚删掉的是什么？”

止浔扔开鼠标，朝椅背一仰，盯着电脑屏幕出神。

骆骁不甘心，兰花指颤抖，指着屏幕再次求证：“我看错了吗？刚刚你发了一组照片，全部都是那个小白梨？”

止浔唇线紧抿，目光冷得像锋利的冰刃。

骆老板要哭了：“照片既不是我拍的，微博也不是我传的，这事儿不能赖我头上啊！”

大魔王铁青着脸，一言不发。

骆老板终于找回一点智商，试探地问：“莫非你本来是想设置成仅自己可见……”

止浔哽了一下。

骆骁舔了一下嘴唇：“没事，你删得快！”

叮。

叮叮叮。

一连串的微博系统提示音响彻包间，私信、留言瞬间超过了三位数。

骆骁吞了口唾沫，皮笑肉不笑地建议：“就说你被盗号了，成吗？”

若是放在从前，止浔一条发而秒删的微博，或许会有设置特别关注的粉丝发现，但绝对不会引起大骚动。

起码，骆骁和止浔本人都这么以为。

然而事实上，次日清晨，止浔醒来，脑壳正疼，就接到了骆老板的电话，对方却半天没说话。

“再不出声，我挂电话了。”

“浔，你灭了我吧……”那头骆骁用负荆请罪的口吻说，“我保证不还手。”

止浔闻言，太阳穴一跳，起床撩开窗帘，晨曦温煦：“我马上去机场，你的小命还能多留几日，等我回来再说——”

“等等！别挂电话……”骆骁嚷着，“你不能就这么出门！要出大事的。”

止浔狐疑：“什么事？”

“昨天……小白梨的照片……”

好友的欲言又止让止浔终于想起昨天的事，加上夜里那场无疾而终的梦境，他心头惴惴。

尽管已有心理准备，当止浔登录微博，还是被挤爆了的私信数吓了一跳，就算当初他拿下世界级金奖，也不曾收到这么多私信。

那些被骆骁误传又秒删的照片，现在正明晃晃地挂在微博的各个角落，那双成宿成宿地盘旋在梦中的眼睛，就这样天真又热情地透过屏幕凝视着他。

清理相机内存的时候，他是想删除的。

二十六年不曾拍过人像，或许他就不适合让任何人的模样入眼入心——他是这么想的，所以想删掉这些为苏白梨拍下的影像。

可手指伸向删除键时，他又下不去手。

存在无人可见的相册吧，就当给这个夏天留个纪念。

结果阴差阳错，这组照片竟比他被“掀开红盖头”的GIF传播更广，不光粉丝在他的微博下留言配图，就连那些人像摄影、美少女挖掘之类的大V号也跟着或单张或九宫格地转发。

坐在候机室的大玻璃窗前，止浔的目光停留在他在南山之巅偷偷拍摄的那张苏白梨的侧影上。

当时，她对着海天一线长吁短叹，回过身时眼睛里就像藏着整个宇宙的星星。

他就像受了蛊惑，不由自主放弃了最爱的碧海蓝天，将她收入镜头。

这双眼睛……已经有多少夜在梦中陪着他了？

拇指拂过屏幕，止浔太阳穴突突地跳着，他本以为删了相机里的存档，从此不见面，很快就可以忘却。

谁知道，如今只要他上网，她就会被推到他眼前。

更可怕的是，他意识到就算闭上眼睛，她的笑、她的泪、她的无辜和无情都如刀刻在脑海，无计可消。

电话响了。

是摄影协会那边的领导，接通后寒暄了两句便问：“止老师啊，你昨晚发的那组人像我看到了，往后打算拍人像了吗？那简直太好了，你不知道协会等这一天等了多久！你找的模特灵性不错，但我们这里还有更专业的——”

“她不是模特。”

对面一怔：“不是模特？那……”

机场通知飞往底斯群岛的头等舱开始登机。

止浔站起身，看向无云的天际，低声说：“我从前不拍模特，以后也不会拍……她，是个意外。”

楠都，九月三日，晴。

楠戏多功能汇报厅里的苏白梨坐立难安。

今日是新学期报到的第一天，她作为表演系大三的学生代表发言，这本是上学期就已经敲定的。

可今时不比往日，她刚站上演讲台，底下就已经一片窃窃私语。

汗水打湿了苏白梨的衣衫，她从没这么紧张过。

五分钟前，刚刚碰面的舍友把手机给她看，她才发现在过去的十二个小时里，自己居然成了不折不扣的网红，而且还被冠上了“烧烤店小仙女”的头衔。

那些照片有些苏白梨见过，有些连她都不知道是什么时候拍的，但无一例外的，眼底眉梢都带着宛如山泉的清冽喜悦。

是大魔头拍的，是他上传到微博的，他为什么要这么做……

脑海中的念头千回百转，以至于烂熟于心的发言稿，苏白梨都不知道自己是怎么背完的。

“学姐，我有个问题！”提问环节，台下的新生妹子乖乖地举手。

苏白梨点点头。

“学姐你暑假时候参加了《亲爱的TA》的录制，你和止浔老师的恋情到底是真的还是演戏？这节目到底有没有剧本？为了提升演技，去报名参加真人秀有没有帮助？”

止浔啊……

这个名字就像开关，有人提，瞬间就打开了她记忆的闸口。

胸口那种陌生的闷痛再度袭来，苏白梨捏紧了话筒，目光扫过台下一双双眼睛，当然没有那双冷淡却深情的眸子。

喧闹的礼堂，空荡荡的心，她忽然就懂得了那首歌里唱的“即使有天开个唱，谁又要唱，他不可到现场，仍然仿似白活一场”。

苏白梨清了清嗓子，努力平静地说：“止老师教会了我很多，我……很感谢他。”说完，朝台下鞠了个躬，从后台离场了。

台下的三个舍友等着苏白梨归座，她却始终没有回来。

过了许久，涂滢收到一条白梨的消息：我出去找个人，问点事儿。

站在骆老板的咖啡厅门口，苏白梨踌躇了许久。

止浔的电话关机，除了这里，她不知道还能去哪里找他。

店长终于发现了门外徘徊的苏白梨，推门出来，笑吟吟地说："哎呀，烧烤店小仙女。"

苏白梨愣了一下。

店长见一下就把小仙女弄得红了脸，赶紧改口："苏小姐，今天不忙吗？来找骆老板？"身为女朋友，总不至于要来咖啡店找止先生吧。

苏白梨犹豫了一下，问："骆老板在吗？"

"不在……"店长笑着说，"昨儿止先生忽然把你公开，摄影圈炸锅了。他自己一走了之，骆老板可不得忙着去收拾摊子嘛。"

眼见着苏白梨一脸茫然，店长引着她进店。

咖啡厅吧台上方的电视里正在播放《亲爱的TA》的花絮，深蓝的一片海，太阳尚未升起，寒冷的气息隔着屏幕都能感觉到。节目组的工作人员都穿着长裤长袖，戴着帽子，而镜头里身材挺拔的年轻男人却只穿了一条深色的泳裤，戴着潜水镜。

镜头没有拍到他的脸，可苏白梨只看他走路的姿势，也能认得出他来。

"止先生这身肌肉真是百看不腻。"店长随口道，紧接着捂住嘴，笑着看向苏白梨，"抱歉抱歉，我们应该非礼勿视的。"

苏白梨摇头，眼睛一眨不眨地看着他毫不犹豫地纵身跃入冰冷的海水。

镜头追寻着他，他在浅水区的礁石之间穿梭，时不时停下，从礁石缝隙、海草丛中摘取扇贝。

"真冷……"店长感慨，"我在海边长大，就连我爸都吃不了这种苦，宁可去市集上买别人打捞回来的。"

苏白梨下意识地抱紧了手肘。

他回身的时候，被海草缠了一下脚踝，身子向后仰去，擦上了海岸的礁石，镜头里背脊那儿的水隐约闪过一丝鲜红。

苏白梨屏住呼吸，手指扣进了肌肤。

镜头里，拍摄人员问他要不要折返，他捂住手臂，摇了摇头，转身又往下一处游去……

画外音里，是止浔本人的声音：“我想亲手给她准备这一切，从开始到最后。”

下一个画面里是阳光灿烂的午后，农家般温馨的店堂里，穿着绿色怪兽服的男人从身后拥着个头小小的女孩，就着水龙头，一点点地清洗着他打捞上来的扇贝和虾。

骨节修长的大手包裹着指尖粉红的小手，特写的慢动作之下，温柔得让人想落泪。

再下一幕，男人剥虾，女孩像只贪吃的小松鼠，笑靥如花。

最后，镜头定格在她为他摘下怪兽头套的那个画面。

剑眉星目的英俊男人，发丝被汗水打湿，贴在额角，肌肤因为汗水而隐隐发亮，满眼无处可藏的温柔，瞳孔里只能看见她的面孔。

不知什么人配的画外音，低沉如提琴：“这是做给你的，你一个人的。”止浔手指蘸水在桌面上写下的字一闪而过。

“止先生也太撩了——”店长边说边看向苏白梨，却意外地发现身边的女孩早已经无声地哭成了泪人。

扑簌簌的泪水无止境一般从下巴坠落，打在手臂上：“是我错了。”

店长：“什么？”

苏白梨胡乱地揩着脸上擦不干的泪，喃喃自语：“他说了是给我的，我却让别人来分享，是我错了……”

她失魂落魄的，以至于都没有听见身后店长说的话：“我跟着骆老板这么多年，止先生连我名字都叫不上。苏小姐，你对他来说真的很特别……”

苏白梨觉得心口像被什么东西穿了个洞，走在路上，风都能灌胸而过，透心凉。

明明，就在不久之前，她还像被什么塞满胸腔一样，眼睛一睁就想出门。因为她知道，出门就会遇见那个人，嘴硬心软、总数落她却又比谁都呵护她的人。可那个人在吻了她之后不告而别了，就连计划好的行程也不等她了。

苏白梨觉得唇齿发苦，疯狂地想念南岛酒店的提拉米苏。

她从卡通钱包里摸出一张黑白的小卡片，是当初还没进节目组的时候止浔给她的，说是将原本烧烤店旁点心店的师傅挖了墙脚，开的新店，离得并不远，就在楠戏的另一个校门外，她如果想吃，从宿舍里步行一刻钟就能到。

她刚走到门口，从店里购物出来的两个女生就看见了她，一愣，随即弯起了眉眼。

“学姐好！”

“烧烤店小仙女好！”

走进店，苏白梨顿时哭笑不得。

这哪里是什么风光摄影大师开的甜品店？简直就是个中二少年的游戏房！

墙绘是海绵宝宝胖大星，菜单上是手绘的可达鸭，店员的围裙上映着憨态可掬的绿色小恐龙……若不是甜点确实做得好，这店不倒闭才有鬼。

苏白梨弯腰站在柜台前，找她心爱的酥心包。可柜台里琳琅满目，偏偏没有她要找的那款。

“你好……”送走了其他客人，店员走到苏白梨身边，“请问是在找酥心包吗？”

苏白梨意外，点了点头：“嗯，卖完了吗？”

店员摇头：“不是卖完了，是不卖。”

苏白梨刚想问为什么，就听店员笑嘻嘻地接着说：“咱家老板说了，酥心包是老板娘专供，概不外售。”

店铺里，《亲爱的 TA》的主题曲低低地播放着。

“你可算来了，老板娘。”正说着，被挖来的糕点师傅擦着手从玻璃操作间走出来，一边笑一边说，“总算等到你了，我还当这辈子都没机会做酥心包了。”

苏白梨想笑，又想哭。

站在花里胡哨的店铺中央，她只觉得好像下一秒大魔头就会从哪扇门走出来，笑着在她额头弹一下，嘲弄她一句“这是什么表情，难看死了”。

可是并没有。

片刻后，苏白梨朝思暮想的酥心包被放在精致的碟子上，店员托着腮坐在她对面：“老板娘，我有个问题不知当问不当问。”

苏白梨捏着松软的点心，轻声说：“我不是老板娘，不过……你想问什么？”

小店员开心极了：“老板娘真好，比老板温柔多了！”

“我就是想问，嗯……老板他，是不是有脸盲症啊？”这句话小姑娘问得轻极了，像是怕被旁人听见。

苏白梨眉头轻蹙：“为什么这么问？”这是大魔头的秘密，她当然不会随便泄露。

“我来应聘到入职，如今在店里也上了大半个月的班了，老板他还是总把我和别人弄错……还有一次，他居然把我当成了顾客。”小店员满脸的自我怀疑，“虽然我是没有老板娘你好看，但在学校也不乏人追，没有那么大众脸啊……”

苏白梨忍不住抿嘴笑了。

这大魔头啊，别说小美女了，就算是何婉那样倾国倾城的容貌，也没见他记得住啊！

可是……从陋巷初识开始，他却从来没有错认过她。

“老板娘？”小店员伸手在苏白梨面前晃了晃，“我说错什么了吗？”为什么老板娘一下就变得满眼忧伤呢？

苏白梨摇头：“没有，我没事。”说着，将酥心包放入口中，甜丝丝的乳酪与松软的口感混合在一起，让她想起与止浔分享甜点的那些日夜。

“我看了你和老板上的节目，花絮简直甜到犯法。老板娘，我本来觉得谈恋爱不如吃点心，还有什么能比甜点更甜吗？我现在才知道，还真有。”

“从开业开始，我们就一直在等你来，今天你真的来了，老板是不是也会过来？啊呀，不能闲聊了，我去收拾收拾，万一老板来了，看见柜台乱就不好了——”

苏白梨说：“不会。”

慌张的小店员回头：“啊？”

苏白梨站起身：“能不能替我打包？我要带走。”

小店员拿来纸袋替她打包好，双手递过来，正面对着她，她才看见嫩黄色的纸袋上白色的手写字——给小怪兽。

“这是老板亲手写的……”小店员笑眯眯地说，“留了一沓在店里——也是老板娘专供。”

苏白梨将袋子抱在怀中，去掏钱包：“多少钱？”

小店员面露惊讶：“这世上哪有老板娘付钱的道理？”

她竟无言以对。

等她走到门口，小店员还在笑眯眯地挥手道别。

苏白梨抱着袋子回头，想了想，说：“这几天你要保持柜面整洁哦。”

“嗯？”

“我会……把你们老板带回来的。”她保证。

十五点甜

这才是吻

楠戏表演系主任办公室外。

好不容易才说服主任同意放自己两周假的苏白梨长长地呼出一口气，走向寝室，没想到半路被人给拦住了。

衬衣、西装，微圆的腰身。

苏白梨石化在原地，然后眨巴着眼睛慢慢地抬起头："爸爸，你怎么来了？"

"哦，你还认识我这个爸爸。"苏鸣杭板着脸，从鼻孔里出气，"长本事了！整个暑假不回家？好不容易开学了居然还请长假？"

苏白梨可怜兮兮地说："你怎么这么快就知道了……"

"你以为你爹是吃素的？告诉你，要不是你妈身子不好，我早来楠都了。"

"妈怎么了？"不对啊，她明明每天都跟妈妈视频，老人家好着呢。

苏鸣杭气呼呼地说："胸口疼！没力气出远门……你看看，连我都不敢离开家，你怎么就忍心整个暑假在外面鬼混不回家呢？"

胸口疼……苏白梨忍住偷笑，妈妈果然是神助攻——当初苏鸣杭不赞同女儿来楠戏，更不同意她利用假期接戏，断了她生活费要逼她回家，苏妈妈就偷偷跟女儿说：“你尽管拼，你爸那儿妈拖着。”

果然，爱妻心切的苏鸣杭关心则乱，一整个夏天都没能脱身出来抓女儿。

“你这是什么表情？”苏鸣杭哼了一声。

苏白梨终于憋不住笑出了声，这语气，怎么跟大魔头那么像呢？

苏鸣杭拿食指戳了下女儿的额头：“要不是我在飞机上看到你跟那个什么摄影师的节目花絮，还真不知道你翅膀硬了啊！都跟人拍什么恋爱真人秀了！”

苏白梨脸颊一红。

不管怎么说，亲亲热热的戏码被父母看到，还是怪不好意思的。

“这会儿脸红了，拍的时候怎么就笑得甜甜蜜蜜的呢？”苏鸣杭越想越气，“跟老爸在一起都没见你这么开心过，笑得眼睛都没了。那个什么摄影师，人在哪儿？我要见见。”

苏白梨捏着衣角：“他不在楠都。”

“好啊！始乱终弃！不行，你告诉我电话，我得找他当面问清楚。”

“爸！你乱说什么呢？那是节目，真人秀啊……你看到的是节目效果，都是演戏。”苏白梨生怕她那暴脾气老爹一个激动，就跑去找大魔头理论。

依止浔那个“谁不乖，就从谁身上碾过去”的臭脾气，还不跟老爹打起来啊……

苏鸣杭横眉：“节目效果？小梨，你爸虽然老了，但还没糊涂。我看见石家那小子也在里面对吧？他跟你那个偶像，何婉是吧，他俩那才是逢场作戏，才是节目效果。那个抱着你的摄影师是演员吗？不是吧！为了节目效果能演成这样，我看他也甭当什么摄影师了，做演员吧！保准红遍全亚洲。”

被老爹一顿抢白，苏白梨居然一句话也说不出来。

谁都看出来止浔那是真情流露，唯独她傻乎乎地以为是节目效果，怎么能怪大魔头生她的气呢……实在是她太迟钝了啊！

“算了，说吧，你请长假是要去做什么？南南说你最近手头没戏约的。”

苏白梨心里暗骂：徐望南，你个双面间谍！

“我去……呃，旅游。”

苏鸣杭连一根手指都不信，他家这女儿养了二十多年，他还能不了解？宅女一枚，最爱吃着零食看电影，琢磨演技，旅游？不可能的事。可无论苏鸣杭怎么打听，宝贝女儿就是不肯说实话。

最终，苏鸣杭撂下狠话：“女大不中留，你爱演戏就演戏，爱旅游就旅游，想跟谁谈恋爱就谈，反正我除了学费，不会给你出一毛钱！”

哪知，苏白梨居然乖乖地上前抱住了他：“爸爸别生气，我很快就回来。你保重身体哦，还有，国庆的时候，我带个人回家，嗯……陪你喝酒。”

吃软不吃硬的苏鸣杭愣住了：“什么人？”

“一个跟你喜欢同一个品牌的衣服的人。”

跟他品位一致的人吗？苏鸣杭心想：那……应该不至于太差吧。

在去往底斯群岛的航班上，关机的前一刻，苏白梨收到了一条六位数的打款信息。

紧接着，是臭老爹的短信：不够跟爸说。

苏白梨对着万里晴空弯了弯嘴角，她最亲近的两个男人呀，都是这样嘴硬心软的性子。

三万英尺的高空之上，苏白梨做了个梦。

梦中，她像只鱼，游弋在深蓝的大海里。色彩斑斓的鱼群与她为伴，穿梭在艳丽的珊瑚丛里，她心头像有什么在雀跃，每一秒都在期待下一刻……直到，从珊瑚丛后露出那个宽肩窄腰的男人，她才知道自己一直期待的是什么。

她伸出手，在水浪的推动下向他的方向游去。

可是没想到，她竟然一个猛子扎过了头，与他擦身而过。

苏白梨心头一慌，猛地醒来，这才听见航班广播里，乘务员正用英文播报：“由于目的地当前天气恶劣，气流复杂，航班遭遇颠簸，请系好安全带，不要随意走动……”打开隔板的窗外黑云密布，深蓝的海像一望无际的深渊，从高空中能看到群岛的山脉像浓雾中沉默的巨人，让人心生恐惧。

止浔他……现在就在这群山之中吗？

苏白梨按住左胸，心脏跳得好快，也不知道是因为这恶劣的天气，还是因为即将见到的人。

因为遭遇台风，航班盘旋了很久才顺利降落在底斯机场，但信号时有时无不说，开往穆劳小径的船只更是彻底停航了。

苏白梨被困在机场宾馆，隔着玻璃窗看向冲刷天地的大雨，不停地解锁手机，对着空白的信号格发呆，然后远眺。

远山群岛在夜幕之中若隐若现，偶尔还能看见闪电从高空劈下。

来底斯群岛之前，她没敢给止浔发消息，说不上为什么……大概是怕他躲开。现在，她想给他打电话，却又没了信号。

忽然房间里的座机响了，苏白梨立刻接听起来，酒店前台的妹子用甜美的英语说：“苏小姐，大堂有个先生说和您有约。”

电梯难等，苏白梨是冲下楼梯去大厅的。外面雨疏风骤，大厅里零星地坐着些人，她远远看了一圈，也没有发现那个挺拔的身影。忽然有人在她肩头一拍，她眼中闪过喜悦，飞快地回身。

“苏小姐？”身后，矮小结实的东方男人微笑着打量着她，伸出手，“我是徐阳，您预约的向导。”

苏白梨掩饰着失落，与他相握。

“风太大，我估计今晚渡船走不了，又联系不上你，所以提前过来了。”徐阳看了眼大堂悬挂的电子气象屏，“这几天天气都不会太好，并不适合新手出行。”

苏白梨问：“那已经进入穆劳岛的人怎么办？也回不来吗？”

“要看情况，一些资深的探险者能依靠山洞规避强风暴雨，挑选合适的时候上路，这样才能见到许多平时轻易见不到的风景。至于新手……只要到穆劳的登山者营地，也会有救援者想办法送他们返程。”

苏白梨想了想，追问：“现在穆劳山里有多少人？”

“不多，除一个资深登山者是独自一人之外，其他都是小型登山团队。怎么？苏小姐有认识的人在吗？”

苏白梨试探性地问：“那个独自上山的，是止浔吗？”

徐阳不无意外：“你认识浔哥？”

不光认识，她就是为他而来……

苏白梨抿嘴：“你们现在也联系不上他了吧？”

“这种天气，联络起来确实困难。不过浔哥十多岁就开始出入这些地方，如今这种小风浪对他来说完全不必担心。”说着，徐阳不免认真打量这个据说没有户外经验的小姑娘，她看起来可不像是会无脑追星的疯狂少女，“浔哥他知道你来吗？”

苏白梨摇头。

“你要进穆劳找他？”

“你能带我去吗？”

徐阳特意赶来的原意是劝说苏小姐知难而退，谁知道对着这双明亮而坚定的眼睛，他竟不自觉地应承下来：“等雨停了，我带你进山，不过会吃点苦，你受得了吗？”细胳膊细腿，白瓷娃娃似的小姑娘，一看就是被捧在掌心里长大的。

苏白梨一口应下：“能！”

想着在世外桃源般的穆劳山里，她突然出现在大魔头面前，他一定会特别高兴……

苏白梨一整夜都在窗外铺天盖地的雨声中不停做梦，反反复复地听见有人在耳边呼唤她：“小怪兽……”

天蒙蒙亮，苏白梨就醒了，拉开窗帘看见外面虽然仍旧天色阴沉，但大雨总算是停了，她立马给徐阳打电话。

睡眼惺忪的徐阳在去码头的路上，犹豫再三终于问：“苏小姐你是不是高三刚毕业？”

苏白梨满脸茫然：“我毕业好几年了，为什么这么问？”

徐阳给她看腕表，时间显示清晨五点半：“我自高三毕业之后，再没有在七点之前起过床。”

苏白梨不好意思地抿嘴笑，蹦了两下将身后半人高的行囊往上提了提，可她想到就要见到大魔头了，激动得辗转反侧，就想早点上路呀。

徐阳问：“要不要我帮你背？”

苏白梨摇头，设备都是大魔头仔细挑选的，全是市面上最轻薄的材质，就算是她背着也并不特别吃力，更何况，她可是将来要陪着他走遍万水千山的人，这点小苦算什么？

开往穆劳的快艇上只有苏白梨和徐阳两个人，海风仍旧猛烈，波涛汹涌。

船只随着海浪起伏颠簸，苏白梨牢牢地攥着栏杆迎着风，丝毫没有躲起来的打算。

徐阳颇为意外，因为她看起来真的很娇弱，没料到骨子里居然有这样的魄力。这小姑娘和浔哥到底是什么关系……这么多年了，他也没见什么女孩子敢于来追随止浔的脚步，毕竟，他是那种为了美景什么都不管不顾的“疯子”。

“趁着时间早，我们抓紧时间进山，赶在午后能到其中一个驿站歇脚，顺便打听一下浔哥走的是哪一条路。”

两人一边说着一边下了快艇，往穆劳的登山者接待中心去，没想到刚走到门口就看见了有人熙熙攘攘地围在一起，场面颇为混乱。

一见徐阳，立刻有个金发碧眼的男人跑了过来，慌张地说：“糖尼不见了！”

“哪里走丢的？”徐阳顾不上招呼苏白梨，立刻走去室内，查看各个摄像头留下的影像。

“昨晚风大，下山的路上我们走散了，等到这里会合才发现糖尼没有下来。”金发男人急得鼻梁上全是汗，“本想报警，但岛上信号不好……现在浔带着人进山去找了。”

一下听见大魔头的名字，苏白梨不由紧张起来。

徐阳调动着电脑上的视频监控，黑白的监控图像本就模糊，加上昨夜风大雨急，更是连人脸都看不清。但苏白梨还是很轻易地从其中一帧镜头里看见了穿着墨绿色皮肤衣的止浔，他独自一个人背着行囊，匆匆地从镜头中路过。

“浔哥去了啊……”徐阳的语气明显放松了一些，“有他在，你可以放心一些。之前他也曾帮我们走失的登山客顺利归队，这种事他驾轻就熟。”

金发男人在他的安慰之下稍稍定了心，这才注意到跟着徐阳而来的小姑娘。她太白皙瘦弱了，与这个荒蛮之地格格不入，男人不免问：“你也是来穆劳小径的吗，小姐？”

苏白梨点点头。

对方连连摆手：“不行，不行。这不是你见过的那些旅游景点，顺着修好的石头台阶和栈道走就可以。整个穆劳山，几十条不同的山路四通八达，会通往穆劳小径还是临海悬崖，不走到头你永远都搞不清。别说是你一个小姑娘，就是我们……你看，也有走失的风险。”

苏白梨没有听得进他究竟在说些什么，眼睛一眨不眨地盯着徐阳面前的录像屏幕，许多的摄像头都在同步快进，播放从昨夜到刚刚的录像。

她前前后后在好几个角落里看见大魔头的正面、侧影、背影……无一例外，都是形单影只，走在寂寥的大山之中，像个没有着落的旅人。

本该是两个人的旅程，却因为她，导致他只能独自前行。

“啊，等下！”苏白梨忽然惊呼出声，“刚刚的镜头，等一下。”

徐阳在她的指点下，将镜头快退，终于，众人看见了刚刚差点被错过的画面。

那是个栈桥附近的摄像头录下的画面，画面里止浔将绳索一头系在树干上，一头系在腰间，然后慢慢地从栈桥边往下探……最终消失在镜头里。

可画面就此静止了。

一群人等了好久都没见到止浔重新出现，徐阳猛地站起身：“糖尼肯定在下面，浔哥是下去救人了。”

“这是哪里？栈桥，我有点印象，我们下山时是从那里路过的……”

一阵兵荒马乱，营地里原本在等消息的众人也都整装重新出发，去栈桥那儿找止浔和糖尼的下落。

一群人边走边商议，完全没有注意到尾随在队伍后面的瘦小身影。等徐阳猛地想起自己还带来了个小姑娘，一回头，才发现小丫头正满头大汗，咬牙跟随在队伍最后，走了这么久的山路，她硬是没有落下分毫。

“不行，我现在没有精力照顾你。苏小姐，你还是回去等消息吧？”徐阳为难地说。

苏白梨擦了把汗，咬着牙关斩钉截铁：“我不需要你分心照顾，我会跟着你们走，不会乱跑，但我必须跟着你们一起去。”

徐阳一句“为什么”没问得出口，这还用问吗？自从在录像里看见止浔下落不明，小姑娘就再没出过声儿，安静到让众人忘记了她的存在。

“小姑娘，现在是救援，不是游玩，你不要拖累了大家。”有人说。

“话不能这样说……”徐阳打断对方，“如果不是苏小姐观察力惊人，我们就错过浔哥下栈桥救人的画面了，到现在还一筹莫展呢！”

他说得在理，众人一时鸦雀无声，看向一路沉默跟着队伍的女孩，谁都没想到她虽然瘦弱，身体里却藏着让人惊讶的毅力。

“如果坚持不住了及时说。”徐阳说。

苏白梨点点头，将开衫的拉链朝上拉紧了些。

大雨过后的山路远比想象中泥泞，如果不是有徐阳带路，苏白梨大概迷失一万次都不足为奇。

幸好，止浔替她挑选的登山靴是真的防水防滑，几次前方有人踉跄，她都脚步平稳。

整整两个小时，一行人才来到监控里止浔下去救人的栈桥前。

栈桥连通了两个山头，因为大雨刚过，整个木质栈桥都泛着水光，更别提靠近崖边的青苔上的积水了，谁也不敢往崖边靠近。

“既然浔哥从这里下去，一定是发现糖尼的行踪了。”徐阳取出登山扣，一头系在栈桥上，一头系在自己腰带上，“我下去看看。”

“这是被他自己解开的。”苏白梨的声音忽然从人群外传来。

众人回身，才发现她已经走到不远处的树下，捡起了一根登山绳，举着完好无损的登山扣给大家看：“所以止浔他应该是主动选择从山崖下离开的。”

因为疲惫，苏白梨的声音带着喘息，思路却格外清晰：大魔头不是出了意外，他是主动解开的登山绳，他一定正平安无事地待在这山中的某个角落。

一定……

在徐阳的组织下，在场的人分成两组，一组越过栈桥搜寻，一组沿着山崖往下，寻找其他路。至于苏白梨，则被留在原地，说是伺机而动，其实就是怕她救人不成反而自己遇险。

人散了，山里一片寂静，偶尔有苍鹰翱翔，一声啼鸣带起回音，惊起山林鸟群。

苏白梨抱膝坐在石块上，看着密云压顶的天空，忽然想起在大魔头电脑上看过的照片，也是这样远离人世，充满力量的纯粹的自然。

想到这么多年来，他都是这样形单影只，第一次想要与人同行，却被她兜头泼下一盆冷水，她恨不得穿回南野古镇，给海产店的自己的脑门一个栗暴。

她摩挲着完全没有信号的手机，不停地幻想着下一秒手机会振动，或是从山林的哪处传来“找到人了”的欢呼声。

寂静无边无际。

时间一分一秒过去，离开的队伍没有回来，手机信号也没出现过，更糟糕的是，压得极低的云终于绷不住了，淅淅沥沥地飘起了雨。

苏白梨坐不住了，沿着崖边来回踱步，脑子里不停地想——大魔头为什么要解开登山扣呢？只有一种可能：他想要去的地方，扣着登山绳够不着。

那会是什么样的地方呢？苏白梨扒拉开自己的登山包，止浔果然给她也备了一条登山绳。店老板说了，大魔头给她的都是最好的。他自己是个中老手，必然也用的同款……

苏白梨照着在监控里看见止浔做的那样，将登山绳系在栈桥边的树上，另一头扣在腰上。

除了室内攀岩，苏白梨发誓自己二十年来没做过这么极限的运动。

当她一脚踩在边缘的泥土上，双手攥着登山绳，一点点顺着崖壁往下探的时候，满脑子只有一个念头：大魔头给她的登山靴、登山绳……一切都是最好的，所以，她是安全的。随着身体一点点向下，腰间的绳索也一点点收紧了，当最后一丝长度也被用尽，她终于眼前一亮——

崖壁盘着的藤蔓上赫然挂着一件花花绿绿的防晒服。

那绝不是止浔的着装风格，苏白梨思忖着，会不会是那个失踪的糖尼的……大魔头会不会是因为发现了这件衣裳，才会下来救人？存了这个念头，她下意识地在四周搜寻。果然，在离她约一米距离的地方，她发现了一处被树叶半遮掩着的洞口。

苏白梨心头突突直跳，手脚并用地向洞口挪去，就差那么一点点，可登山绳的长度不够了。

“止浔……止浔！你能听见吗？你在这里吗？”苏白梨大声地喊着。声音在葱葱郁郁的山中回荡，下方都是树冠，根本看不见离地面究竟有多远。

苏白梨心一横，咬紧牙关解开了腰间的登山扣，借着突出的石块和藤蔓向右一攀，狼狈地扑进了山洞里。

因为藤蔓密布，这一扑导致她的手肘被划得伤痕累累。可是眼前的一切让苏白梨忘了顾及手臂的伤：这是个天然的山洞，通往山体的另一边，远处有隐隐约约的光透来，这山洞应该并不深。

忽然，她看见洞口地上有一件团着的带血 T 恤。

T 恤肩膀已经稀烂，血迹暗红，显然脱下来已经有些时候了。

她心头发慌，拢着手向洞穴里喊：“止浔！你在哪儿？”

借着大魔头准备的手电，苏白梨一路扶着石壁往里走，一路走一路试探着呼喊，然而除了回音，一无所获。

突然，什么东西猛地砸在她的脑门上，她吓得尖叫一声，心差点没蹦出嗓子眼，摸了一把，才发现只是从石头缝里滴下来的水……

因为神经已经紧绷到极致，一点点的风吹草动都能让她毛骨悚然。

若不是要救止浔这个念头支撑着，她绝对不可能来这种地方。

走进来之前，苏白梨看见洞里有隐隐约约的光，以为洞穴不深，等真正深入，她才发现洞穴深不见底。

她越走越绝望，同时也越担心……那件染血的T恤万一是大魔头的呢？脑海中浮现出受伤的止浔浑身血淋淋，虚弱又苍白的模样，苏白梨快被自己的想象吓哭了，口中喃喃地说："你要好好的……只要你好好的，你说什么我都答应，保证打不还手，骂不还——啊！"

突然而来的阴影吓得念念有词的苏白梨失手弄丢了手电。

手电光线乱晃，在黑黢黢的石壁上投影出无数个人影，最终定格下来。

一高一矮，一个健硕一个柔弱，影子面对着面，被拉伸得高度悬殊。

惊魂未定的苏白梨手按在胸口，不敢置信地看着眼前的男人。手电是暖光的，在逼仄的洞穴里照得他的轮廓比她印象里要柔和一万倍，他狭长的眸子里仿佛藏着燎原的火，她甚至不知道该如何形容他此刻的表情。

"你——"

苏白梨的话还没说完，止浔已经长臂一伸，将小小的人连着硕大的登山包一起搂入怀中。

"居然真的是你……"他声音沙哑，下巴压在她的头顶，一句话说得又慢又低沉，"我以为刚才是幻听。"

天知道，当他听见从洞穴外隐隐约约传来的呼喊声时是多么难以置信。那个娇滴滴的小怪兽怎么可能会出现在这荒山野岭之中，这个连他都要为出路发愁的峭壁……可无论有多么不相信她会来找自己，他还是循声找过来了。

哪怕……只有一丁点的可能，他也不愿留她孤身在险境。

渐渐地，他察觉到怀里的人微不可察地颤抖着，她的脸贴着他胸口的地方一片濡湿。

止浔扶着她的肩，借着手电的光才看见小怪兽像终于反应过来似的，后怕地哭成了泪人，睫毛、鼻头都可怜兮兮地挂着泪水，身体瑟瑟发抖。

“别怕，别怕，我在这里。”用拇指急切地擦拭她的面颊，止浔意识到被困在此处这么久，他都没有看见这两行泪的瞬间慌。

全世界的所有困境，他都有信心超越，唯独这只小怪兽的眼泪，他不知道如何应对。

苏白梨忽然想起了什么似的，猛地攥起他的手臂查看，终于确定他一切完好之后，浑身虚软地向后一仰：“还好……不是你的伤。”

止浔眼明手快地揽住她的腰，撑住她的重量，注意到她背后那个与娇弱身躯格格不入的大行囊，目光一软，心疼地从她肩上将包卸下。

“疼……”苏白梨倒吸了一口冷气。

止浔轻轻地扯开她的衣袖，细白的胳膊上血淋淋的伤口触目惊心。

心像被刀子划开，止浔终于明白所谓“恨不得伤在自己身上”是种什么样的体验。

他小心翼翼地避开苏白梨的胳膊，将大背包从她身上取下来，背在自己身后。

他弯腰拾起滚落的手电，递给苏白梨：“能拿吗？”

苏白梨抿着嘴，一开口眼泪又掉了下来：“能。”

他背过身，原地蹲下了。

苏白梨连忙拒绝，这山洞逼仄，她独自行走尚且困难，怎么能让他背着走呢？

止浔回头，眸中如有火光闪耀：“上来，或者我抱你走，你自己选。”

苏白梨哽了一下。

大魔头还是那个大魔头，霸道的大魔头。

伏在止浔的背上，为了避免撞到石壁，苏白梨不得不尽可能地贴近他。

少女柔软的曲线毫无保留地贴合着他的脊背，垂下的发丝轻柔地拂过他耳畔，他原本平稳的呼吸不知不觉变得急促起来。

她还受着伤呢，止浔！

直到在心里把自己骂得狗血淋头，止浔总算背着苏白梨离开了逼仄的洞穴，少女微微直起身体，他总算放下了心头的一块大石。

“放我下来吧……”苏白梨轻声说。

也好，再背着，他觉得自己应该自戕谢罪了——为了脑海里不合时宜的旖旎画面。

止浔蹲下身，苏白梨的脚刚着地，就不受控制地向他倒去。

一把将人抱满怀，止浔脑海中忽然闪过一个念头：在无意识中，她是向他的方向倒的。

苏白梨又疼又蒙：“腿……怎么不能用力了？”

止浔弯腰捏了捏她的小腿肚，本来完全没有肌肉的光滑曲线，此刻硬是鼓起了一块，坚硬异常。

他蹙眉：“你是什么时候入山的？”

“天刚亮的时候。”苏白梨只觉得随着他的手指忽轻忽重地落在小腿，无名的酸痛缓解了许多。

这么说，这只小怪兽已经在山里走了六个小时以上，以她的体能，早就该倒下了，现在只是小腿抽筋算轻的了……止浔替她捏腿捏了一半，忽然就势打横将她抱了起来。

“我可以自己走的……”

“要下雨了，你走得太慢。”

“那我走快一点——”

“再说一个字，我就吻你。”

苏白梨眨了眨眼，嘴巴还保持着说“点”的口型，僵住了。

他就知道。

止浔垂眸，抱着人继续大步往前走，谁知道怀里的人微微一挣。

下一秒，柔软的唇往他的下巴上重重地一撞。没有控制好力度的苏白梨被撞得七荤八素，感觉口中一股腥甜。

止浔愣了一瞬，低头看见小怪兽原本有些泛白的唇瓣上一点点渗出了血丝。

这笨蛋，居然硬生生把嘴唇给撞破了！

手臂用力，将怀中的人向上一抱，止浔轻轻地覆上她渗着血的嘴唇，淡淡的血腥气混合着她的香气充斥了他的口腔。

“这才是吻……”他低声问，“你刚刚那是什么？”

十六点甜

丢在你那里的，是这颗心

对苏白梨来说，在巷口老槐下的那个吻是懵懂、被动的，所以心思都是飘忽在外的。但这一次不同，她的所有感受都集中在这个人身上。

她唯一茫然的是，不知道该如何告诉大魔头，分离的日子里她有多想他。

她想告诉他，无论风里雨里，繁华都市又或是无人荒野，她都不想再与他分开。所以她毫无技术可言地“偷袭”了，结果，失败了……

面对大魔头的嘲笑，苏白梨窘得说不上话来，太丢人了！

有生之年，她第一次主动吻别人的嘴唇，居然以撞破嘴收场。

“我记得我告诉过你……”止浔蹙起长眉，盯着她波光流转的眼睛，“专心点。”

苏白梨委屈地撇嘴，但还是乖乖地闭上了眼睛，长长的睫毛抖动着，泄露了心底的悸动。

止浔的唇齿间流转着她的气息，他重新吻上她柔软的唇瓣，血液的腥甜味已经淡去，剩下的都是反反复复出现在他梦中的属于小怪兽的香气。

二十六年，他从来没有被人走进过的内心，自从记住了那双眼睛，就像被打开了大门的古堡。她的笑脸，她的眼泪，她细弱的身形和说话时娇软的语调，全都跟着这双眼睛一起住进了曾经空荡荡的城堡。

未曾体会人世的喧闹，不曾感受过相许的悸动，他就不会知道无人的古堡究竟有多寂寞。

自从这个温柔又执拗的小怪兽打开了这扇名为陪伴的门，他就再也无法忍受一个人的寂寞了……

他疯狂地渴望将她留在身边，渴望呵护她的每一根头发丝，渴望闭眼前、睁眼后都能立刻看见这双独一无二的眼睛。

在这混乱又失控的情绪中，这个吻被无休止地延长，又延长。

直到苏白梨怯怯地说："雨要下大了……"

止浔的声音卡在嗓子眼："嗯。"说着，喉结一滚，他生生地克制住再去吻她的冲动，抱着她大步往荫蔽处走。

苏白梨问："那个糖尼……"

"他没事。"止浔用肩膀抵开垂落的藤蔓，抱着苏白梨跨进一处隐蔽的山洞，洞口还有燃尽的柴堆，"你的腿能站吗？"

苏白梨心想总不能一直被他抱着啊，能不能站都得先下来，于是点点头。

止浔弯下腰，小心翼翼地将她放下。

尽管做了十足的心理准备，苏白梨还是高估了自己，脚刚着地就痛得站都站不稳。

幸好，止浔一直注意着她，见状立刻将人抱回怀里："想要抱就直说。"

苏白梨愣了一下。

止浔："我不介意抱着你打招呼。"

苏白梨顺着他的视线才发现，一个金发碧眼的少年正直勾勾地看着他俩，雪白的脸上两坨红晕极度不自然，发现她看过去，少年立刻举起左手："嗨。"

低头看了看整个贴在大魔头身上的自己，苏白梨的脸顿时红得能跟对方媲美，慌张地推开止浔，晃晃手："你好……"

少年挠了挠乱七八糟的头发，疑惑地问：“你有些眼熟，我们是不是在哪儿见过？”

止浔面色一冷，抱着苏白梨走到一边，让她坐下，头也不回地说：“糖尼，这招太老土了。”

少年糖尼尴尬地解释：“我这不是在搭讪！我是真的在哪里见过，啊……想起来了。浔哥，INS（一款社交软件）上传的那些你发在国内社交软件的女生照片，上面的人不就是她吗？叫什么来着，烧烤店小天使？”

苏白梨用生无可恋的眼神看向大魔头，她呀，好好的表演科班生，还没出名呢，就先得了这么个不伦不类的称呼，全都是拜他所赐呀！

糖尼接着说：“小姐姐，考虑来INS开个账户吗？我身边好多哥们都特别喜欢你，你若是来了，分分钟网红不成问题。”

“不开。”止浔淡淡地说。

“为什么？”糖尼垂着左臂，气呼呼地问，“浔哥，就像你走遍万水千山是为了把不为人知的美景带给所有人，天使姐姐这样的‘美景’你也不能私藏啊！”

止浔弯腰，在苏白梨背来的登山包里翻找，不动声色地说：“我恨不得把她藏在谁也找不到的地方。”

糖尼愣了愣，不敢相信自己的耳朵。

我的天哪！他听错了吗，浔哥说要把天使姐姐关小黑屋？

止浔抬起头，就看见少年脸上复杂的神色，顿时猜到他的糊涂心思，一巴掌招呼在他脑门上：“你再脑补，我就把你丢回悬崖下面，不信你试试。”

糖尼捂着额头，嘀咕：“你知道我在脑补什么，显然你也在想那种事啊！”

止浔不安地看了眼坐在石头上的小怪兽，她脸上挂着汗，头上滴着水，一脸茫然。

真正纯真无瑕的人是她啊……

止浔拿汗巾盖在苏白梨的脑袋上，双手温柔地替她擦拭，连鬓角和发际线也没放过，细致得像对待一件工艺品。

糖尼感慨：“浔哥，你替我包扎的时候，连对天使姐姐一半的温柔都没有。”

“那是因为你弄丢了我的行囊……”止浔瞥了他一眼，“而她带来了补给。”

苏白梨仰起头，看向站在背后的大魔头：“你的背包被弄丢了吗？”

止浔轻轻地擦拭了一下她的脸蛋：“嗯，被他拽到悬崖下了。”

糖尼愧疚地赔笑：“我那时候紧张嘛。”

尽管他们不过三言两语，也足够苏白梨脑补出那危险的一幕，包都丢了……人是怎么平安回来的？万一人也……

想到这里，她伸手抓住止浔的手腕，不言不语地攥紧。

止浔像是猜到她的内心，俯身，在她明亮的眸子上落下一吻：“没事了，乖。”

糖尼捂住眼睛，又忍不住从指缝中偷看。

说不上为什么，他只觉得自从天使姐姐来了，浔哥就像变了一个人。救他的那个止浔像全副铠甲的英雄，可是身上没有半点烟火气，但自从这小天使来了，止浔终于像个有了软肋的超级英雄，温暖得让人想要一辈子崇拜。

“咕噜噜……”在雨声中，一道声音突兀地响起。

苏白梨看向糖尼，对方捂着肚子：“饿了……”他昨夜和大部队走失，卡在半山腰直到早晨才被止浔救到这里，至今粒米未进。本来止浔是带着干粮的，却因为他慌里慌张失手把包丢下了悬崖，导致两个人都饿着肚子。

“我有呀。”苏白梨热情地拉开背包，翻出压缩饼干和水壶，大大方方地递给少年。

止浔眸光沉静，没有阻止她，内心却因为她的温暖而一软。

被困在这里，谁也不知道救援人员什么时候会找过来，她却丝毫没有存私心，大大咧咧地将一切都拿出来分享。

这就是他爱上的女孩啊，像春日的阳光，融化一切寒冷，驱散所有阴霾，就算她什么都不懂，也能凭借直觉做这一切。

糖尼更是感动得一塌糊涂，从干粮入口的那一秒开始，苏白梨在他眼里已经从天使晋升为女神。

少年蹲在一角狼吞虎咽，止浔坐在苏白梨身侧，用急救包替她处理手臂的擦伤。

山洞外大雨滂沱，像是永无尽头。

时间仿佛在这一刻静止，苏白梨安静地看着拿着棉签的修长手指，大魔头的动作那么温柔，温柔得让她感觉不到一丁点疼，他却还小心翼翼地吹着气，生怕她痛。

她之前为什么会认为他所做的一切都是演戏呢？他明明是个根本不屑于理会别人目光的人，怎么会为了一档节目而改变……

止浔抬眼，正对上小怪兽含情脉脉的目光，瞬间被撩动了心弦，可是下一秒他就注意到苏白梨不同寻常的苍白脸色。

她这连南山都爬得气喘吁吁的小笨蛋，居然从天亮就开始在这个没有路的大山之中跋涉，甚至为了找他，解开了登山扣拼了命地跳进崖洞……体能早就被榨干了吧。

“你休息一会儿，我替糖尼上药。”

苏白梨安静地坐着，愣愣地看他取纱布、拿药，又听他对糖尼说：“你就庆幸她来了吧，否则哪里有这么好的药。”

糖尼嬉皮笑脸地说：“仙女姐姐就是神派来的救赎我的天使，我知道的。”

“别往自己脸上贴金。”

糖尼偷笑，他真的好喜欢拿天使姐姐逗浔哥哦，就像找到了钢铁侠的小辣椒，美国队长的卡特特工，一戳就爆，百试不爽！

这边止浔忙完，一回头，才发现小怪兽已经无声无息地蜷缩在一边，睡着了。

她本就瘦小，躺在硬邦邦的石洞里让人分外心疼。

止浔站起身，解开了登山服的拉链，露出贴身的T恤。

糖尼：“浔哥，外面下雨。”

止浔将自己的外套展开铺在地上：“你想说什么？”

糖尼：“我才十五。”

止浔瞥了他一眼。

糖尼：“十八禁不能上演。”

止浔冷冷地瞥了他一眼：“你想坐到外面去？”

糖尼乖觉地往洞口挪了挪，背朝止浔：“我守门，行吗？”

止浔嘴角隐约一弯，不理他了，俯身抱起小怪兽的肩，让她枕在自己的腿上，下半身则搭在他的外套上。

苏白梨迷迷糊糊地睁开眼，看见是止浔，立刻毫不在意地打了个哈欠，重新闭上眼睛，并且向着他的腹部又拱了拱，找了个舒服的姿势侧卧……一系列动作一气呵成，毫无防备。

“她就这样吃你的豆腐啊？”糖尼话刚说完，就被钢铁侠·浔的眼刀杀得做了个封嘴的动作，不敢吱声了。

苏白梨睡得很踏实，从南山分开之后，她已经好几天没有睡得如此心无挂碍，就像个把所有糖果都抱在了怀里的孩子，满足得无以复加。等一觉醒来，她才发现自己躺在充气地垫上，身上还盖着薄毯，而不远处洞口噼里啪啦地烧着火，止浔正守在一边，慢条斯理地拨弄着火堆。

天居然已经黑了！她这是睡了多久啊？她坐起身，还没开口，止浔就已经看了过来。

火光柔化了他的轮廓，贴身的T恤勾勒出健美的身材，他眼底闪动着火苗，语声带笑：“睡饱了？”

“我居然睡了这么久？怎么不叫我呢？”苏白梨胡乱地整理着头发，“糖尼人呢？”

“你睡着的时候徐领队他们来过，把糖尼带回去接受治疗了。”

苏白梨眨眨眼：“他们都走了？那我们呢？”

止浔拨了下树枝，火花刺啦作响，他慢吞吞地说：“嗯，这山里现在……就剩你和我。”

对苏白梨来说，踏上寻找大魔头的路就像一场梦。

作为一个爱好电影和零食的超级宅女，之前的二十年她从没想过有朝一日，自己会行走在杳无人烟的无尽海岸线，触目所及除了仿若延伸到天边的植被，就只剩下浩瀚无边的海洋。这是鲜少有人徒步走过的风景，也是户外爱好者们心心念念的圣境。

“如果不是为了救糖尼，恰好发现了那处洞穴……”止浔牵着苏白梨的手，走得并不快，比起他独自探险的时候，这几乎只有三分之一的速度，但他并不着急，甚至私心希望这一刻更长久一些，有这个女孩在，就像拥有了整个世界的繁华，他不着急离开，“以你的体能，恐怕没有办法走到这里。”

苏白梨噘嘴：“我才不信。”

替她擦去发际的汗水，止浔轻笑：“别逞能，累了我们就休息一会儿。”

苏白梨摇头：“我不是逞能，我只是相信就算没有糖尼，没有捷径……只要有你，我们一样能走到穆劳小径。”

止浔问：“对我这么有信心？”

“在我心里，你就是无所不能的大魔头啊……”在浔魔王发飙之前，苏白梨赶忙自救，“原本你不是就打算带我来吗？那时候也没料到会遇见糖尼啊！”

止浔刚刚挑起的眉，在听见她的话时顿了下，想起从南野古镇离开时的自己，那种被从繁华之境扔回无人荒原的落寞，他此生不想再感受第二次。而为了不再重蹈覆辙，他必须倾己所有，留这个没心没肺的小怪兽在身边。

苏白梨察觉到大魔头的神色有变，想到自己在南野古镇说的那些“混账话”，顿时心虚地松开他的手，往旁边缩了缩，像是躲开猛兽的小动物。

止浔走向她。

她继续往后退。

一个人逼近，一个人想逃，最后苏白梨的背撞上了潮湿的石壁。

大雨过境后的海岸，到处都水，她的背刚刚抵上石壁，水就打湿了她背后的衣裳。苏白梨低呼了一声，往前迈了步，于是一头撞进了某人结实的胸膛。

在止浔面前，一米六的穿着登山鞋的苏白梨只到他胸口，被他逼着只能乖乖地靠回崖壁，本以为又要透心凉，谁知道背后却是他的手臂——为了不让她碰到潮湿的石壁，他用手臂把她隔开了。

苏白梨抿抿嘴，想哭。

“你这是什么表情？眉毛都打结了。”止浔蹙眉。

“我那时候为什么会以为你所做的一切都是假的呢？”苏白梨凝视着他的眼睛，喃喃地说，“明明除了臭老爹，从来没有谁对我那样细心过，包括石屿也没有——”

嘴唇被咬住，苏白梨的后半句被止浔吞进口中。

惩罚性地咬了咬她柔软的下唇，止浔眸色如墨：“这个人就让他从你的通讯录里消失吧，不是什么好东西。”

他真是……不留情面。苏白梨这般想着，不过嘴上还是乖巧地答应了：“好好，我不提他。”

眼瞅着止浔的面色稍霁，苏白梨这才鼓起勇气，笑眯眯地问：“你本来打算怎么带我来穆劳呀？”

止浔半真半假地说：“走不动就背，背不了就抱，抱不住就扛，实在不济就拖上山。”

苏白梨心想：好可怕，感谢糖尼！感谢上天！

“那你呢，如果我没有来穆劳，你打算怎么做？”

止浔的呼吸轻轻落在她的眉梢，她觉得，在这种状况下回答问题对她来说是不公平的！这不是平等对话，她在承受“美色”攻击的情况下，根本就疲于应对！

“我打算回楠都找你的……”

“找我……”止浔压低嗓音，“找我干什么？节目都录完了，你找我想干什么？”

苏白梨伸手，攥着他的衣角在指间搓来搓去：“你把东西落在南野古镇了，我……打算拿去还给你的。”

“东西？什么东西？”

苏白梨绞着他的衣服角，蚊子哼哼似的说：“怪兽服。”

原来是被她拿走了！止浔恍然大悟，明白了为什么他冒着错过航班的风险，回海产店找那件被他在气头上丢弃的怪兽服却一无所获。

原来是她。

“这个来见我的借口不错……”止浔夸奖，没等小怪兽的笑完全展开，又接着说，“但你更应该还给我的，是另一样我丢在南野的东西。”

苏白梨蒙了，难道他走得急，还落下了什么？

见她完全理解错了，止浔哭笑不得地说：“用登山绳找我的时候，你倒是聪明得很，这会儿怎么笨成这样？”

苏白梨委屈极了：“你丢了东西我怎么会知道呢，这也怪我？”完了她又嘟囔：“你可真是喜怒无常的大魔头，哦不，大魔王……”

止浔感觉好气又好笑，忍住揪她鼻尖的冲动：“你当然会知道，因为东西是落在你那里的。”

本以为这提示已经够明显了，哪知道小怪兽顿时大惊失色，双手揪着他的衣角，用快要哭出来的语调说：“节目给的酬劳全被我拿来买机票找你了，你别讹我了，我真的赔不起……”俨然一副被周扒皮压榨得毛都不剩的可怜虫模样。

止浔这次真的被气笑了，撑在崖壁上的手臂一用力，将身前的小可怜虫一把搂进怀中，然后一只手擒住她的右手，贴在自己的左胸口。

隔着薄薄的衣裳，心脏搏动得又快又有力，而且因为苏白梨的手停在那儿，还有越来越快的趋势。

“丢在你那里的，是它。”止浔说。

这一次，苏白梨终于听懂了，静静地感受了一会儿他的心跳，她终于抬起头，眼中波光流转：“这一波完璧归赵，你不亏。”

止浔看着她。

苏白梨嘴角弯弯，拉着他的手，莽莽撞撞地就要往自己的左胸口放。

止浔立刻被吓得抽回了手：“你知不知道自己在干什么！”声音

都沙哑了。

苏白梨看着触电似的某人，满脸无辜："让你感受我的心跳啊！"

止浔心想，神啊，老天是不打算让他继续做老实人了是吗？

苏白梨靠近他："你把心丢在我这里了，我千里迢迢来这儿还给你不说，还把我自己的心也带来一并送给你——你说，这波操作你是不是不亏啊？"

止浔的目光始终盯着她那只莽撞的手，就怕她随时又拽着自己的手贴上她胸口。

于是苏白梨走一步，止浔退一步，一追一躲的关系掉了个个儿。可苏白梨压根不知道为什么大魔头忽然就跟遇见老巫婆的小正太似的，甚至摸了几次自己的脸和头发，怀疑她是没休息好又蓬头垢面太丑了。

"咯咯。"止浔终于清了清嗓子，化被动为主动，握住她蠢蠢欲动的爪子，"感受心跳的法子不止这一种。"

苏白梨愣愣地看着他抬起自己的手腕，放在嘴边，顺着指尖一路慢慢轻吻，直到手腕脉搏处才停下来。而在这过程中，他如墨的眼睛一直静静地看着她。

苏白梨发誓这辈子心跳从来没有这么快过，甚至比接吻更甚，紧张得连脚趾都蜷缩了起来。他的眼神与微凉的嘴唇，像让她身上通了电，只要他想，随时都能将她的灵魂抽离。

察觉到嘴边小怪兽快速跳动的脉搏，止浔终于松开了她的手腕，嘴角微挑："嗯，检查过了，你确实把心带来了。"

苏白梨还处在过电之后的酥软之中，茫然到手都不知道该往哪儿放。这个茫然无措的反应反而吓到了止浔，该不会……吓坏这不通人事的小东西了吧？

他连忙补救，换上最"人畜无害"的表情："谁让你随随便便就把别人的手往胸口放，我这是礼尚往来。"

"你不是别人……"苏白梨终于发出微弱的声音，"我也不会对旁人这样。"

一句话，彻底摧毁了某人"做个柳下惠"的信念。

止浔双手拥住面前的人，吻如密集的雨点般落下，从眼角眉梢到柔软的唇瓣，从娇俏的下巴到柔白的颈项……

忽然，他停下了。

苏白梨迷迷瞪瞪地“嗯”了一声，才听见大魔头说：“雨下大了。”

她这才发现不知何时，淅沥的小雨已经成了瓢泼大雨，冲刷天地的雨水伴随着咆哮拍岸的海浪，让整个穆劳小径在顷刻之间完全变了一张脸。

止浔从背囊里取出挡雨布，撑过头顶：“进来。”

苏白梨钻到他的身前，四面八方侵袭而来的风雨全都被他遮挡，留给她的只有温热的胸膛，和平稳的呼吸。

纵然身边大雨滂沱，海浪滔天，她却没有半点心慌。

因为这个男人在，除臭老爹之外，第一个让她觉得可以全身心地依赖，也愿意付出一切去守护的男人，就在她触手可及的地方……

两个人在狂风骤雨之中，沿着穆劳小径一路向南，攀上天然的石阶，穿过从峡谷上方飞流直下的瀑布空隙，进入后方静谧的山洞之中。

止浔放下挡雨布，苏白梨顾不上去看山洞中瑰丽的奇景，一眼就看见他已经完全湿透的衣衫——为了帮她遮雨，他的背几乎一直被雨水冲刷着。

苏白梨上前，拉着止浔的衣角，大眼睛忽闪忽闪的：“脱了吧。”

止浔愣了一下。

天要亡他。

“别胡闹。”

“这怎么能是胡闹呢？这是为你好！”

“你手往哪儿摸？放手，放……苏白梨！我说你到底是不是女孩子啊？”

“是啊，不然你为什么不肯穿我的衣裳？”

“那是因为穿不下！”

“不试怎么知道穿不下？试一下，就试一下嘛……哎，用力，你胳膊怎么这么长啊……”

世界顶级风光摄影大师止浔以人格发誓，在他三岁之后的记忆之中，从没有这么“屈辱”过。而且，最糟心的是这份“屈辱”还是他亲手给自己找来的！

身上套着他亲自替小怪兽选的粉蓝色女款登山服，因为胸肌和肩宽的关系，衣服紧绷绷地贴在身上，甚至能勾勒出结实的线条。

肇事者正抱着手肘，笑得见牙不见眼：“总是看你穿黑白灰，大魔头，其实你穿粉色也好看，真的，一点都不娘！”

止浔的脸更黑了，抬手就要去拉拉链。

苏白梨眼明手快地制止他：“别脱呀！山里风凉，万一生病了怎么办？”

“生病也比这样穿强，放手……”止浔恐吓似的说，“再不松手，你会后悔。”

苏白梨倔强地摇头，嘀咕着：“让你光着上身，我才真会后悔。”想到他那身让人血脉偾张的肌肉，她就觉得高山缺氧。

“你在嘀咕什么？”

“没……没什么！”苏白梨连忙摇头，然后抿着嘴，小鹿似的眼睛眨巴着，“就当是为了不让我担心。你就穿着好不好？何况，这里除了你我，也没有别的人呀。你光着我都见过，穿女装算什么啦……”

止浔的嘴角都快要抽搐了。

从前他怎么没发现这没长心眼儿的小怪兽如此语出惊人？什么叫光着都见过？这话传出去，小姑娘家的清誉都给弄丢了！

眼瞅着大魔头变了脸色，苏白梨立刻捂住嘴摇头，一副楚楚可怜的模样。

打也不是，骂也不是，止浔算是看清了，这辈子自己栽在这丫头手里了，栽定了。

如果此刻有人乘坐私人飞机从穆劳小径上方飞过，将有机会看到此生从未见过的奇景：一向以高冷出名的摄影大师止浔，正以女装大佬的诡异形象端着单反，站在小径尽头，瀑布边缘的巨石之上。

太平洋以雄浑的气势，在暴雨中冲击着海岸线。

棕榈树在狂风之中坚韧地承受着大自然的考验。

这个只有全世界极少数人才能见到的瑰丽景色，在镜头之中充满了张力，无须调色，无须裁剪，每一帧都如同激昂的音符，敲打着视网膜。然而等止浔转过身，镜头朝向瀑布水帘之后，一切就骤然换了另一副模样。

身后滂沱的大雨、汹涌的瀑布都成了背景，剩下的只有无边的静谧——苏白梨脱了鞋袜，坐在石洞水潭边，雪白的小腿浸泡在清凌凌的水中，正拿着木梳有一搭没一搭地梳理蓬乱的短发。

经历了这样的一番历险，她自然是素颜的，眉毛因为沾了水，比平时看起来要浓黑一些，柔软之中多了三分坚韧。

几乎未加犹豫，止浔就按下了快门，而且是一连串的快门。

她从无所察觉到抬眼看他，再到眉眼一弯，心无城府地笑起来……所有的神情变化都被忠实地记录了下来。

什么绝不拍人？

那不过是因为没有发现真正的美人。

什么不懂爱情？

那不过是因为没有遇见真心想爱的人……

十七点甜

但你有我

正所谓山中才一日，世间已百年。

重新回到楠都的苏白梨，非常怀疑自己去的不是太平洋上的小岛屿，而是什么“天上一日，人间一年”的仙境……

“这到底是怎么回事？”被大魔头用太阳镜和帽衫遮得严严实实的苏白梨完全丈二和尚摸不着头脑，被他牵着，从机场汹涌的人群里穿过。

止浔的武装比她要少点，仅仅是墨镜和口罩，但因为他的个头和身材实在太醒目，刚刚走出通道就被人认了出来。

一堆“长枪短炮”围了上来，若不是止浔拿手臂护住，镜头都快要戳到苏白梨脸上了。

她一个十八线小透明，何曾见过这么劲爆的接机场面？她被吓得只能紧紧握着大魔头的手，生怕一不小心走丢了，被这群嘴里喊着奇怪称呼的人吞噬。

直到好不容易突出重围，上了早就等候在机场外的宝马车，苏白梨还死死地牵着止浔的手，半点没松。

驾驶座上的骆骁回头，看了眼紧握的两只手，嘴一咧，回过头发动车子："这一趟的穆劳小径的美人救英雄，实在是精彩得很啊！"

苏白梨这才发现司机居然是骆老板，见着熟人，她终于放松下来，松开了止浔的手，除掉自己的口罩和太阳镜，大口地呼着气。

突然感觉掌心空荡荡的，止浔看了眼，默默地重新将某人的小手握在掌心。

苏白梨没察觉到他的小动作，只顾着问："我们在穆劳的事，骆老板你怎么会知道啊？"

骆骁："你这话问得不对啊，你应该问你们俩的事现在还有谁不知道。"

"别告诉我，你不知道你们从山上救下来的那个外国小正太是谁。"

糖尼？苏白梨回忆了一下，那个短暂相处的金发少年。

当时他被泥巴和雨水弄得蓬头垢面的，除一双湛蓝的眼睛和一张与大魔头互相挤对的嘴巴之外，她记得的也不多了……

不过，被骆骁这么一说，她确实觉得有一点点眼熟。

"好吧，白梨不认识也就算了。"骆骁从后视镜里看向好友，"难道你也没认出他？我的浔哥哥啊，糖尼的超级英雄电影三部曲，你可是一部不落地跟我看完了的，这样你都能脸盲？"

"啊！是糖尼·波特曼！"苏白梨尖叫一声，从止浔手里抽出了手捂住嘴，然后用恨不得穿越回去掐死自己的口吻说，"我居然没跟他合影！没有跟他要签名！没有告诉他三部曲超级好看，我和舍友一直都在等第四部……天哪，我到底错过了什么啊……"

冷眼看着小怪兽仿佛错过了一个亿般的懊悔模样，止浔的脸色不算太好看。

"喀喀……"骆骁好心提醒小姑娘，"小白梨，你男朋友也是要面子的。"

苏白梨看了身边人一眼，果然，俊脸很黑。

"我是姐姐粉，哦不……"在大魔头发飙之前，她违背内心地改口，"我是糖尼的妈妈粉，他才十五岁啊！小孩子，还是小孩子呢……"

很好，自黑奏效了。

止浔果然矜持地摸出手机，滑了几下，递给她。

苏白梨定睛一看，照片上自己正枕在止浔的大腿上，睡得只差没流哈喇子，形象不算太养眼……但，这都不重要！重要的是，最靠近镜头的是一张充满朝气的少年面孔，笑得蓝眼睛眯成一条线，虎牙尖尖的。

“我居然真的有和糖尼的合影了？”苏白梨一把将手机贴在胸口，高兴得语无伦次，“大魔头，你简直就是哆啦A梦！”

说着，她凑上前，出人意料地在止浔脸颊吧唧亲了一口。

骆骁身为单身狗，受到了一万点暴击。

止浔眼睫微垂。

当时，糖尼那小子说要合影，他还不太乐意来着，毕竟小怪兽的睡脸他不想让更多人看见，直到糖尼保证天知地知，你知我知，他才勉强同意做个纪念。

没想到，歪打正着。

看着苏白梨毫无保留的快乐，止浔决定，勉为其难地收起私心。

他从包里取出登山帽，不情不愿地递给苏白梨。

一眼看见登山帽上华丽丽的英文手写签名，苏白梨觉得自己离晕过去只有一线距离了。

“糖尼居然给我签名了！你为什么没早点说呢……”苏白梨忽然想起什么，愣了一下，“而且你还骗我，说这顶帽子丢在山里了……止老师？”

“你为什么要扣住糖尼给我的签名？”

止浔没回答，他怎么可能承认，自己是因为不喜欢别的男人在小怪兽的私人物品上留下印记？

“我知道了！”苏白梨恍然大悟。

“你猜错了！”止浔矢口否认。

苏白梨眯起眼，假装鄙夷地看着他：“你一定是想偷偷拿去卖钱！”

骆骁一口老血差点喷在方向盘上，止浔拿糖尼的签名卖钱？大小姐这是开国际玩笑呢？！

止浔：“嗯，被你猜中了。”

骆骁想下车！这车他不开了，再开，要被狗粮撑死了！

苏白梨将帽子当成宝贝似的抱在怀里，佯装生气地安静了一会儿，忽然又想起刚刚在机场，簇拥着他俩的那群人口里奇怪的呼声。

“刚刚，他们嘴里喊的什么啊……”

“哈哈，他们叫的是‘魔仙’，魔仙夫妇。你俩在穆劳的这几天，《亲爱的TA》已经在网络上正式播出了，因为之前止浔那个出了名的‘掀盖头’照片，你俩的关注度本来就很高。这次糖尼回国之后一篇INS，贴上你在综艺里的截图，管你叫‘仙女姐姐’，一下子把你‘烧烤店小仙女’的名头在全世界打响了。”

苏白梨心想，她能哭吗？

“至于魔——”骆骁偷看了止浔一眼，忍着笑说，“咱们浔哥哥，大魔王的声名在外……你俩组了CP（情侣），可不就是魔仙夫妇吗？”

苏白梨哭笑不得：“骆老板，现在的观众起名都这么土味吗？”

在穆劳的事传得沸沸扬扬，知情的当然不可能只有粉丝们，苏白梨觉得自己早该做好心理准备的，一时麻痹大意是她的错。

是她对不起大魔头……

在楠戏校园里，送苏白梨回宿舍的止浔和千里迢迢赶来兴师问罪的苏远杭撞了个面对面。

“因为行李太多，止老师特意送我回来的……我俩就是普通的搭档关系……老爹你别用审讯间谍的表情看人，怪吓人的。”饶是苏白梨拼命地解释也无济于事。

江湖人精苏远杭只抓住一个核心问题：“你俩在穆劳小径上独处了两天一夜，是不是？”

苏白梨小圆脸涨得通红：“爸爸！你这是干什么呢？”

苏远杭怜爱地摸了把女儿似乎尖了点的下巴：“乖小梨，你让开，这是男人之间的对话。”

苏白梨心想：臭老爹是不是又偷看妈妈的言情小说了？

没等她开口，一直沉默的止浔忽然搭着她的肩头，将手中的行李箱递给她，向苏远杭走近了些，出其不意地单手按着风衣对苏远杭鞠了一躬。

苏远杭一米七出头，本来在一八五的止浔面前并没有身高优势，但这一鞠躬，止浔完完全全地把甘愿向对方低头的态度表达出来了。

苏白梨惊得嘴巴都忘了合上。

这是止浔呀！业界出名软硬不吃的大魔头！她一直以为臭老爹和大魔头的碰面对自己来说将是不亚于第三次世界大战，没想到，大魔头居然主动服软了？

“苏伯父，之前几天，阿梨确实都和我在一起。”止浔在苏远杭不无探究的目光中坦诚地说。

这是苏白梨第一次听见大魔头用“小怪兽”之外的称呼叫她。

阿梨……好温暖啊！

苏远杭看着自家闺女一脸陶醉的花痴表情，在心里叹了声“女大不中留”，转而看向满脸郑重的年轻男人：“你们俩先是在个什么恋爱真人秀上真真假假分不清，接着又跑到国外深山荒野里独处几天几夜……这也就罢了，还搞得全球人民都知道。”

止浔安静地聆听，没有半点不耐烦的神色。

这一点让苏远杭心里稍微舒坦了一点：“你是男人，或许觉得这没什么，但你想过我们白梨吗？我们老家，小地方，现在人人都知道这档子事，全都在问我闺女什么时候办喜事。”

苏白梨脸上挂着的笑容一点点地淡了，在臭老爹说出“什么时候办喜事”几个字的时候，终于声音发颤地打断了他：“够了，爸爸，他们说了些什么，跟止浔没有关系。”

止浔自然听出了她声音的异样，回头看见她脸色苍白、目光闪烁，心知苏远杭的这番话怕是又让她想起了与石屿捆绑的那段不太愉快的经历。

止浔不动声色地握住苏白梨发凉的手，沉稳地说：“老家那边，如果苏伯父同意，我会尽快上门拜访。”

苏家父女相视一眼，苏白梨率先开口：“你不用把那些人的话放在心上，我自己可以解决的！”

“两个人的事情。”止浔牵着她的手，拇指在她的脸颊一刮，“怎么能让你一个人解决？”

带着一身杀气而来的苏远杭，最终又是担心又是愉悦地上了大奔，被司机带去机场了。

说是苏白梨的妈妈又“偶感不适，需要丈夫陪同”，所以苏远杭连夜赶回老家去陪亲爱的老婆大人。

时间已经很晚了，止浔担心苏远杭会赶不上航班：“万一错过航班怎么办？”

“不用……”苏白梨一点也不担心，淡定地说，“就他一个乘客，还能不等啊？”

止浔不由看向穿着从机场随便买来的风衣、牛仔裤的小怪兽。

她对于物质的要求虽然很低，但对于昂贵品牌早已经习以为常。他早就知道这似乎穷到要靠在烧烤店打工谋生的小姑娘，家境也许还不错，只是完全没想到过，竟到了有私人飞机的地步。

“想什么呢？”苏白梨在宿舍楼前回头，“再晚宿管阿姨就不让回寝室了，我的假期可是到今天就最后一天了。”

止浔微笑，拖着行李箱快步上前，牵起苏白梨的手，道：“不让回就不回，还怕没地方给你住？”

苏白梨脸一红，哼了一声：“谁要去你家。”

“我什么时候说要带你回家了……”止浔挑眉，“我说骆骁的咖啡店，总能有地方凑合一晚。”

苏白梨心想：天使是他，魔鬼也是他……

依依不舍地分开之后，苏白梨拖着行李箱上楼，刚好接到妈妈发来的微信：你爸已经被我忽悠回来了，抓紧时间和止先生培养感情，我瞅着这男娃不错，颜值配得上我家闺女。

苏白梨哭笑不得，她就知道妈妈突然而来的身体不适，是为了不让臭老爹为难止浔。

“白梨！”楼梯道里，隔壁班的女生认出了苏白梨，一声惊呼，顿时走廊里的宿舍门全都开了，女生们有的还裹着毛巾就跑了出来，叽叽喳喳地将苏白梨围了起来。

“你和浔大到底是真的还是演戏？”

“你真的在太平洋的小岛屿上救了糖尼·波特曼？”

“你怎么还回来上课啊，不都说片约接到手软了吗？”

苏白梨本来就舟车劳顿，又刚刚应付了臭老爹一通，这会儿被一群人问得脑壳都要炸了，不由对大魔头心生同情——他可是从很久以前开始就有这遭遇了呢。

“好了好了，白梨刚从国外回来，能不能让她休息休息，以后再聊？”涂滢从人群之中将苏白梨解救回了宿舍。

关上门，苏白梨长长呼出一口气：“这是干吗啊？吓死人了。”

话音未落，一双手从背后搂住她的脖子，女孩子的声音在她耳边响起：“老实交代，你和浔大是不是因戏生情，假戏真做，生米煮成熟饭了？你说实话，我留你一条小命。”

苏白梨假惺惺地举起双手投降：“我交代，我交代，姑奶奶你松开我的脖子，不然我还没说完就被你给勒死了。”

舍友凌琳这才笑眯眯地松开手，抱住苏白梨在她脸上吧唧亲了一口：“一开学就请假，感觉半个世纪不见你，想死我了。”

“对啊，我天天在屏幕上看你，都快忘了三次元里你到底什么样了，今儿一见，果然我们真人版白梨更可爱，来，让姐姐亲一口。”徐雪也跟着打趣。

室内只有四个人，布置得温馨干净，苏白梨顿时松懈下来，一屁股坐在椅子上：“对不起，我也没想到会耽误这么久，更没想到救的那个正太居然是糖尼……”

涂滢坐在隔壁，手臂搭着椅背，点头：“你这运气，确实是没谁了。一个浔大够打半个国内江山，再来个糖尼，怕不是直接红遍全球了？”

苏白梨苦笑道：“说到底还是要有作品啊，上综艺节目是为了挣生活费……”

凌琳顺口问："上《亲爱的TA》有多少酬劳啊？"

苏白梨摇头："很少的，而且……我都花光了。"

"你吃金喝银的？这才几天都花光了？"

"买去穆劳的机票啊，超级贵……"

三个女生一听，相视一眼，由涂滢开口问："你去穆劳小径是不是找止浔去的？那会儿节目都录制完了，你找他……嗯，你俩是不是真的……"

苏白梨还没回答呢，脸先红了。

"不用问了……"凌琳用过来人的口吻说，"就她这含羞带怯的小样儿，就算不是假戏真做了，最起码，咱们白梨也正式加入止浔女友团了。"

苏白梨："那是什么？"

"你上微博看就知道了……"凌琳笑道，"自从你和浔大的节目播出，浔大的粉丝们划分为两大阵营，一边是摄影圈的直男夸你貌似天仙，羡慕老大名草有主……另一边就是浔大的颜粉啦，包括我们，喀喀……就组成了浔大女友团。"

苏白梨眨巴着眼睛，为什么她和大魔头都已经是国民认可的CP（情侣）了，还会有女友团？

"笨，因为你是正牌太太啊，你们是魔仙CP（情侣）嘛……"凌琳说起这个杀马特称呼就笑得不行，"那粉丝还能怎么办，当不了太太就当女友咯。"

苏白梨心想：听着就不愉快怎么办？

"不扯那些……"涂滢把话题拽了回来，"白梨你和浔大是真的，对吗？"

苏白梨抿嘴："嗯。"

凌琳和徐雪相拥着尖叫："我们白梨长大成人了！"

苏白梨哭笑不得，余光里却看见涂滢若有所思地低下了头。

等到另外两人出去洗漱，苏白梨才喊了涂滢，轻声问："滢滢，你是不是有什么话想跟我说？"

涂滢背影僵硬了一下，回过头：“白梨，你和止浔真的在一起了，那你有没有想过石屿怎么办？”

突然听到这个名字，苏白梨心里一惊，继而轻描淡写地说：“我和他本来就没有关系了啊！”

“可是石屿本人并不是这样想的……”涂滢严肃地说，“在南野你喝醉酒的那天，徐望南把你带走之后，石屿和我聊过。”

苏白梨静静地看着舍友。

涂滢接着说：“他说，节目归节目，生活归生活，你们终究是有婚约的。”

“他为什么会跟你说这些？”苏白梨眸光盈盈，“滢滢，你为什么要去问他这些？”

寝室里安静了一瞬，涂滢似乎没有料到一向软弱的苏白梨会忽然这样质问自己，所以一时不知该怎么回答她。

苏白梨没有躲避涂滢的目光，而是安静地等她回答。

“就是随便闲聊而已……”涂滢蹙起眉头，“你这问话是什么意思？你在怀疑我？”

苏白梨笑容很淡：“没有。我只是不明白，石屿那个人，什么话都烂在肚子里，为什么会跟你提这些陈年旧事。滢滢，我跟他所谓的婚约是小时候老家的玩笑话，早就已经过去了。不管我还是他，都已经度过了那段时期，这些旧事不提最好。”

涂滢冷冷地回了句：“这不过是你一厢情愿的想法。”

“别人怎么想我管不了的，我只是希望‘我的朋友’能站在我这一边……”苏白梨递了一盒专辑给涂滢，“你们仨一人一份，希望你喜欢。”

那是一盒电视剧《逆凰》的原声大碟，封面上有主演陆羽的签名和寄语。

涂滢拿在手中，有一瞬的动容。

“天啊，快看白梨给我们带了什么回来……”洗漱归来的凌琳一眼看见了礼物，兴奋地拉着徐雪又笑又跳，“白梨走到哪里都记着给我们带礼物，而且是陆羽的签名……真羡慕你，能跟陆羽在同一个组录节目……”

凌琳和徐雪拉着苏白梨问了好多关于陆羽的事，苏白梨能回答的一一都答了。其间，涂滢一直冷眼看着她们。

如果参加《亲爱的 TA》录制的人不是苏白梨，而是她涂滢，现在走红的人就会是她了，能和陆羽、石屿并肩，甚至能和止浔谈一场轰轰烈烈的恋爱，声名大噪，片约接到手软……她的外形条件比苏白梨好太多了。

如果是她，只会更好。

带着这样的念头，涂滢一整晚几乎没再开过口。

苏白梨想过，《亲爱的 TA》收视率还不错，自己或许能因此多一些接片的机会，但是真的完全没有料到，这机会来得如此迅猛。

不光有剧组的邀约，还有经纪公司抛出橄榄枝，想要签她出道。在这个夏天之前，这些对于她而言都是白日梦一样的存在。

苏白梨托着腮帮，不无苦恼地说：“剧本我昨天熬夜都看完了，可是真的不好选……”

“是剧本不好吗？”止浔停下鼠标的动作，单手托腮，“还是番位太低？”

“我才不会在意番位，一直有戏拍对新人来说就已经很不错了……”苏白梨一本正经地解释，“只是总给我软萌可爱的小妹妹角色，我都二十了，还总让我演未成年……原地踏步，真的特别没意思啊！”

止浔勾起嘴角：“这叫本色出演。”

“你什么意思？”像只奓毛的猫咪，苏白梨凶巴巴地说，“你是在嘲笑我发育不良吗？”

止浔心想：这丫头真是语不惊人死不休。

“哼，你居然跟他们一样，不能透过表象看本质。我骨子里可是个演什么是什么的专业演员，被限制在乖巧小姑娘的角色里，是对演技的亵渎好不好……”

“那你想演什么？”

“没有特定的啊，人物性格能多面性一点，有发展、有深度的就好。我只在舞台剧上尝试过，感觉特别有意思。”

止浔无声地笑了笑，手指在键盘上继续打字。

苏白梨好奇地问：“你是在和人聊天吗？”太神奇了，她一直以为除了骆老板，大魔头是没什么朋友的。

“嗯，一点私事。”

他这么一说，苏白梨反而更好奇，出其不意地站起身，想快速地瞄一眼他的屏幕。

奈何，大魔头的反应比她还快，飞速地合上了笔记本电脑：“行了，想好晚饭吃什么了吗？”

“酥心包！”

止浔无奈地笑：“已经让店里给你准备了，回宿舍的时候去拿。但晚饭不能用点心打发，要不带你去楠mall，看看有没有什么想吃的？”

“不想去。”苏白梨拒绝得斩钉截铁。

止浔探究地看着她，她的小圆脸上划过一丝狐狸般狡猾的笑容，她道：“我想你做给我吃。”

止浔眉眼微弯，将笔记本电脑放进公文包，起身在苏白梨头顶一揉：“想吃还不快点起来？”

“啊？”他这就同意了？

苏白梨本来只不过是撒撒娇，压根没想到大魔头居然真的要带她回家，烧菜给她吃。毕竟，连骆老板都说止浔这种生人勿近、凭实力单身的男人，家就是绝对的禁区。

车行驶了很久，最后在城南的一栋白底灰瓦的小楼前停了下来。

小楼有院子，刚好够泊车。

院子和楼里一片漆黑，因为车灯才终于有了光线。

寂寥萦绕着整栋豪宅。

止浔牵着苏白梨的手，领着她跨上台阶，走到楼门口的时候，他忽然让开：“看着这里。”

苏白梨的脸映在识别器的屏幕上，系统快速地扫描着她的瞳孔和面部轮廓，直到“嘀”的一声。

“好了……”止浔仍是牵着她，“下次来，你直接面部识别就可以进屋了。”

苏白梨嘴边浮起浅浅的笑，不由自主反手握紧了他的手。

房子很大，但是没有半点烟火气。

一楼客厅空荡荡的，除了沙发、茶几，只剩下整齐摆放着各种镜头、主机的陈列柜，至于装饰物是完全没有的。

身为一个顶级的风光摄影师，大魔头的家里连一张用于点缀的风光照片都没有。

苏白梨忽然觉得有点心疼，对他来说，家是什么呢？

只有把家当成港湾的人，才会费心去装饰，如果仅仅是落脚睡觉的地方，自然只有冷冰冰的家具了。

“你随便看看，我去给你弄……晚餐。”

苏白梨乖巧地点了点头，等大魔头进了厨房，她才好奇地四下打量。

陈列柜下有好多大箱子，她蹲下身，打开落灰的箱子，这才看见里面妥善装裱的照片。

那是苏白梨曾经在止浔的微博上看到过的照片，它们或得奖，或备受好评，是网络上一照难求的极品，可是在大魔头这里，只有这般待遇。

苏白梨用纸小心翼翼地拭去玻璃框上的灰尘，按着自己的喜好，挑了几张，分别摆放在柜面和桌面上。

止浔镜头下的风景色彩斑斓，或深邃，或灵动，映衬出镜头后对大自然充满热爱的眼睛。

这样的几张照片，很轻易就让苍白冷淡的居室多了几分生机。

苏白梨背着手，在客厅中央转了个圈，满意地看着自己布置后的屋子——这才对嘛！大魔头的嘴是坏了点，但绝不是个铁石心肠的人，干吗把自己家弄得跟中世纪古堡似的！

当止浔端着双耳锅回到客厅时，看见小怪兽正蹲在电视机柜前的小小身影：“吃饭了，阿梨。”

苏白梨蹲着没动。

止浔只好放下锅，走到她身后，才看清小丫头正双手托着一沓DVD碟片，小脸通红。

苏白梨慢慢地抬头，小鹿一样的眸子里满是委屈：“你怎么能干这种事呢？”

止浔莞尔：“说说，我干什么了？”

“你怎么可以看我这么丢人的黑历史！”苏白梨可怜兮兮地举起其中一张碟片，封面上是个扎着双马尾、穿着民国学生装、一脸婴儿肥的她，“这都什么时候的片子了？你到底是怎么找到这些碟片的？”

止浔：“是费了点功夫，不要紧，值得。”

苏白梨奓毛：“什么叫值得！我那时候……那时候还没上楠戏，都不知道什么叫表演……”

“我知道啊……”止浔轻松地从她手里抽走碟片，举高了，她跳起来也够不着，“这才有趣，我就是很想知道遇见我之前的你是什么样子。”

苏白梨蹦起来，没够到，听见他的话语，有些动容：“不公平……我就看不到以前的你。”

止浔伸手，将她搂入怀里，亲吻着她的发丝：“会有机会的。”

苏白梨趁其不备，想从他手里夺走“黑历史”，不料他不但轻松躲开了，还就势亲了她一口。

呜哇……身高碾压！不公平啊！

“别动歪脑筋……”止浔淡定地将苏白梨参演过的影视剧碟片摞好，放回原位，“我每部片子都买了五张，打算当传家宝流传后世，你就算毁了这几张也没有用。”

魔王！狡兔三窟的大魔王！

苏白梨气呼呼地被牵着坐回茶几前，面对白色双耳锅，狐疑地问：“这里面是什么？晚餐？”

止浔的脸上划过一丝隐约的尴尬。

苏白梨小心地揭开锅盖，顿时香气扑鼻，她眉头打了结：“你说晚餐不能吃酥心包，得认真吃饭，指的就是泡面？”

止浔解开衬衫袖扣，稍稍卷起衣袖，将筷子递给她，一本正经地说：“家里只有这个，我还特意给你打了两个荷包蛋，吃吧，不然面泡胀就不好吃了。”

“你还挺有经验的嘛……”苏白梨揪着鼻子，“你平时该不会总拿这东西填肚子吧，止老师？”

“偶尔。”大部分时候，他都会在骆骁的咖啡厅里凑合一顿。

苏白梨默默地低头，哧溜哧溜地吃面，直到吃不下，才放下筷子，像做了什么决定似的：“以后你再要吃泡面的时候，就来找我吧。我妈说了，什么都可以随便，但吃绝对不能随便！我虽然不敢说有大厨的手艺，但臭老爹一直都夸我做菜比我妈做的好吃的……”

止浔看着她得意的模样，嘴角微勾：“好。”顿了顿，他又问：“吃饱了？”

苏白梨点点头，就看见大魔头自然地拿过双耳锅，把她吃剩下的面条都吃了。

“你这样子，让我想起臭老爹了。”

止浔闻言挺直了腰板，整理了一下衬衣的前襟。他到底是有多显老，才会总让小怪兽把自己和已近五十的父亲联系在一起……

苏白梨对止浔的心理活动一无所知，只是甜甜地一笑，道：“臭老爹从来不嫌弃妈妈吃过的饭菜，但是我看别家的叔叔阿姨，都没有这样的。”

止浔的一颗心这才落回肚子里，安心地在小怪兽温暖的目光中喝完了最后一口汤。

就在这时候，茶几上两个人的手机同时响了起来。

苏白梨摸过来一看，是徐望南，她看向大魔头，只见他已经接通了电话：“骁，什么事？”

下一秒，他蹙起了眉，看了苏白梨一眼，垂下眼睫，低声说：“拜托你的事情，我们提前吧。”

苏白梨满脸狐疑地接通了电话，徐望南焦急的声音立刻传了出来：“石屿那小子有没有找过你？”

“没有……”苏白梨眼看着大魔头站起身，重新将松开的袖扣扣牢，那缓慢而郑重的动作就像将军奔赴战场之前最后一遍整理戎装。

“他下午接受采访，不知怎么忽然坐实你和他从前有婚约的事，现在媒体都吵翻了。你知道，近些日子你和浔哥正火热，这会儿传出这种事，除了多些无谓的曝光别无好处……”

挂了电话，苏白梨喃喃自语：“他为什么要这么做？”

止浔将蒙了的小怪兽搂入怀中，温柔地抚过她的发丝，目光锐利，口吻却格外温柔：“他刚刚从国外回来发展，无论人脉还是曝光度都跟不上，之所以参加综艺、捆绑何婉无非是图她的人气。现在他忽然曝光曾经和你的婚约，目的也是一样。”

苏白梨焦躁得很，好不容易丢至脑后的噩梦又冒了出来：“我跟婉婉怎么能一样呢，婉婉能帮他走红，捆绑我能干什么……”

“小笨蛋……”止浔扶着她的肩膀与她四目相对，“你的光芒，并不止我一个人看见。”虽然，他是动过将她藏起来、不与任何分享她的美丽的念头，但终究清楚她热爱表演，享受站在镜头前感受万般人生的乐趣，所以，他选择成全。

不光成全，他还要将她扛在肩头，让她从更高的起点开始……

“去整理整理，我们要出门了……”止浔亲了下她的鼻头，“今晚可能不会太轻松。”

盥洗室大镜子前，止浔把手指打湿，温柔地替苏白梨整理翘起的头发，神色平静。

苏白梨：“我们现在去哪儿？”

止浔：“如果我保密，你会跟我走吗？”

苏白梨从镜子里与他对视，轻声说：“会，因为是你啊！”

止浔把脸埋在她的发丝中，眸光幽暗，过了许久，喃喃道：“我爱你，阿梨。”

苏白梨脸红通通的，转过身抱住他的腰，头埋在他胸口："为什么我这么紧张呢？"

止浔轻笑，胸膛震动："紧张就对了。"

车行在路上，徐望南的电话就又来了，也不知是哭还是笑："我说白梨，你还拿不拿我当亲哥，这么大的事都不告诉我？"

苏白梨不解："什么事？"

"你开免提，打开微博……"徐望南啧啧道，"我认识你这么多年了，咋没发现老苏家还藏着这么块宝呢！"

苏白梨依言打开微博，她唯一的特别关注就是大魔头，所以第一条就是大魔头十分钟前发的九宫格图片。

止浔：最美

下方是在穆劳小径上拍摄的苏白梨，简简单单的T恤，泡在池水中纤细小腿，湿润的发丝沾在雪白肌肤上，最重要的是一双灵动到可以藏得下万水千山的湿漉漉的眼睛……

止浔镜头下的她，几乎让她快要认不出自己了。

"他这就是告白啊！白梨，以浔魔王那种不苟言笑的性子，要他直白地说一句'我爱你'那是天塌下来都不可能的事——"

因为开了免提，徐望南的声音清晰地响在车厢里，苏白梨手忙脚乱想要调回听筒模式，结果还没调呢，就听见他又好死不死地追加了一句："你居然能让大魔王动心，可以啊！赶紧地生米煮成熟饭，把浔哥绑回咱老苏家——"

嘟嘟嘟。

切换听筒模式未果的苏白梨慌乱之中直接挂断了。

止浔轻笑了一声。

苏白梨满面绯红："为什么不提前告诉我？"

"告诉你了啊……"止浔看着前方，嘴角轻勾，"我告诉过你，今晚不会太轻松对不对？"

苏白梨：就算她智商两百也猜不到这事啊！

止浔：“很美。”

苏白梨：“嗯？”

红灯前，止浔停下车，拂过她鬓边碎发：“我说你很美，发照片之前我发现根本筛不出来……”顿了顿，他笑：“每张都太美，我都想私藏，所以挑了九张最普通的。”

这世上有些人看似从不说情话，其实是在蓄力，遇见那个对的人，情话就像雨季的蘑菇，一茬接一茬。

车很快就到了目的地，是一间格外雅致的茶社，小包间内私密性很好。

苏白梨刚刚推门进去，盘膝而坐的男人便抬起头，灰白的头发微长，黑框眼镜，有些发福，但目光锐利。

“冯导？”苏白梨意外极了。

冯秦可说是业内出名的热衷提拔新人演员的导演，而且因为作品个人风格浓郁而备受好评。不过，他的作品多是针砭时弊的现实题材，所以虽然才名远播，还是有很多热衷于偶像剧的年轻演员望而却步。

苏白梨则正好相反，六年前，刚刚十四岁的苏白梨就曾经在冯导的片子里饰演过一个被拐卖到山里的小丫头，当时对演戏一窍不通的苏白梨，硬是在冯导的指点之下成功演绎了一个没人疼、没人爱的野丫头。

“我记得你，苏白梨……”冯秦让他们坐下，“一个雪白粉嫩的小姑娘不怕脏不怕累，在泥巴里打滚都肯拍，我当时就知道你会是个好演员。”

苏白梨笑吟吟地说：“幸好遇见冯导，我才会下定决心考楠戏。”

“我手头有个本子，正在物色合适的演员……”冯秦打量着她的眉眼，“有人给我发了你的照片。我从不担心新人演员不会演，只怕他们不肯好好演。既然你我有缘，这片子你有兴趣吗？”

“有！”苏白梨双眼放光。

听她一口答应，冯秦笑：“不看剧本，也不问戏份，直接就这么应下来了吗？”

“您的片子，就是去演块道具木头我也乐意。”

冯秦被小丫头哄得开怀大笑：“这么暴殄天物的事，我可做不出来。既然你答应了，明日我就让助理把合同、剧本都送过去。另外，这个角色有动作戏，对体能方面有一定的要求——我听说，你不久前才在山里救了糖尼·波特曼，想来是练过的？”

苏白梨心虚。

“嗯，这方面她没有问题。”一直安静陪在一旁的止浔替她应下。

冯秦笑着抿了口茶：“嗯，有你在，我不担心。”

直到离开茶社，苏白梨还处在难以置信的状态中。

“为什么会选我？”她拉着止浔的袖子，“明天冯导睡醒了，会不会后悔啊？我既没名气又没经验。”

“但你有我。”

苏白梨愣了一下，推他：“自恋的大魔头。”

止浔莞尔，丝毫没有生气的意思。

大魔头就大魔头吧，怎么也是她独一无二的称呼。

清晨，苏白梨睡醒的第一件事就是看手机，潜意识里特别害怕冯导的邀约不过是一场梦，谁知道被开了勿扰模式的手机上有99+的未接来电和未阅读信息。

其中居然还有石屿的短信：你在哪里？我想见你一面。

苏白梨一点都不想见他，甚至巴不得这辈子都不要再见，可是他的下一条消息让她无法忽略：为了何婉的事见一面，十二点，地址是……

迷迷糊糊睡醒的凌琳摸出手机，才刷了两条微博就坐起身来：“白梨！你昨天说接到了冯导的戏，居然是女一？”

苏白梨自己也蒙了，她以为能有名有姓有台词就不错了，女一号？她想都不敢想。

宿舍里的电话响了，宿管阿姨说楼下有人找。

苏白梨穿着小兔子家居服，蹦蹦跶跶地下楼，对方将厚厚一沓文件递过来：“苏小姐，合约你看一下。”

果然，合同上明确地约定了戏份是女主角，类型是谍战，片约酬劳……苏白梨瞟了一眼，就略过了。

察觉她对酬劳无所谓的态度，冯秦的助理不由对苏白梨多了几分兴趣。

演员最关注的无非是影片制作成本、番位和酬劳……可这个苏白梨，只瞄了一眼，就跑去翻看剧本了。冯导会对这个初出茅庐的小丫头青眼有加，不是没缘由的啊！

苏白梨几乎什么也没问，就在合约上签下了大名。

冯秦的助理离开之后，宿管阿姨喜笑颜开地说："我们白梨就是有出息，你入学的时候阿姨就说了，假以时日你一定会成名成角的。"

"阿姨，你又笑我，如果下次我回来晚几分钟，你能放我回寝室就行了……"

"你这有戏约在身，可以申请走读，不用再每日返校了。"

刚回到寝室，凌琳就说道："白梨，你电话响了好几次，我看对方着急，就看了下来电显示……是那个，石屿。"

苏白梨挠了挠头发，心烦。

"白梨，你跟石屿婚约的事是玩笑吧？"凌琳试探性地问，"这会儿全世界都知道你和浔大好着呢，突然冒出来一段婚约，对你的路人缘影响很大。"

苏白梨一边化妆，一边说："是两家父母的约定，他的爸妈早就不在了，我家里人在他不告而别后也早就默认解除了，我也不知道为什么他要在这时候提起这件事。"

"还能为什么？"徐雪打抱不平地说，"当初你默默无闻，他就跟何婉炒绯闻，如今你声名大噪，戏约接踵而至，他又来捆绑消费你了呗！这种小奶狗，我最看不上。"

"小雪……"凌琳打断了她，看了眼苏白梨，"话别说这么绝。"

"本来就是……"徐雪一向直率，"你就看着吧，这种趋炎附势靠脸吃饭的男人，走不远的！"

凌琳叹了口气："就是可惜了何婉，在节目上看两人出双入对感情挺好的……转头就被石屿搞这么一出，高高在上的女神啊，心里一定不好受。”

苏白梨手上动作一顿，站起身。

“你去哪里？”凌琳问。

“有点事儿出去一趟。你们有什么想吃的没？我回来的时候给你们捎。”苏白梨一边换鞋一边问。

徐雪笑眯眯地说：“我要老板娘特供酥心包。”

“我也是……”凌琳忽然想起来，狐疑地说，“奇怪了，这一大早，涂滢浪到哪儿去了？”

石屿约苏白梨见面的地方，她还算熟悉。

童年时代，她唯一一次来楠都，就是石家夫妇带着石屿和她一块儿来的这里。

这是旧朝的一处采石场，地广人稀，濒临江边，风景宜人。

苏白梨站在江堤上，秋风阵阵，撩起了头发和风衣，有几分萧索。

“还记得这里吗？”

石屿的声音从身后传来，苏白梨没有回头：“记得，上一次来的时候我还是没离开过小城的井底之蛙。”

“那时候你天真可爱，总是抓着我的衣角跟在我身后，叫着小屿哥哥。”

苏白梨回过身，才发现石屿今日很用心地收拾了一番。他本就生得俊俏，又在国外微整过，如今高鼻大眼，好看得像画报里走出来的流量男星。可苏白梨怎么看怎么觉得他陌生。

“被我叫小屿哥哥的那个人，没有你这么好看。”

石屿脸色变了变，转脸看向江面：“既然做这一行，必要的改变逃不掉。”

苏白梨笑了笑：“你是说外在，还是内在？”

石屿微怔，几年不见，他印象中逆来顺受的小跟屁虫居然已经会回嘴了。

“长话短说……”苏白梨爽快地面对着他，“你说今天约我见面跟何婉的事有关，所以我才来的，现在你可以告诉我什么事了。”

石屿长睫微垂，眼中全是缱绻深情：“若我不那么说，你又怎么会来？”

苏白梨气笑了：“你果然是诓我。”早知道，就该听大魔头的话……

石屿拉住她的胳膊，刻意用低沉的嗓音说：“你是不是还在怨恨我当年不告而别？我跟你说过，那是因为我爸妈不在了，我一无所有，不知道有什么能拿来娶你。我出国，我想出名，我想站在万人追捧的灯光之下，都是因为你。”

苏白梨甩他的手，没能甩开，只好由他拽着，笑容噙在嘴边，不无悲凉：“还是算了吧，咱们俩好聚好散，还能保留一份童年的美好回忆。硬是要拆开来说，就特别没有意思了。”

石屿用力一拉，想把女孩带到胸前，不料苏白梨猛地一挣，与他拉开了两三米的距离。

“非要把最后一点点好的回忆也毁了吗？”苏白梨微笑，将被江风吹乱的头发撩到耳后，“你走之后，我发了疯一样到处打听你的去向，凡是认识你的人，我都问过，除被人嘲笑，说我本来就配不上你之外，你猜我还打听到了什么？”

石屿脸色渐渐变得阴沉：“无论你听到了些什么，都是假的。我这些年一直在等你长大，这才是真相。”

苏白梨摇头：“这事儿我连徐望南都没说过，我怕他觉得自己交友不慎，觉得跟你称兄道弟特别不值。你还记得当时高你一年级的宋潇潇吗？还记得当时已经毕业的罗静吗？还有——”

“够了！”石屿打断了她，“你说的这些人，我一个都不认识。”

苏白梨笑眯眯地点头：“你把她们都忘记了，唯独还记得我，我真是荣幸呢。”

石屿觉得眼前的少女虽然仍是那副乖巧可人的模样，骨子里却让他有丝畏惧。

“你听我解释……”石屿抓着自己的左胸衣襟，就像言情剧里最常见的男主角掏心挖肺时的模样，“其他的女孩子纵然再漂亮，我也只是对她们逢场作戏。我心里一直都清楚，苏白梨，你才是我将来要娶的人。”

苏白梨摇头：“那婉婉呢？你是不是想说那只是节目效果？”

石屿急切地点头：“恋爱真人秀本来就是这样啊！拍摄期间当然要做足戏码。你和止老师不是也一样吗？”

“我们不一样。”

石屿额角青筋一跳：“你不会是喜欢上止老师了吧？那种人，就像焐不热的臭石头，在节目里的那些柔情蜜意不能当真。”

苏白梨静静地听他说完：“止浔是什么样的人，我比你清楚。好了，既然你没有什么要说的，我就先走了。谢谢你找我来这里跟童年说再见，也感谢你在我十岁之前给过我的美丽假象。”

见苏白梨要走，石屿从身后一把抱住了她。几乎就在同一时刻，一辆黑色采访车疾驰而来。苏白梨甚至没看清楚车里是什么人，就被闪光灯照得眯起了眼睛。

车在离他们不远的地方停了下来，门开了，率先从车上下来的居然是满脸惊讶之色的涂滢。

她穿着红色皮衣、黑色过身裙和长靴，化着浓妆，像是出外景拍片的打扮。

“白梨？石屿？你们怎么会在这里？”涂滢的意外表演得太逼真，几乎让人难以怀疑。

苏白梨回头，看了眼站在身后的石屿，素来温和的目光宛如小刀：“我真的没想到，你为了出名能做到这一步。”

石屿摊手，鼻翼都有了汗水：“我不知道这是怎么回事。”

涂滢无辜地问：“白梨，我怎么听不懂你说的话呢？我是来这边拍外景……我知道你不想曝光和他的婚约，要是知道你们在这里，说什么我也不会来啊！”

苏白梨冷冷地看向跟着涂滢下车来的人，那人手里的相机还端着。

“刚刚拍到的照片，回去打算怎么写呢？”语气仍旧是一贯的天真无邪，苏白梨轻声问，“是说苏白梨和石屿江边约会，还是说两人打算再续前缘？"

那人有些尴尬，下意识地看了涂滢的背影一眼。

苏白梨心里难受，不愿再和涂滢多说话，在手机上按了几下，就往大路上走去。

石屿一把拉住苏白梨的手："再给我一次机会，我们回到从前吧。"

苏白梨停下，慢慢拨开他的手指，看着他的眼睛，一字一句地说："刚刚从你出现开始，每一句话我都录了音，关于今天在江边的一切，如果你让这个人编造一句谎言，我就公开录音。我们都说过些什么，你想不想它们被你那些女友粉们听见，你可以慎重考虑。"

石屿如遭雷击。他无论如何也没有想到，单纯如苏白梨居然会想到用录音这一招来对付自己。那些话，无论如何不能被公开，他下意识地伸手去夺苏白梨的手机。

"石屿！"苏白梨怒喝一声，终于将石屿的理智唤回，他怔怔地站在原地。

一辆黑色奔驰自大路驶来，不偏不倚地停在苏白梨身后。

驾驶座车窗打开，露出英俊冷淡的侧脸，声音却出奇的温柔："阿梨，上车。"

苏白梨最后看了远处的涂滢一眼，快步上了车。

止浔解开自己的安全带，起身拉过她的，替她扣好，顺便在她额头轻轻落下一吻："别为这种人生气，不值得。"

奔驰沿着江边一路疾驰，车窗开着，风声呼啸。

"对不起……"生了半天闷气的苏白梨终于小声开口。

止浔头也没回："说什么？风声太大，听不清。"

苏白梨只好扯着嗓门儿喊："我说对不起！"

"嗯，说说看，怎么对不起我了？"

苏白梨撇嘴，委屈得要哭了："你说石屿是拿婉婉诓我，我还不信，非要出来见他。"

"嗯。"止浔看了她一眼，云淡风轻地问，"还有呢？"

苏白梨被他问蒙了："还有什么？"

“还有什么对不起我的地方？”

苏白梨仔细想了想，没了啊，她很乖的，不但开了录音，还特意把石屿那点见不得人的往事亲口说出来，当作筹码，她觉得自己的任务完成得很好啊！

止浔一脚踩下刹车，停在江边。

眼看他解开安全带，苏白梨像只受惊的兔子，往一边缩了缩。她虽然知道大魔头不会对她怎么着，可他这眼神怪吓人的，就像捕猎者。

止浔托着她的手腕，手指落在关节处：“刚他牵着你……”顿了顿，他又说，“还抱了你。”

苏白梨愣了下，哭笑不得：“又不是我自愿的！”这飞醋，吃得没天理啊！

“我不管。”止浔松开手，板着脸坐直，目视前方，“总之抱也抱了，牵也牵了，人家的照片都还在相机里存着，你赖不掉。”

见他孩子似的赌气，苏白梨感觉又好气又好笑，这都是什么事儿……大魔王撒娇了！天啦！

“好啦……”她软着嗓音，扯了扯他的衬衫衣袖，“你说，要怎么才不生气？”

止浔抱着手肘：“你自己看着办。”

苏白梨冥思苦想了一会儿，终于解开自己的安全带，起身侧过身双手捧着他的脸颊，将他的脸转向自己，然后生疏又小心翼翼地吻上他线条刚毅的嘴唇。

这个吻就像只小手，挠着痒却始终不着重点，勾得止浔只觉得心猿意马，又拿她的生涩没辙，只能化被动为主动，单手搂住她的腰，让她更贴近一些，以便加深这个吻。

江风习习，耳边是滚滚浪潮声，还有彼此的呼吸。

许久之后，被放开的苏白梨红着脸问：“你还生气吗？”

餍足的某人勾起嘴角：“我没有生气啊！”

苏白梨眨眨眼，刚刚那个抱着手肘无理取闹的止三岁是谁？

她好像又着了大魔头的道。

止浔看着她："现在还憋得慌吗？"

苏白梨这才发现从与石屿碰面开始，压在胸口的大石头总算是被搬开一样……这会儿她的心情果然轻松多了。

苏白梨摆弄着衣角，轻声说："谢谢你。"

止浔将她的小手从衣角拿开，握在自己掌心里。

"我早说过，两个人的事，我不会让你一个人解决。"

就像止浔预料的一样，有了录音在手，石屿果然再也没有动静。

不过被掀起的沙尘到底没那么快平息，苏白梨的手机上仍旧时不时会接到好事者打听的电话。但这种电话的频率，随着《暗桩》官宣的启动渐渐降低了。

越来越多的人关注起作为新人出演女一号的苏白梨到底是什么来路，先是作为素人与高岭之花成为搭档，继而假戏真做公开恋爱，很快就接到冯秦的女主角戏约——这简直是乘了火箭的走红速度。

不过因为《亲爱的 TA》里小姑娘天然不做作的表现，再加上止浔曝光的那些照片着实圈粉，突然爆红的苏白梨倒是没有受到太多流言蜚语。

大多数人都觉得是小姑娘浑然天成的美好捕获止浔这个万年单身汉的心，有了这个等闲不出山的大神做靠山，小姑娘得到任何资源都不足为奇。

在这诸多资讯的轰炸之中，和石屿的那点捕风捉影的婚约也就不值得一提了，只是偶尔有小媒体拿来吸人眼球。

甚至还有人因此质疑若真有婚约，在《亲爱的 TA》节目里为什么不是他俩组 CP（情侣）？如果石屿真是痴情长情人，为什么还会在未婚妻面前对女明星大献殷勤？

答案只有两种可能：要么石屿对苏白梨和何婉都是虚情假意，要么苏白梨和石屿的婚约不过是谣言。

一场看似舆论风波的大事，也就这样波澜不惊地过去了。

可那之后，苏白梨再也没有回宿舍住过。

她给凌琳和徐雪的解释是，因为有戏约在身，学校宿舍有宵禁多有不便，所以申请走读。

可是两个姑娘都知道，苏爸爸最怕女儿学坏，虽然吃穿用度随便刷卡，但绝不会给她钱让她在外租房，生怕宝贝女儿遇见坏人。

十八点甜

他真的很“凶”

骆骁的咖啡厅。

“为什么不回宿舍住了？白梨，离进组不是还有十多天吗？”凌琳小心翼翼地问，“你跟我们说实话，是不是和涂滢闹别扭了？”

苏白梨一口酥心包塞在嘴里，鼓着腮帮子摇了摇头。

“那天上午你俩都出去之后，就再没打过照面，我和小雪合计了一下，都觉得这中间有问题。咱们同住这么久了，涂滢性子要强，你从来不跟她计较的啊！”

苏白梨笑了笑，没说话。

无论涂滢原打算做什么，苏白梨都不打算搞得尽人皆知。能成为室友，对她来说是二十年来的第一场缘分，她不想闹得太僵。

“如果是涂滢做了什么对不起你的事，我替她敬你一杯赔个罪……”徐雪大大咧咧地举起咖啡杯，假装敬酒，“你就搬回来吧，寝室里没有你好寂寞。”

苏白梨耳根子软，加上确实与她们相处融洽，被两个小姑娘左右相劝不由犹豫了。

“对啊，何况你这么个小姑娘自己住，我不放心。”凌琳握住苏白梨的手，“回来吧，好不好？”

“她住在我那里，有我在，不用担心。”

男人低沉的声音从包间外传来，三个女孩一起回头，正好看见穿着白色衬衣的止浔从走廊进来，大长腿甚是显眼。

徐雪小声地说了句：“本尊！”

凌琳则更惊讶于止浔所说的话，她看向苏白梨，低头比口型问苏白梨：“真的？”

苏白梨连耳根子都红透了。

“她住客房，虽然不宽敞，但够住。”止浔大大方方地坐在苏白梨身边，向对面两个女孩伸出手，“初次见面，我是止浔，幸会。”

凌琳和徐雪相视一眼。

止浔啊！站在千人礼堂上侃侃而谈，下台却连合影和签名都不理睬的冷面大魔王，现在坐在她俩面前，主动自我介绍，还要握手？

还是徐雪先伸手，哈哈笑着说：“你好止老师，我是和白梨脚对脚睡了两年的徐雪。不过这不是初次见面，上次你来楠戏，我就坐在第一排，还跟你要签名来着……不过你没给。”

苏白梨忍不住笑了一声，看好戏似的瞟了止浔一眼。

没想到他居然面不改色：“阿梨那里有很多，需要的话找她要。”

“阿梨……”徐雪和凌琳相视一笑。

送走两个室友之后，苏白梨推了下止浔的胳膊：“我哪儿有很多你的签名？你怎么可以那样骗我舍友？”

“你想要一千份，我都能连夜给你签出来。”止浔一本正经地说，“只要你陪着。”

苏白梨做了个鬼脸：“谁要你的签名！”

“你会要的。”止浔笃定。

“不要……”苏白梨孩子气地说，“人都是我的，要签名干什么？”

止浔风轻云淡地说：“登记结婚的时候，你确定不要我签名？”

眼看她的脸颊又以肉眼可见的速度红了起来，止浔心情极佳地低笑出声。

“你这是带我去哪儿？我还得回去熟悉剧本。”

“去给你做准备功课。”

“嗯？”

片刻后，站在健身房的苏白梨鼻尖冒汗，手脚都不知该往哪儿搁。

“冯导的话你还记得吗？”

“记得。”苏白梨可怜兮兮地答道。

“再不抓紧，到时候片场有你苦吃。”

苏白梨垂头丧气：“我知道啦……练，我练还不行吗？”为了角色，拼了！

第一个三公里跑完，她感觉生不如死。

第二个三公里跑完，她只想匍匐在跑步机上求饶。

当听见止浔说还要去器械区，苏白梨眼眶红得跟兔子一样：“我真的做不动了……”

止浔捂住她的嘴。

刚好路过的人侧目，若有所思地看了苏白梨一眼。

“啊，这不是——”

“认错了。”止浔二话不说，直接拿汗巾盖住苏白梨的小脑袋，揽着她的肩膀往更衣室走，过了一会儿，他才温柔地低声道：“洗澡，然后先去吃点东西。”

没等苏白梨欢呼，他又补充：“吃完回家继续。”

冲澡的时候，苏白梨一直在思考一个问题：止浔到底是温柔好男友，还是变态大魔王……

对于大魔头说到做到的毅力，苏白梨从来没有怀疑过。

午餐之后散步，溜达到止浔家的时候刚好午后，她困得进门就想倒在沙发上眯会儿，结果被止浔拉着俩胳膊，硬生生给拽了起来。

“人家好困，让我休息一会儿，就一会儿……”

止浔看着撒娇的小东西，心肠到底硬不起来，索性一弯腰把人打横抱起，大步流星上楼走向露台。

苏白梨靠在他怀里假寐，直到他停下来，才右眼睁开一条缝偷看。

天，他是什么时候搞回来的瑜伽垫？！

“自己下来，还是要我和你一起上瑜伽垫？”止浔问。

“自己，自己！”苏白梨乖觉地从他身上下来，赤脚踩在垫子上。

院子里郁郁葱葱的枝叶投下晃动的影子，秋日午后的阳光温暖有余，却不会让人觉得燥热，空气清新，一派宁静……最是好眠。

可惜有大魔头在，她知道这只能是个美梦。

平板支撑、俯卧撑、深蹲……被榨干了最后一丝体能的苏白梨大字状瘫在瑜伽垫上，看着碧蓝天空上的浮云，幽幽地问：“大魔头，我问你个问题，你如实回答。”

止浔坐在她身边：“嗯，你问。”

苏白梨勉强撑起身子，幽怨地盯着他：“你是不是想把我累死了，好续弦？”

止浔的食指一弯，轻叩在小怪兽沁了汗的额头：“你这小脑袋瓜里都是些什么？”

“你啊！”苏白梨就势倒在他腿上，舒舒服服地找了个姿势卧好，“你就说是不是吧！”

“不是……”止浔轻轻擦拭着她发际的汗水，“今生今世，我只要你一个。”

苏白梨抿嘴，忍着笑，把脸埋在他腹部：“以前我都不知道，你也这么会说甜言蜜语。”

“我要你锻炼，不光是为了冯导的戏……”止浔抚摸着她柔软的头发，“还希望将来有一天，带着你去所有人迹罕至的地方，看人世难见的美景，希望就算满头华发，也不至于步履蹒跚，我们能有更多的十年又十年，一起去探寻没有见过的景致……”

说了许久，腿上的人毫无动静，止浔轻声喊道：“阿梨？”

她没动静，居然睡着了。

看来她真是累坏了。

止浔心疼地揉捏着她纤细的胳膊，丝毫不在意为了让她睡得舒坦而别扭的坐姿。

苏白梨被打扰了，在他腿上扭了扭，孩子气地朝他腹部拱了拱。

止浔面色变了变，这世上，像小怪兽这样心无城府地拱男朋友的，怕是找不到第二个了。

他忍。

时间过得很慢，树影摇曳，止浔就这么慢悠悠地替苏白梨放松着手臂的肌肉，直到手边静音的手机上闪过一条短讯，是骆骁发来的。

——浔，婚约的破事又搞出来了，你上微博看看。

苏白梨大概从来没有想过，有朝一日，自己可以同时挂上两个微博热搜：一条是苏白梨与石屿幽会，一条是苏白梨劈腿止浔。

止浔面色阴沉，快速回复：发稿公司是哪里的？

骆骁那边回得很快：是魔都的一家公司首发——据我所知，这家公司跟小白梨之前被解约的剧组有宣传合作关系。

苏白梨渐渐醒来，一睁眼刚好看到大魔头单手拿着手机，正面色凝重地打字。

“出什么事了吗？”相处久了，她很清楚以止浔处变不惊的性子，能让他变脸色的，多半和她有关。

止浔放下手机，温柔地问：“不睡了？”

苏白梨揉揉眼睛坐起身：“我休息好了，你怎么了？我……我还可以继续练习的，你别担心啊！”

止浔勾起嘴角：“傻瓜。”

不是为了这事儿？苏白梨试探性地问：“难道是石屿那边……”

“这次不是石屿。”止浔心疼地将她搂入怀中，“阿梨，你记得，有我在身边，你不用害怕与任何人为敌。”

苏白梨很快就明白了止浔话中的深意，低声问：“是涂滢吗？”

“嗯。”

止浔并不十分意外，他知道这丫头虽然小事糊涂，可大事一向清醒得很，她性子随和不是因为傻，而是因为看得开：“她动用了魔都的资源曝光你和石屿见面，而且雇佣水军带节奏。”

“是她，还是石屿？”

“她。”

苏白梨甚至没有追问怎么确定是涂滢，她太清楚大魔头的性格，不是十拿九稳他绝不会这样对自己说。

甚至，就算走到这一步，他最担心的还是她会受不了与曾经的友人为敌。

“没关系……”苏白梨脸色有点儿发白，但还是强打起精神，“我其实知道的，涂滢做的事……我是有心理准备的。”

说着，她慢慢地走到露台边缘，迎着夕阳拉伸着手臂，像个即将出战的勇士。

止浔有点心疼：“你在家休息两日，我来处理。”

“不要。”苏白梨回头，眸光坚定，“就像你说的，两个人的事不能让你一个人解决。何况这是我和涂滢之间的事，得由我自己解决，否则日后指不定还有其他人冒出来。”

“这么勇敢，都不像我的阿梨了。”

“也许不像苏白梨……”苏白梨微笑，眼中如有星辰，“但是‘你的’阿梨——你是我的勇气。”

苏白梨的记者见面会来得快得超出所有人的想象，收到消息赶来现场的记者也比预料的要多。

徐望南暂时扮演了苏白梨的经纪人，代为维持现场秩序。然而事实上是他多虑了，秩序根本不需要他维持，有止浔大魔王黑着脸坐镇，比什么都强。

记者们乖乖地在台下坐着，偶尔有人不安分地想要提前向苏白梨探听点什么，被止浔冷冷的目光盯住，立刻便蔫了。

众记者窃窃私语，这可真是一物降一物，苏白梨这么个软绵绵的烧烤店小仙女，居然有本事让冰山大魔王心甘情愿当保镖，好本事啊！

待约定时间一到，投影屏上打出首发苏白梨和石屿碰面照片的媒体页面，台下顿时一片安静。苏白梨开诚布公地说："首先我承认，我和石屿确实在采石场见过面。"

众人面面相觑，这是要承认劈腿的节奏？

苏白梨："但见面并不是单独的，除了我和石屿，还有另外三个人。"

画面一闪，照片上是四个人正在说话，除了石苏二人，还有个衣着光鲜的年轻女人和摄影师。

"这不是那个涂滢吗？"

"若是没记错，涂滢应该也是楠戏在读，跟苏白梨应该同期？"

苏白梨面色如水，看不出喜怒："所以谈不上幽会，更不是所谓的再续前缘，采石场是公共场合，谁都可以去，捕风捉影的新闻会对当事人造成什么样的伤害，诸位一定比我见得更多。作为演员，我的本职工作是演戏，拿好的作品回报社会，而不是隔三岔五去应对这些莫须有的绯闻。"

有记者举手提问："可之前网络盛传你和石屿有过娃娃亲，石屿自己接受专访的时候也亲口承认过你是他未过门的妻子，这事儿苏小姐你要如何回应？"

苏白梨小圆脸上笑容和煦，慢吞吞地问："如今都讲究谁主张，谁举证。这位记者，您结婚了吗？"

"结了。"

苏白梨微笑："那如果，我现在忽然说曾经你我有过娃娃亲，但你背信弃义娶了旁人，让你撇清谣言，你为难吗？"

那记者哑然。

绯闻这种事，从来都是越描越黑，越解释越被视作心虚。

记者们来之前都觉得苏白梨是软柿子，个头小，声音软，性格柔弱，最好拿捏，谁知道，她硬气起来居然也是块难啃的骨头。反倒是先前一脸肃杀的浔大魔王，此刻单手托腮，笑吟吟地看着侃侃而谈的女朋友，周身的寒气尽散，居然带着几分宠溺的味道。

又有人问："刚刚苏小姐你说，除你和石屿二人之外，现场还有其他三个人，请问除了涂小姐和摄影师，这第三个是谁？"

苏白梨目光一转，托腮望着她的止浔居然没动。直到目光都汇聚在他身上，他才若无其事地松了松领口扣子："是我。"

这下记者们的表情就非常微妙了，在场的四个人，一对儿是公开的情侣，一对儿是绯闻未婚夫妻，还有俩……是不相干的女同学带着摄影师。

一个坐在角落里，一直没说话的记者忽然开口："冒昧地推测一句，难道消息是涂小姐放出来的，而苏小姐你和石屿都是受害者？"

苏白梨既没有肯定也没有摇头，只是关闭了投影，双手叠放在身前，深深地鞠了一躬："我想要解释的都解释了，往后还请各位多多关照，我们用作品对话，谢谢。"

会议室的门忽然被人用力推开了，穿着黑色连身裙，妆容精致的涂滢气势汹汹地闯进来，行走带风。

她本就生得美艳，此刻在气头上更是有种佛挡杀佛的气势。她径直穿过台下，走到嘉宾台，一把取过徐望南的话筒，冷声说："若不是有人告诉我，我还真没想到曾经的好姐妹会做出这样血口喷人、乱泼脏水的龌龊事来。"

苏白梨没有穿高跟鞋，身高不占优势，但偏偏神色宁静，反倒比涂滢目眦欲裂的模样更有底气："涂滢，你刚好在隔壁开记者会吗？我这儿开始还不到十分钟，你就能闻讯赶来，应该很近吧？"

一针见血。

涂滢脸上挂不住，但还是强装镇定地说："我正好在附近，不可以吗？"

"可以的……"苏白梨看了眼台下眼睛都快发光的娱记们，"巧合总是很多，比如，当天你也正好选择了在采石场拍片。"

涂滢红着眼眶控诉道："我都跟你说过了，若是知道你和石屿在那儿，我绝对不会选择那时候去江边。现在新闻被爆出来，你不怀疑是石屿炒作，反而诬陷我……这让我不得不相信网络上的传闻！”

“我不怀疑石屿，是因为——”苏白梨轻轻地按下了涂滢手中的话筒，附耳轻声低语，“有种防盗软件，当手机使用密码解锁，就会自动调用前置镜头拍照，发往机主邮箱。巧的是，我刚好装了。”说完，苏白梨退开身，微笑，“明白了？”

涂滢面色又红又白，她自以为偷看苏白梨的手机做得天衣无缝，却不料早已被苏白梨洞察。眼前这个成竹在胸的人，还是她认识的那个被抢了角色都没有半句怨言的苏白梨吗？

台下众人目目相觑，不知道台上两人葫芦里卖的什么药。

一直袖手旁观的止浔起身，牵起苏白梨的手，十指相扣，向台下鞠了个躬：“稍晚与剧组有约，我们先走了。各位有什么问题，不妨去问涂小姐。”

说着，止浔牵着苏白梨穿过了会场，有人想要阻拦，可终究碍于对大魔王的敬畏而作罢。没想到一个男人竟然能在温柔好男友和恐怖大魔王之间无缝切换……

徐望南跟在两人身后，直到上了车，他一拍方向盘：“爽啊！白梨，真看不出来你还有这杀人不见血的本事，你看见刚我们走的时候涂滢的脸色了吗？说面如死灰都不为过。”

然而后座的苏白梨一声不吭。

徐望南透过后视镜看了一眼，这才发现小姑娘已经无声无息地哭得花了妆，止浔正轻轻地抚摸着她的脑袋，同时抬起目光，冷冷地睇了他一眼。

徐望南掐了把大腿。

他怎么就没想到呢，以这丫头息事宁人的性子，这样和一个曾经被她当作好姐妹看待的女孩硬碰硬，心里怎么可能舒服。

一个石屿也就罢了，如今又来一个涂滢，对小白梨来说都是被辜负了。

车开出很久之后，苏白梨才缓过神来，抹了把脸，不好意思地说：

“我没事了。”

止浔这才把手机还给她：“给你朋友回个电话吧。”

苏白梨接过来一看，是徐雪。

她回拨过去，徐雪接得很快，显然一直等着：“白梨，你在哪儿？凌琳这会儿跟我在一起，我俩在浔大朋友开的咖啡馆等你。涂滢的事……你别难过，她那个人做事不动脑子的，过后铁定要后悔！”

苏白梨被她一通抢白，好不容易才找着机会说话：“我没事——”

“你别逞强……”徐雪打断她，“我们认识多久了？之前涂滢逞口舌之快，你虽然没跟她吵，可是情绪性腹泻拉了三天……这次这么大事儿，你要硬说自己没事，我反而更担心。不行！你要是不过来，我俩就去找你，得当面确认你真没事！”

苏白梨无奈地看了止浔一眼。

他眼中隐隐带笑，点了点头。

“那好吧，我们半小时之内到。”

挂断电话，徐望南先开口问：“是你们宿舍那个徐雪吗？”

“是啊，你怎么知道？”

“之前见过你们宿舍的人几次，当时就觉得这丫头还行，比涂滢强多了。”徐望南说完，顺口问了句，“浔哥，你知道徐雪是哪个吧？东北大妞，浓眉大眼的……”

苏白梨咳了一声，打了个圆场：“他知道的，知道的。”看大魔头表情就知道，他能认出涂滢已经算谢天谢地了，至于凌琳和徐雪，他分得清才有鬼呢！

秉持着死守大魔头秘密的原则，一进门，苏白梨就特夸张地一把抱住徐雪：“小雪，几天不见，想死你了！”

徐雪一脸茫然地被她抱完了，和凌琳交换了一个眼神，坏了，白梨这丫头受刺激过度了。

“乖，乖……咱们不理坏人……”徐雪拍着苏白梨的背，东北大妞硬是捺下性子安抚道，“我和琳琳永远都是你的好姐妹，谁欺负你我拍谁！涂滢那小妮子敢回来，看我怎么代她妈教育她——”

“好了，好了，戏过了啊……”凌琳尴尬地拉住好友，瞟了眼站在不远处进退两难的徐望南和止浔，“进去说吧。”

苏白梨这才如蒙大赦，领着左右护法进门。

听完事情原委，徐雪气得牙根发痒：“你早就知道涂滢偷看你短信，为什么不早点说出来？有我们看着，她就没机会搞这些幺蛾子了。”

苏白梨说：“我没想到她会这么做，我以为她只是……”

“只是嫉妒？”凌琳接口道，“我们都知道她嫉妒，能上综艺和止老师搭档，还能接到冯导的女一号，外加个小鲜肉绯闻未婚夫——”说到这里，凌琳忽然觉得有点儿冷，看都没敢看止浔一眼，乖觉地转移了话题，“总之顺风顺水，涂滢她好胜心太强了，觉得哪都比不过你心里不舒坦。其实人各有命，今儿你走运，明儿也许就是我或者小雪了呢？急什么！也不知道涂滢怎么就这么糊涂。”

徐望南听了好久，犹豫了一下：“她不是初犯，也不是一时糊涂。还记得白梨八月本来要进组的戏，忽然临时换角吗？组里负责选演员的是我师兄。换角的事并不是因为编剧临时调整剧本，是涂滢……嗯，使了些手段才拿到的。”

苏白梨低下头。

凌琳问：“白梨，这事儿你早知道了是吗？”

苏白梨抬眼：“都过去了就不提了。幸好那角色丢了，不然——”

“不然我也遇不上她。”止浔摸了摸苏白梨的后脑勺，“她要是不去烧烤店打工，没有档期接综艺，我还不知道上哪儿才能找到她。”

凌琳和徐雪的四只眼睛都盯着落在白梨脑袋上的那只大手。

妈耶！这是高冷浔魔王吗？是披着魔王皮的冒牌货吧？！

对涂滢来说，接下来的是人生最难熬的一段日子。

她是幻想过出入都有人簇拥，但不是以这种方式，更不是所有人的提问都以同一个问题作为开头：“苏白梨和石屿的爆料是你给媒体的吗？”

苏白梨越红，来找涂滢挖所谓边角料的记者也就越多，涂滢心里对苏白梨的怨恨也越深，凭什么，凭什么？！

所有人都知道，涂滢和苏白梨的梁子算是结下来了。

不断有人找涂滢，试图从涂滢这里挖到一些苏白梨不可告人的秘密。可是涂滢绞尽脑汁，才发现尽管几乎朝夕相处了两年，苏白梨也是个心无城府的性子，爱说爱笑，没有偶像包袱，更是一直说自己是寝室里外貌最普通的一个……真正回想起来，涂滢居然回想不起什么真正的黑料，能给她致命一击的黑料。

不过——

“我对苏白梨了解不多，同学而已，算不上亲密。”涂滢随口一般对不怀好意的娱记说，“我知道的事大多数人也都知道，比如她在学校附近的烧烤店打工挣生活费什么的。”

记者问：“哦，苏白梨的家庭条件不好是吗？”

“大概吧……”涂滢若无其事地说，“不过她的衣服包包大多是五位数起步，而且当初开学，是千万级别的轿车送她来的。”

记者很快就领会了重点：“你是说，苏白梨背后有金主？”

涂滢耸肩：“我什么都没说。”

记者得了“大料”，心满意足地走了。

茶餐厅里的涂滢拿下了太阳镜，露出浓妆都遮不住的黑眼圈，疲惫地看向大街上往来的人群。

她到底是怎么走到今天这一步的？

手机上最新的两条短讯，是两个不同剧组发来的通知，都是通知她落选。

明明努力了那么久，明明已经开始能拿到女三、女四的角色，现在却连个有名有姓的龙套角色都拿不到！

涂滢捏着太阳镜的手指用力，差点没把镜腿给折断。

都是因为苏白梨！都是因为她……是她逼自己走上这条路的。涂滢趴在胳膊上，眼泪濡湿了衣袖，直到察觉到面前的卡座里有人落座。

涂滢抬起头，入目是一双苍白的手。

“你来干什么？”涂滢恶狠狠地抹掉眼泪，瞪着坐在她对面的男人。

平素总是带妆出镜的石屿，此刻完全没有打点，头发耷拉在额头，本就苍白的肤色此刻几乎没有血色，甚至嘴角还有颗分外惹眼的痘痘，应该是上火了。

“为什么？”石屿开门见山地问。

涂滢嘴一撇：“你在问什么？我听不懂。”

石屿面无表情，眼睛里也没有平素的光彩：“江边的照片是你放出去的，网络上的水军也是你找的，现如今你还在和媒体说些白梨的所谓黑料，为什么？”

“为了帮你啊……”涂滢反问，“当时你告诉我和苏白梨的婚约，不就是为了要我帮你吗？”

石屿看着她，可是视线就像没有聚焦：“你以白梨闺密的姿态接近我，说要帮我重新找回她。可事实上，你都做了些什么？你这样做对得起她吗？她可是拿你当好姐妹的。”

“好姐妹？”涂滢冷笑，“你也被苏白梨小白花的模样骗惨了吧。她可是会录音作为证据要挟你，会早就知道一切是我做的还隐忍不发，只等着在众目睽睽之下当头一棒的人！有哪个好姐妹会对你处处设防，随时准备反咬一口？”

“如果你没有把江边的照片放出去，你所做的一切，白梨怕是打算帮你隐瞒一辈子。”石屿微微地笑了一下，像是在感慨世上还有这种傻瓜，“她做的一切只是为了自保，从来不是为了伤害谁，这还不够吗？”

涂滢沉默了片刻，讥讽地说：“未婚夫先生，你今天来找我，就是为了给不要你了的未婚妻洗白吗？你图什么？让我放弃与她为敌？以为这样可以讨好她？算了吧，石屿我告诉你，你再做多少都没有用，苏白梨早就不是当年的苏白梨了，近朱者赤，近墨者黑，止浔是什么人？

苏白梨如今有止浔护着，哪里看得上你！”

听见止浔的名字，石屿神色有一瞬变化：“我明天就出境了。”

涂滢意外，石屿回国还没多久，上综艺和何婉炒绯闻就是为了炒国内的热度，如今虽然因为和苏白梨的事人气有所下跌，但也算有了不少迷妹，在这种时候他居然要放弃这些，重回国外？

他图什么？这一次涂滢真的想问。

石屿说：“我来找你，不是为了在白梨面前卖好，只是不想看你犯下跟我从前一样的错，将来和我一样难以挽回。”

“错？什么错？”

“辜负一颗曾经真诚待你的心。”

石屿离开很久以后，涂滢还坐在原地。

他所讲述的那个十多年前小城里的往事，就像一出精彩的折子戏。

那个曾经被一心信赖的邻家哥哥丢下，却从来没说过对方一句坏话，甚至把对方的欺骗都藏在心里，以阳光温柔的态度迎接人生的苏白梨，在涂滢的记忆中，重新由面目狰狞的幻象，变成了真正的苏白梨。

一张美得毫无攻击性的小圆脸，笑起来心无城府，走到哪里都把被她看作朋友的人放在心上，甚至在明知被抢了角色之后，只是笑笑就走开了，不曾点明，更不曾对任何人提……

涂滢伏在手臂上，许久都没有再抬起脸。

《暗桩》开机的那天，风轻云淡，日头正好。

作为一出大女主戏，尽管剧组中大腕云集，苏白梨依然是不折不扣的众星捧月，再三谦让之后，还是紧接在冯秦之后上香祈福。

默默拜了拜，直起身的苏白梨一眼就在人群里看见了熟悉的身影。

大魔头怎么来了？

她假装没有看见止浔，在人群之中一点点地朝他的方向挪。

途中有人与她寒暄，她一边说话一边担心大魔头跑了，或者发现她像个做坏事的小孩，费尽力气地向心仪的玩具挪动……终于，苏白梨双手从止浔身后搭上他的肩，捏着嗓子说：“猜猜我是谁？”

“一个短短五十米距离挪了整整十分钟的小笨蛋。”

“这么多人里我只能认出一个你，难道还会看不见？”

苏白梨想想也是，小声问：“你怎么来了？不是说今天有工作吗？”

“是啊，有工作……”止浔微笑，“很重要的工作。”

“那你还来？”苏白梨推着他的背，“快走快走，我是专业演员，什么都应付得来，不用你在这里陪着，没问题的——”

开机仪式司仪的声音从扩音器里传出来：“摄影指导止浔。”

苏白梨的脚步顿了顿，疑心自己幻听。

被她推着的止浔低笑道：“再赶我走，工作可就耽误了。”

说完，他在苏白梨的刘海上一揉，快步走上前接过工作人员递来的香，上前拜了拜。

苏白梨一脸茫然，正好看见冯秦的助理在一边，抓住救星一般拉着对方胳膊问：“刚司仪说什么？我没听清。”

助理本就对她有好感，见她跟受惊的兔子似的，不由笑着重复：“摄影指导止浔啊！”

苏白梨的嘴巴抿成了一条线。

直到仪式结束，各小组收拾奔赴片场，止浔的掌心落在她头顶，她头都没回一下。

“怎么，惊喜过度，傻了？”

苏白梨：“骗子。”

“怎么骗你了，我是不是说今天有重要的工作了？”

“你进组都不告诉我！”

“这不是想给你惊喜吗？”

苏白梨哼了一声，拽了一下双肩包带就往剧组的车跑，可包带被止浔一只手抓住了，她像被捉住了尾巴的小动物一样，整个儿跌进他怀里。

“生气了？”

苏白梨赌气，不看他：“再不上车，车就走了！”

“我开车送你。”

“谁要你送，我才不想搞特殊。”

止浔笑着松开手，苏白梨得了自由立马就跑，跑了两步忽然又停了下来，犹犹豫豫地回过身。

止浔走过去：“怎么又不走了？”

苏白梨低着头，小声问：“骆老板跟你来了吗？”

“他来干什么？”

苏白梨“哦”了一声：“你的车停在哪儿？”

止浔奇怪地问：“怎么，改变心意了？”

“嗯。”

“为什么？”

苏白梨的声音很低，就算有人从他们身边经过也听不清，她说：“剧组里生面孔多，你一个人，我不放心。”

止浔的表情在那一瞬温柔到了极致，伸手重新拉住苏白梨的小背包，在她回身的时候顺势从她背上卸下了背包，顺手背在自己身后。他肩宽，个头又高，苏白梨那米白色的小羊皮包背在他背后，就像背了个童包一样可笑，可他浑然不觉，刻意放缓了步伐与她并肩而行……

伴随着《暗桩》开机仪式通稿一出，关于冯秦新作和新人演员苏白梨的网络热度都在直线上升。尤其是止浔这种世外高人般的存在，居然破天荒出现在影片的摄影指导一栏，若说不是为了苏白梨而去，谁都不信。然而，让人们相信爱情可以改变一个人二十六年来的坚持，也一样非常困难。

苏白梨到底有什么魔力，让冯导青睐，又让浔大倾心……

终于，有人开始怀疑苏白梨会不会是深藏不露的千金小姐，带资进组，所以众星捧月。

可这个质疑刚冒头，就被广大吃瓜群众否决了。

大家可都还记得呢！这个苏小姐曾经在楠都街头的小烧烤店里穿着丑陋的怪兽服，在大街小巷里顶着酷暑发传单……

也不知什么不入流的小媒体，在这个节骨眼上发出了一篇标题为《烧烤店小仙女缘何豪车奢侈品傍身》的爆料，言之凿凿说楠戏在读学生的苏白梨被千万豪车接送，衣服动辄过万，并说她的同学合理怀疑这个一夜蹿红的女同学背后有金主……

消息一出，苏白梨的同班同学立刻成了媒体的首要目标。

只不过让一小部分人失望了，无论多少媒体前仆后继，从楠戏得来的关于苏白梨的消息也仅止于表演有天分，很受老师喜欢，是同学的开心果，平时吃穿用度都很正常，偶尔穿一些名牌，但也常跟室友一起穿百元货……

总之，再正常不过的小姑娘，想挖黑料都没得挖。

那么，那个怀疑她的同学是谁呢……几乎所有人都将怀疑的目光投向了涂滢，可是早在《暗桩》开机之前，涂滢就已经办理了休学，据说回家养病去了。

找不到消息的源头，也没有更多黑料，所谓爆料自然无法发酵，不了了之。

只是人们对于这个穿得起高定，也会在烧烤店里剥毛豆的小仙女更是充满好奇，到底是什么样的来路，才会让她成为这么矛盾有趣的综合体？

一切的问题，在《暗桩》杀青半年后，定档端午的那一天真相大白。

因为是冯秦的力作，加上众多戏骨配戏，大师级摄影指导止浔的加持，主演苏白梨又是个不光自己有粉丝，还特别有路人缘的小可爱，预售还没有开启，就已是一片火爆。

热情的粉丝们在预售当日发现，几大城市的主要影院黄金档期的《暗桩》全场爆满，一票难求！

就在网络上热议《暗桩》之时，网络和各大影城几乎同一时间挂出了一则“影迷福利”——房地产商业大亨，下辖员工过百万，富豪排行榜从未跌出过前十的苏远杭自费包场《暗桩》首映，请影迷朋友们免费观看。

这消息足足在微博热搜挂了一整天，直到首映票都抢光了，热搜都没掉。

各种揣测与分析风起云涌，最终终结在网站对苏远杭的专访。

这个几乎从不公开露面，露面也必然西装革履的超级企业家，在镜头里套着印有海绵宝宝的花围裙，满手面粉，笑得慈祥如巷口晒太阳的小老头，道："为什么这么做？自家闺女的戏，支持一下还用得着理由？"

"在做什么？包饺子啊，闺女一会儿回来，我太太说闺女瘦了，弄点参汤拌饺子馅儿，补一补。"

下一秒，镜头晃了晃，看不见人，只听见画外音里，一个温柔的女声说着："杭哥，我都说多少次了，小梨喜欢吃甜的，这馅儿糖放少了，不行。"

而后，苏大富翁像个跑堂小二一般连声说着："你放着放着，我来弄……"

专访就这么短，但足够了，转发量很快过百万，底下点赞最多的一条留言是：原来烧烤店小仙女是个不努力演戏就要回家继承家产的女总裁！

借着这股子东风……大胡烧烤店一夜飞升，成了楠都最著名的打卡圣地之一。

当然，这都是后话了。

最重要的一点是，当粉丝们从片花中看到细胳膊细腿儿的小仙女，所有镜头都是自己吊着威亚亲力亲为，浑身青青紫紫，却还是一秒入戏的时候，不得不感慨，家缠万贯的富二代啊！为什么还要这么拼命！

探班记者也曾问过这个问题。

小仙女只是一边看着别人给她的胳膊上药，一边说："因为我背后有魔王级别的凶残监工啊！"

镜头一转，"魔王级别的凶残监工"本人，正一只手捏着棉签，细致地吹着刚刚上好药的伤口。

发现被拍摄，魔王本人抬起眼，只瞟了一眼，就旁若无人地……走了。

苏白梨摊了摊手："没办法，他就这么凶——"

话音未落，画外音里飘来低沉的男声："刚上好药，不许乱动！"

"知道啦，知道啦……"苏白梨对着镜头吐了吐舌，小声说，"我没骗你吧？他是真的很凶。"

【正文完】

番　外
大魔头的小甜梨

粉丝们发现，他们的小甜梨这阵子似乎瘦了那么一点点，小圆脸儿都快变成小瓜子了。

于是，大魔王的微博沦陷了。

画风是这样的：监工大人行行好……别操练我们梨子了成不？她都瘦出下巴了。

浔魔王摸着下巴，看了眼窗边托腮的小白梨，认真地思考着一个问题：难道他家小怪兽原本是没有下巴的吗？

苏白梨幽幽地叹了口气。

“阿梨。”

苏白梨眼珠子转过来，脑袋维持不动，懒洋洋地“唉”了一声。

止浔：“你的粉丝让我别再操练你了。”

“嗯，那你就别再操练了。”

“问题在于……”止浔拇指抚过嘴唇，道，“我怎么就把你给练瘦了呢？”

苏白梨下巴搁在掌心，口齿不清地抱怨：“你都不让我睡，我当然会瘦啊！”

早起瑜伽，午后健身房，晚上还要跑山……只要不在剧组，她就被他拿健身把日程排得满满的，根本睡不饱嘛。

“哦，那你希望我怎样？”

“当然是希望你能让我睡啊！”

止浔满意地点点头，拿起手机对着话筒似笑非笑地说了句：“听明白了？”

苏白梨眨眨眼，慢半拍地奔过来，一把夺过大魔头的手机一看，最新的通话对象是何婉。

“我家婉婉？你居然毁我在婉婉心目中的形象！”

止浔摊手：“她说看你近来瘦了，问问近况，打你手机没人接听，所以打给我了。”

苏白梨一把从他身边抓过自己的手机，果然有何婉的未接来电，顿时气急败坏：“可手机就在你旁边，你怎么可能听不见？”

止浔装模作样地掏了掏耳朵：“没听见。”

其实听见了，他不想让她接而已。

自从小怪兽和那个何婉合作了一部戏，两人就从小迷妹与女神的关系突飞猛进，出双入对，到了言必称“我家婉婉”“我家小梨子”的地步。

这着实令止浔不爽，他怎么能眼睁睁看着她成为别人家的？该使的绊子，一次也不能少。

苏白梨气鼓鼓地打算给何婉回电话，止浔从她身后拿走手机，一只手捏了捏她的腮帮子，眉一挑：“是瘦了，不如从前好捏。”

苏白梨被他轻轻地捏住了腮帮子，像只小松鼠似的鼓着腮，口齿不清地说：“再捏我咬你哦——”

止浔倾身，凑近她嘴边：“咬吧，随便下口。”

苏白梨总觉得大魔头的脸皮越来越厚了怎么办？

“和你妈妈约好时间了吗？”止浔轻轻地吻了吻她蜜桃味的嘴唇。

哪知苏白梨又长长地叹了口气。

她之所以瘦了，就是因为愁得茶不思饭不想，为的就是带止浔回家见太后这事儿啊！

徐望南说让她放一百个心，毕竟丈母娘看女婿都是越看越顺眼的，而且自始至终舅妈都力挺闺女和止浔的这一对儿……他实在不明白她为啥这么怕。

在徐望南的百般追问下，苏白梨才小声地说了句："我是怕太后把大魔头吓跑了……"

女大不中留。

女生外向。

女……

徐望南泪流满面地心想，将来他一定不要生女儿，女生都胳膊肘朝外拐！

躲得了初一躲不过十五，苏白梨再怎么拖延，还是到了带大魔头回家的日子。

止浔开车载她回去的，因为怕被粉丝围观，行程是绝对保密的，两人都捂得严严实实，连眉毛都被遮了，虽然看起来可疑，但起码认不出来。

止浔拎着好酒和字画，胳膊里挽着两手空空的苏白梨，正要往小别墅里走，忽然苏白梨站住不动了。

"怎么了？"

"那个……"苏白梨吞吞吐吐地说，"如果你发现我有件事瞒着你，你能不能答应我，绝对不生气？"

止浔腾不出手摸她脑袋，只好弯下腰拿鸭舌帽帽檐亲昵地撞了撞她的："你还能有事瞒我？"

苏白梨隔着口罩嘿嘿笑了两声。

"啊啊啊——"粉丝们的尖叫声突如其来。

止浔条件反射地将女友护在怀中，尽管手上还拎着大包小包的见面礼。可那一群两眼发光的粉丝，不是冲着苏白梨或止浔而来的，她们绕过了这两人，向一个穿着白色长风衣的女人冲去。

女人卷发披肩，一双杏仁眼格外明亮，虽是大龄却不减少女气，只是举手投足间多了几分少女所没有的雍容淡定。

“小禾姐！小禾姐！终于让我们等到你了，小禾姐！”粉丝们兴奋地将那女人围住，叽叽喳喳地说个不停。

苏白梨偷偷看了止浔一眼，他站得笔直，虽然在看那边的人群，但显然没往心里去。

果然，止浔轻声说：“走吧，别让叔叔阿姨在家久等。”

苏白梨为难地说：“其实……”

“小梨子，傻站着干什么，还不快来帮我提东西？”被粉丝团团围住的女人忽然柔声说。

她的声音清脆，和苏白梨如出一辙。

“武装成这样都能认出来……”苏白梨嘀嘀咕咕的，一百个不情愿地上前，在一群粉丝X射线般的目光中从女人手中接过“重达”半斤的果汁。

女人这才腾出手来给粉丝签名，一一签完之后嫣然一笑：“好了，以后不要再来守我了。还有，不可以告诉别人我住这里哦。”

几个小姑娘兴奋得两眼放光，连声说：“小禾姐放心！我们会誓死守住秘密的！”

她们手中都拿着签名，字迹清秀：禾暖。

终于打发走了粉丝团，禾暖伸手直接摘了苏白梨的墨镜，与她眼对眼：“我让你带人回来多久啦？你怎么这么能拖？”

苏白梨偷偷瞟了眼紧张跟过来的止浔，然后苦着小脸可怜巴巴地喊了声：“妈……”

禾暖，也就是苏妈妈，笑眯眯地挽着闺女的胳膊，抬头看向全副武装的止浔，对苏白梨说：“你俩怎么都裹得跟间谍似的？”

止浔恭恭敬敬地对准丈母娘一躬身：“阿姨好，我是止浔。阿梨一直想回来看您二位，很抱歉因为我的关系耽搁了这么久。”

苏白梨既惊讶，又有种如我所料的释然。

反倒是禾暖，盯着不比年轻时的苏远杭差的准女婿，嘴边慢慢浮起一抹妙不可言的笑。

这还是第一次，有初次相见的人用如此的平常心待她，甚得她意——如今她就是个平凡人妻，小梨子的妈妈，审核女婿的新晋丈母娘，仅此而已。

这青年，沉得住气，非常好！

不远处，男人疾行而来，苏远杭手里拎着戳出几根大葱、印满了logo的皮质包，考究的西装敞着，鼻翼满是薄汗："怎么不等我就走了？遇见坏人怎么办？"

禾暖和苏白梨一回头，苏远杭顿时认出裹成粽子的小不点正是自己的宝贝闺女，顿时眉开眼笑："提前半小时回来了啊！"

"嗯，浔哥车开得快。"苏白梨说完又补充了一句，"而且稳。"

禾暖一笑："从前这话你一向用来夸你爹。"

苏远杭再看止浔的时候，果然有点敌人相见分外眼红的意思："老婆，我拎不动了。"

禾暖本想搭把手，被苏白梨抢了先。

苏白梨还没拎两秒，就又被止浔拿走了——腋下夹着书画，左手拎着酒，右手提着戳着大葱的真皮包，这大概是大魔头最贴近人间烟火的造型。

苏远杭两手空空，乐得轻松，索性牵着禾暖走到前面去了。

"老婆，你心情不错啊……"

禾暖笑吟吟地说："小梨子挑人的眼光不错，长得好看，还沉得住气。"

苏远杭问："这话怎讲？"

禾暖："还记得之前你想给小梨子介绍的朋友家儿子，第一天到咱家的表现吗？"

苏远杭一回忆，打了个哆嗦。

那男孩也二十好几了，进门看见禾暖就开始嘴巴打哆嗦，话都讲不利索，颠来倒去地说小时候是看禾暖的影视剧长大的，做梦都想着娶禾仙女这样的老婆……苏远杭被吓得再没敢带这人来过家里，更别提拉来跟女儿相亲了！

“幸好你息影够早。”苏远杭心有余悸，同时暗暗满意——止浔这人吧，虽然清高了点，不过能稳得住，不失态，还行！

不远处，苏白梨替大魔头抱着书画，盯着父母的背影，猜测那两人在说啥。

“阿梨。”

“啊？”

“问你个事。”止浔声音的很轻。

“嗯？”

“阿姨刚刚给粉丝的签名是禾暖。”

“对啊……”苏白梨眨巴着眼睛。

“是九十年代和几乎所有影帝合作过，被称作“江南第一仙”的女神禾暖？”

苏白梨抚额，她就知道，大魔头的淡定才不是源于沉得住气，他压根就是因为脸盲，没认出她的仙女妈咪！

“阿姨在最红的时候宣布息影，隐居市井，就是因为嫁给叔叔，生了你？”

苏白梨怕他气自己隐瞒，连忙解释：“她身体不好，老爹怕她拍戏辛苦，又讨厌狗仔总惹她生气，所以搬到小城……除了老朋友，几乎不跟外人打交道。”

说完，见大魔头半晌不说话，苏白梨心虚地扯了扯他的衣袖：“你生气啦？”

“这个办法不错。”

“啊？”

止浔嘴角一勾，眸中带笑：“回头我得向叔叔取取经。”

苏白梨杏眼一瞪，追着他嚷嚷：“不行！我还没拿影后、视后呢！”

苏白梨带止浔回家，因为怕他俩不自在，禾暖特意遣走了家里的帮佣，亲自下厨。

这可忙坏了苏远杭，忙前忙后生怕累着娇妻。

止浔自然不敢干看着准岳父忙碌，也跟着下厨忙碌，到最后反倒是禾暖带着苏白梨优哉游哉地在客厅等开饭。

苏远杭和止浔一人一条卡通围裙，并肩忙碌。

“咯！”苏远杭轻咳一声，“白梨她虽然爱吃，做菜也好吃，但从小娇生惯养，只要我在家，是绝对不会让她碰灶台的——她跟她妈妈一样，细皮嫩肉吃不得苦。”

止浔切着洋葱：“嗯，她负责吃就行。”

“这个也会炒？”苏远杭捏起一把本地才有的小野菜，“外地人都不知道怎么处理的吧？”

止浔脸不红心不跳地道：“会炒，很熟。”

苏远杭这才放心，闺女就爱吃这小野菜，离了家偏还没人会做，这下放心了，往后他给寄去，让女婿炒就完事了。

可这念头只持续到五分钟后，苏远杭从厨房外回来的时候，无意中发现准女婿正一只手拿着锅铲，一只手举着手机。

手机视频里，是个大厨正遥控指挥：“火不够旺！这菜就要有点儿煳味儿才香！”

苏远杭扶着墙，看向对方淡定自若的后脑勺。这小子，有他当年的风范——为了老婆，有条件要上，没条件创造条件也要上，孺子可教也。

餐桌上，苏白梨很给面子地夸奖了父亲大人和大魔头的杰作，而后摸着圆滚滚的肚皮，心想回家又要被他操练了……

吃了这么多，要跑多久才能消耗掉啊？忽然，一直轻声细语的禾暖开口：“阿浔，我在网上看到过一则新闻，说是你只拍风景不拍人，有次偶然在尼泊尔拍的组照里有人，所以花了天价回收了？”

苏白梨眼珠骨碌骨碌转，太后居然查大魔王的底啊？这事儿连她都不知道呢。

止浔倒还淡定：“很久之前的事了。”

禾暖："那张照片，是九月下旬在安纳普尔纳拍的，对吗？"

止浔还没说话，苏白梨已经脱口说道："安纳普尔纳？我也去过，老爹还给我在那儿拍过照。"

禾暖起身，不急不忙地从装饰柜上取下相框，递给止浔："喏。"

相片上，苍茫的山水之间，裹着正红色纱笼的少女幕天席地，风扬起了红纱黑发，她闭着眼，肌肤赛雪，仿佛大自然化身的精灵。

止浔的目光在照片上停留了许久，嘴角的弧线越来越弯。

"你们打什么哑谜？我怎么听不懂？"苏白梨看着相片里的自己，又看看笑得如沐春风的大魔头，一脸茫然。

止浔："这张照片能送给我吗？"

禾暖笑："小梨子说了算。"

"你喜欢就拿去吧，反正我都是你的了。"

可怜苏远杭一口酒呛得眼都红了，在禾暖的拍背之下，可怜巴巴地心想：宝贝女儿就这样有了老公忘了老爸，呜……

后来，苏白梨终于知道太后和大魔头的哑谜到底是什么——

在她生日的那一天，大魔头更新了一条微博。

配图三张，一张是闭着眼睛对着蛋糕许愿的苏白梨，一张是止浔向禾暖讨来的红色纱笼的她，还有一张，是曾经被他以天价回收"销毁"的尼泊尔风景照。

照片曾经被拍出了天价，天高山阔，最要紧的是远处的一抹属于少女的艳丽的红。

当初，止浔不能忍受自己的镜头里出现任何人迹，硬是花了楠都半套房的价格买回来，正因此他誓不拍人的名声远播。

这一次，止浔三图连放，众人才赫然发现：这曾被浔魔王重金买回的"一抹红"居然正是甜梨小仙女！

#浔魔王究竟觊觎甜梨多久了#

#重金收图居然只是为了老婆一个背影#

#不是不拍人，而是只拍自己的女人#

#最高级的宠妻是眼里只有你#

这热搜一上，就连骆骁也忍不住发短信给死党，感慨：当年收回版权你可绝对不是为了小白梨，如今居然引导大众误以为是千金只为红颜一笑，你无耻啊！

半分钟过后，骆老板收到了回复。

止浔：老婆和脸，二者择一。

骆骁：如果是白梨这样的老婆，我可以不要脸。

止浔：抱歉，你本来也没脸。

骆骁愤怒地扔了手机——从前止浔就是毒舌大魔王，可那会儿起码还故作矜持，如今越发变本加厉！这死党没法做了……

就在骆老板砸手机的同一刻，苏白梨正与止浔一起坐在直升机上，盘旋在安纳普尔纳的上空。

“这里不是徒步旅行最美吗？”螺旋桨声呼啸，苏白梨不得不扯着嗓门说。

下方山林茂盛，曾经被地质灾害摧毁过的区域已经重新铺满植被，郁郁葱葱。

“有个徒步看不见的风景……”止浔双手捂住她的耳机，让她向直升机的下方看，“只给你一个人的风景。”

下方新植的树木已经蔚然成林，只是排列着实有些奇特，直到直升机飞到树林的正上方，苏白梨才发现，那一处正是她曾留影的荒地。

而此刻，树冠排列成型，赫然是“BL&ZX”，她在前，他在后，彼此相连。

苏白梨捂住了嘴。

“等这些树再长大一些，更枝繁叶茂的时候，即使从半空中也看不出了……”止浔的声音从耳机里传来，低沉而磁性，“但你和我的名字会扎根在土壤里，一百年，一千年，彼此缠绕，永不分离。”

止浔一边说，一边将她的手放在掌心，轻轻地将一枚指环套上她的中指：“树根不可散，戒指不可摘，我们不可分，嫁我为妻，阿梨。”

苏白梨弯了弯手指，大眼睛里泪花闪烁，嘴角却一勾，摇头：“这我不能答应你。”

止浔握紧她的手：“你说什么？”

“痛。”

他松了点力气，可还是没放开她：“风太大，你刚说什么？我没听清。”

苏白梨撇撇嘴，他又装！

她对着耳麦大喊了一句：“这戒指肯定要摘啊！”

止浔眯起眼。

苏白梨缩了缩脖子，而后小声说：“婚戒要戴无名指嘛……”

话音未落，某人的嘴唇已经吻上了她。

说好的风太大听不清呢？大魔头！骗子！呜……